suncolor

suncolor

沒有星星，夜不滾燙

青春純美系創作女王
榛生

suncolor
三采文化

目錄

沒有星星，夜不滾燙

唯願你：
有相聚之歡，無去取之難；
有美眷可待，無曇花虛現。

人為什麼要工作？除開為了錢，為了養家餬口，大多數人工作其實是為了打發時間吧。

不然一天二十四小時，一千四百四十分鐘，八萬六千四百秒怎麼度過？生命雖短暫，但時間也不是那麼好打發的。

不是每個人都有豐富的精神世界的。沒事做，有些人大概會無聊到崩潰吧。所以，有時候哪怕是一份枯燥無趣的工作也好過賦閒待在家裡。同樣是無聊，工作的無聊還可以換成錢，而純正的無聊只能眼看著生命白花花地用掉。

上班對於大多數人來說，是比較好的選擇。

我就是大多數人裡的一個：害怕無聊，沒能力去賺大錢，更沒運氣中六合彩。所以我選擇上班，用自己的時間交換錢，同時把時間打發掉。

我們公司是一家很無聊的小公司，一個蘿蔔待在一個坑裡，一顆蒜待在另一個坑裡，這樣。沒有什麼行業競爭壓力，薪水也只能叫工資。

別不相信，世界上有很多我們這樣的小公司。像古時候的農耕社會，辦公室就是石頭壘的屋子，桌子就是各人的小田地，你種著蔥，我栽著水稻，年底上交，換回來一點利益。種蔥的和栽稻子的是村鄰，彼此友好，養雞的和餵豬的常常吵架。小國寡民的日子，兩耳不聞窗外事的小公司，甫一進去，會覺得這裡比時代要晚個十年八載，但是它恰合我的胃口。我這個人，說實話，也好像跟時代的連接出了點問題，比如我永遠不喜歡口紅，不管它如今怎麼流行，不管它是湯姆．福特還是聖羅蘭，白給我都不要。

按農耕辦公室的風格論，我算是一個……種香菜的吧。在古代，香菜第一次被傳進中原，那是帶著怎樣的殊榮與罪過……那奇怪的味道……居然有人喜歡！而有的人則永遠無力承受。同事們驚奇於我上班沒三天，居然敢跟前輩吵架。我是一個很特別的香菜農戶，我很有種啊！

因為他跑到我的辦公室來抽菸。

他說：「你們這屋好，空氣好。」

哦，別人屋空氣好你就來抽菸？什麼邏輯？

我說：「你給我出去，去你自己屋抽。」

他訕訕的，以為我在開玩笑。

要是放到現在有了禁菸令，我會報警。

他不走。我說：「給我出去。」

我和這個老菸槍吵架了，沒人支持他，也沒人支持我。他是舊人，得給面子；我是有理的一方，但我是新人。大家中午默默地去食堂吃飯，厚臉皮的老男人跟在眾人後面，他怕被孤立。只剩下我，我想不就是一頓飯嘛，不吃得了。我默默地拿出點心麵剛想咬，門開了，小林走了進來。

「喂，去吃飯呀？」他招呼我。

小林比我先來這公司一年，所以他還是小林。我這人沒修養，前輩都敢罵的人會修哪門子養！我跟著大家滿走廊喊小林、小林。頭兒說，要叫林老師，不要沒有尊卑長幼之別。我說，呵呵，但是小林叫著順口啊。

所以他還是小林。他人很好，文弱書生，總是很溫和。在我們「村兒」——後來我管我們公司叫這個——不顯得多帥，可是走到大街上回頭率可高了。文弱的小林，接電話從來都是「好的呀」、「有什麼可以幫你的呀」、「這樣啊，讓我想想喔」。

他又問我：「去不去吃飯呀？」

我跟他下樓了。小林和我去吃外面的煲仔飯，我狂躁的內心得到了醬油的滋養，怒氣漸消。

「以後一起離開這裡吧。」小林說。

我沒想到他會這麼說。

小林告訴我，他想考上研究所離開這個「村兒」。

他和我其實不是同一類人。

我考上研究所就是為了進來這裡。當然我的碩士文憑很水。我和我的導師都是水貨，他沒有地方開會，我沒有地方實驗。我們從沒有指責抱怨過對方。有時候傍晚六點，我倆默契地收拾東西，他忙著回家帶孩子，我急著去跟男生約會。偶爾我幫他買早點，他請我吃午飯。就這樣度過三年，好不容易我畢業了，他還沒有升等。

從那天起，那個菸槍不再去別人的屋裡抽菸了。

有人說，挺感謝胡芒芒的。

我義氣地說，等我逼他戒了菸再一起感謝我。

小林說，多管閒事。

小林什麼時候開始用這種語氣和我說話了？

好像我是他……一夥的？比較親近的？妹妹？或親生女同學那樣的，被護著生怕我吃了虧的……

但我不需要哇！

我絕不想找一個文弱書生當男朋友，我要一個黑又胖、高又蠢的男人，最好有點傻，有點粗野，一高興了就把我的頭夾在他的手臂下，不高興了把我舉起來重重地扔到沙發上。我喜歡那種型。

念念不忘，必有迴響。

有一天下班後，我去超市，結帳隊排了很長，有一個人說他的霜淇淋要化了、要化了，躥到前面，自己允許自己插隊。結果他的購物車裡根本就沒有霜淇淋。像我這樣見義勇為的人，當然就要喊出來。他被鄙視了，他走到我面前要打我。我跑過半馬，誰怕誰啊，跑！

壞人追了我三條街。

眼看被逼到死胡同，倒數第二間小店的門忽然在我身後打開了，身後的大雞排躲閃不及撞到玻璃上……

我趁機逃掉。

回到家，腿抽筋了。給小林打電話說：「你知道嗎，我今天被人追殺啊。」他說：「妳又惹事了嗎，為什麼妳總不讓人省心呢？」我繼續說：「有人救了我，我覺得那扇門是故意打開的！」

小林不置可否。我則在想何時故地重遊。

第二天，我慢慢地晃悠到昨天出事的地點。那間店叫「黑記」，從玻璃門外望進去，有一個人也正從裡面望出來。黑又胖，高又壯。蠢不蠢不知道，但他的笑讓我明白了什麼叫婦女殺手。他走出來，熟識般地說：「妳是來感謝我的嗎？」

我下意識地舉起了剛買的鹽水鴨。

他說好啊，這家雞排很好吃，他正好有啤酒。

他拿出兩個手工瓷杯，每個各印四個字。一個印著「沒有星星」，另一個印著「夜不滾燙」。

沒有星星，夜不滾燙。多抒情的句子啊，多天才的句子啊。

「你做的杯子？你想的句子？你寫上去的？」我問。

他點點頭。開始跟我講做杯子的過程。他說什麼我都愛聽，這是我的壞毛病。喜歡一個人總是因為先喜歡皮囊就覺得內心也完全可以接受。

非常膚淺、非常浮躁的愛情觀，不是嗎？

但誰年輕時不膚淺、不浮躁？

喜歡一個人是沒有一點道理可循的。我後來問他：「你為什麼喜歡我？」

沒有為什麼。

總歸是有點原因的。

就是因為……我喜歡你。

當兩個人在一起久了，一個問另一個：你為什麼喜歡我？

答案多半是這樣的。

不是敷衍，而是真的說不出原因來的。

與此同時小林也戀愛了。

我說：「給我看看你女朋友的照片。」小林發過來一張。

沒有濾鏡，沒有美顏，甚至照片中的人都沒有化妝。簡單的中分長直髮，耶穌那樣分披下來。唇不點而紅，眉不畫而翠，表情間帶著淡淡的憂愁。黑毛衣，焦糖色的寬褲，沒有飾品，僅在手腕上戴著一串碧璽，不難看出價值不菲。

沒有揹什麼香奈兒、愛馬仕，真正的美女都不追時髦。

我沉默了。面對美不沉默的人是傻子啊。

不僅沉默，我發現我還居然有點難受。我說不出「哇，好美，真漂亮」或者「你小子很有福氣啊」這樣女漢子的話。

我為什麼會這樣？我又沒喜歡過小林，我為什麼要這樣？這樣對於我來說得體嗎？我是有男人的女人了。

但我就是有點難受，也許是發自靈魂深處的一種自卑。

我從來就不美，最多被稱讚「清秀」、「可愛」、「有氣質」。走在路上不會有人對我目不轉睛，除非飯粒黏在臉上。但是我想小林的女朋友一定會被很多目光追逐，我很想知道那是怎樣的感覺。

她幫我們公司做網站，有一天她要來見我們頭兒。

「全村」的人都歡騰起來，連老菸槍都從抽三包菸改成抽一包菸了。

大家決定趁機來個大掃除。

我從辦公室古老的書架裡掃下一茶缸灰，在某本辭典裡發現了一張便條。那是一張寫在一九八七年八月十日的便條。「郅君，請幫我把自行車收進樓道，待會兒要下雨了，我去稅所。另外，記得喝我泡的茶。」落款是「乘芝」。

我把這張便條放回辭典。

郅君是我親叔叔。

乘芝是我嬸嬸，親嬸嬸。她幾年前因癌症去世了。

原來他們年輕時真的是同事，而且真是一個辦公室的。寫這張便條的那個下雨天，他們已經開始相愛了嗎？那杯茉莉香片滃鬱出的茶香，郅君後來品味到了嗎？

但是我和我叔叔現在能說的話題只有朋友圈的養生雞湯，老年人都喜歡那些。辦公室愛情。如果我沒有遇見我的黑店主，是不是最終也會在這間辦公室裡找到一個郅君？

有很多事情，不是宿命有多強大，而是人懶得去抵擋宿命的安排，對不對？

但是沒有星星夜不滾燙啊。

打掃一新的我們「村兒」，終於迎接到了那位千載難逢的美女。真是美啊，真人的氣質是流動的，真想像浮士德一樣說上一句「妳真美啊，請停留一下」，她就是古往今來每一位書生夢裡的紅顏啊。

她對我們點頭致意。

美麗的人如果沉默一點，美又加分。

我說：「妳好。」

她說：「妳好。」

她說出這兩個字非常艱難，說得很慢很慢。她吐出的聲調是一個小動物經過反覆訓練而發出的聲音。

我忘了禮貌，吃驚地望著她。

她回頭看向小林，小林說：「她是聾人。」

氣氛一下子安靜了，怎麼辦，我沒有逢場作戲化解尷尬的智商。謝謝老菸槍——「做人啊，很多話其實用不著去聽的。」

「我是小時候發燒吃了一種藥，就變成這個樣子。」她一邊說，一邊用手語比劃著。

大概這樣的場面她經歷了太多，她已經熟於解釋。

其實並不需要解釋。

這又不是她的錯。

她去見頭兒了，她給我們單位做的網站很漂亮，很好用。

後來小林告訴我，他喜歡她不是因為她的美，也不是因為她的家世。喔，忘了說，她的父母是某個大學某個學院的院長和副院長。

他說他喜歡她是因為他覺得被她需要。

「她會對我傾吐心事，她會讓我替她做很多小事。而我喜歡照顧她，相比起來，我更離不開她。」小林說。

愛有時候是一種自己兜攬來的責任。

沒錯，愛是一種責任。

大掃除那天，我在辦公室的舊書架上還發現一張CD，是一張相聲光碟。正好辦公室裡還有一臺DVD，都是古董，幸虧它沒壞。

那個下午我在古老的辦公室裡聽相聲，樂得前仰後合。師勝傑，文謅謅地說笑。馬季，虎裡虎氣地搞笑。笑林，他最愛在笑話裡唱戲。李金斗，聽到他的聲音就足夠好笑。姜昆，可愛甚至有點帥。但是我不喜歡馬三立，我怎麼都get不到馬三立相聲的笑點。雖然前面五位都應該稱他為「祖師」。

笑夠了。

我記得黑店主跟我講過一個馬三立的相聲叫做《逗你玩》。他自認為超級好笑，模仿著天津話逗我笑，而我只是在假笑。

我真的 get 不到馬三立。

好尷尬。

然而更尷尬的是，我發現不知從何時起，我在躲著和黑店主的約會，怎麼會這樣？他不是我一見鍾情的男子嗎？怎麼我會這麼快就厭倦他了？

一個人要充分地了解自己，才有資格去了解別人。我連自己都不太了解，枉談去了解我的男朋友。有一天我看到他在店鋪裡列印一張 A4 紙，那是一張古人的書法碑拓。他大概是很喜歡那幾個字，列印出來，拿一張宣紙鋪在上面臨摹。這個場景在別人看來沒什麼，但在窗外的我看來，不知為何覺得羞窘。他明明到過我家，看到過我有那本字帖，他為什麼不管我要？我難道是不值得去要一本字帖的女朋友，或者說我不算是女朋友？

高又胖、黑又壯的男人，坐在店堂裡笨手笨腳地臨帖，他樂意啊。他樂意一個人做點什麼，正如我也樂意躲在村莊一樣的辦公室聽聽相聲。我們是可以互相忽略的情侶，我們多像兩個偉人，這樣的關係不是更高級、更雋永嗎？

然而我更渴望淺薄低俗的愛。

整天都想膩在一起，每時每刻都不想離開對方，看到對方吃零食就要走過去從他嘴裡搶一塊，對方上廁所恨不得也進去陪著他。更重要的是，覺得自己被對方需要，能啪啪響地拍著胸脯說：「他需要我，他離不開我。」

小林離開了我們「村兒」，去南京讀研究所了。他的女朋友跟他一起在南京定居了。我知道的關於小林的事就到此為止。我們以前是同事，現在是路人，不管當中有沒有一廂情願的喜歡或微弱如流星的心動，這些都不重要，重要的是，認識了小林，我似乎懂得了我自己。我是一個無趣也無聊的人，勢必在這個寂寞村莊般的辦公室待到天荒地老。而我又是一個刁鑽直率的人，所以我一定會在情路上坎坷顛簸小半輩子，不然漫長的一生如何打發？

我記得我和黑店主分手那天，他最後說：「那天，我開門只是想出來看熱鬧。」言外之意，他並不是為了救我。

何必如此呢，何必非要聽我說一句：「是我誤會了。」占這麼點上風又能怎樣？就算提出分手的是我，也大可以大方點，說一句「分手快樂」。

慶幸沒有和他走得更遠、更久。

但是他在最後卻送了我一幅字。這幅字是他從古往今來各種名帖裡找到的字拼湊在一起的，所以就當是王羲之、顏真卿、米芾、文徵明都在向我祝福吧。

唯願你：

有相聚之歡，無去取之難；

有美眷可待，無曇花虛現。

小嬋娟

所謂「疤痕體質」，
有時候也是指心上的。

一夢江湖費五年，歸來風物故依然。相逢一醉是前緣。
還客不應常眊矂，使君為出小嬋娟。翠鬟聊著小詩纏。

這是蘇軾的一首詞，寫給酒筵上別人家的丫鬟，一首可愛的小詞，因為是小玩意，用心也不深，所以也不當真，當然也不被流傳。

而張泌則不然了，客居某地時，遇見鄰家的浣衣女，一見傾心。後經年不復相見，張泌做夢夢見了女子，因寄絕句云：

別夢依依到謝家，小廊回合曲闌斜。
多情只有春庭月，猶為離人照落花。

文玥認識常遠的時候，她還是個很年輕的女孩。喜歡藝術，成天拎著一臺單眼到處走，給自己取一個藝名叫「團絨」，四處混跡展覽館，也有點名氣，有人稱她青年攝影師。雜誌社的美術編輯是她的同學，經常幫她找案子。她就是在那時認識常遠的。常遠是一位詩人，雜誌社要刊登一篇他的採訪稿，帶著文玥去給他拍照。

文玥看到常遠的第一眼就喜歡他了。他留著小鬍子，頭髮少年白。總是不自覺地眨眼，這是個壞毛病，可看上去卻顯得很聰明。他的臉也好看。他衣服上有一股清香的肥皂的味道，那是一種年輕的味道。雖然他一直稱呼她小孩，雖然他故意把自己和她隔開一段時光的鴻溝，但他確實還很年輕。

她為他拍了照，登在雜誌上。那本雜誌現在應該已經成了老古董，那時流行的拍照手法現在看起來也很土氣。但在當時，雜誌很時髦、很暢銷，有很多人為了常遠買了去看。

文玥那時候在想：「我認識了常遠。我居然認識了常遠！」走在路上，偶爾收到他發的訊息：小孩，在幹麼呢？她會覺得一陣激靈，腿好像灌了滿滿的糯米腸，走不動路，一陣甜暖的血湧進心臟，簡直快要窒息。她會給他回很多訊息：我在路上呢。我遇見了一隻小貓。嗯嗯，牠有四個白色手套。你吃飯了嗎？你今天打算幹點什麼？待會兒我要去喝奶茶喔……

現在想來，戀愛不應該是那樣談的，甚至暗戀也不應該是那樣。太赤裸了，太無遮攔了，太不要命了。熱烈的事物終會消亡於冰冷，比如我們頭頂的太陽，終有一日會化為飛灰消逝不見，而天空從此變成浩瀚的永夜。

他們就這樣有一搭沒一搭地聯繫著。有一天，他發來訊息說：我感冒了。

「我可以去你家照顧你嗎？我可以給你煮熱呼呼的薑湯。」

隔了很久，他忽然說：「小孩，我喜歡妳。」

「我也喜歡你。」她立刻回覆。

這應該就可以開始戀愛了吧？然而並不是這樣的。她甚至還不能在想見到他的時候見到他。關係變得有點尷尬，比以前生澀了很多。一定是有一方還不確定，還不坦誠。直到後來她才知道他一直有女朋友，而且他愛他女朋友的程度遠高於對她的喜歡。喜歡怎麼能和愛較量呢？喜歡是保留選擇的權利，愛則是無法逃脫的宿命。

他帶她去見了一些詩人朋友，一起喝酒閒聊。詩人們沒問起她的身分，也許他們每一個人都有一個這樣的「小孩」，也就是蘇軾的「小嬋娟」。他幫她喝掉了她不想喝的酒，散場的時候他們遠離眾人走到了很遠的地方。那是所小學，大門沒鎖。他們一起走到籃球場，在看臺那裡坐下。天冷了，他把他的衣服遞給她。她又聞到了那種清香的肥皂的味道。他擁抱了她，吻了她。

她說，她很想和他在一起，住在一起，她想為他做飯，還有，每週買一束花布置房間。

他笑笑說：「妳可真傻啊，小孩。」

為什麼說出這樣的話就是傻呢？你說你喜歡我，我也喜歡你，那麼我有想在一起的願望並且把它說出來，不是很正常的嗎？

後來長大了，也就明白了，有些人的苦衷不一定是因為心裡有不可告人的善意，有時候也許是因為無法解釋的猥瑣。

他從來沒有想過和他的女朋友分手，這一點他倒是很正人君子。

不久後，他離開了她的城市。他就像蘇軾，原只是路過黃州，原只是坐在美麗的亭臺池榭邊上飲一杯酒而已。他還有他更壯闊的人生，那是和他酒筵上遇見的小嬋娟沒關係的事。她是在他離開後忽然長大的，因為她發現她並沒有嚮往他會給她留下分別的話語，也許在他說她傻的那個晚上她就已經明白了很多。不知道蘇軾詞裡的小嬋娟是不是也有同樣的心情，遇見了一個喜歡的男人，他說他也喜歡她。然而他的喜歡只是情感的小小消遣，他消遣了自己的，也消遣她的。要追問下去嗎？還是不要了。有點腦子的女孩會明白，什麼都不說才是最節約的方式，節約感情，也節約眼淚，我們每個人人生的本錢本來也不多。但還是很難受啊，那畢竟是真心喜歡過的人啊。

後來自然是知道他結婚了。

聽到這個消息後，忽然間想把自己弄得漂亮點，變得有錢點，變得更聰明點。就去做這些事，變得很忙很忙，忙得忘了當初為了什麼要做這些事。

最終一切又回到起點，買的新鞋子，預約要做的雙眼皮，想考的試，想做的兼職，都擺在那裡不被問津了。

我們經歷了一次被傷害，不論復原得如何好，傷害，總會以各種形態存儲在身體中。所謂「疤痕體質」，有時候也是指心上的。

文玥正式的男友，名叫費遷，是一位私人廚房的店主，最擅長的是做醬油雞。醬油雞有什麼好吃的？又不是《隨園食單》上的捶雞、焦雞、黃芪雞。但是人們排隊預約來吃醬油雞。在文玥還沒有認識費遷的時候，文玥那位親生的編輯同學已經對醬油雞著迷。他倆相約去吃醬油雞。

逢著這一天所有的雞都是店主費遷親手做的，沒讓徒弟做。所以，文玥對醬油雞的味道也是一吃三嘆。

做完最後一隻雞，費遷也該下班了。走出廚房微服私訪，被粉絲們認出來了。

然而他只看到文玥。

他心想，這個女孩不就是他夢中想要遇見的女孩嗎？談不上漂亮，但是剛好長成他喜歡的樣子。他走過去，兩手撐著文玥的桌面壁咚了所有的菜之後，裝酷耍帥以掩飾緊張，問道：「雞，好吃嗎？」

「還行。」她看著他，忽然伸出手，把他一綹被油煙浸得潤潤的頭髮給抬上去。「你該洗頭了喔。」

她的動作一點都不見外，好像跟他很熟似的。他也特別領受這不見外，覺得特別好特別好，很溫暖，很幸福，很柔情。

文玥愛上了醬油雞的味道。無眠的夜晚，她想念那鹹鹹的醬油雞想得五內翻滾。而同樣的夜晚，在費遷的心裡，有個蠢蠢的春思在萌動，他之前從沒試過對一個女孩念念不忘。而這次情況不一樣了，總是想到她的臉，那小小的翹嘴，真的很想吻上去。

他守在店裡，中午的時候，從後廚走到大堂排隊的人群中尋找「小翹嘴」。終於又看到她了。

他已經想好了幾個步驟。第一，做一份最好的醬油雞，送一份蔬菜，讓她吃好一點，這是基本的。第二，說店裡機器壞了，加她的微信付款。她肯定會說，直接掃碼不就行了，幹麼還要加微信。那他就說，加微信可以看到店鋪動態，有折扣活動。一般女孩子都會欣然同意。第三，加了微信以後找她聊天，但是不要用力過猛，一步一步慢慢來。

她加了他的微信。他哆嗦著點看她的朋友圈。最近一條居然是剛剛發布的「好吃到爆」。嗯，她照片美顏的效果並沒有本人好看呢。往後翻，看到某幾個深夜她對醬油雞的執念，他好感動，差點哭了。

茫茫人海，有那麼多女孩。

她們當中，能被人熱烈地愛過的其實並不多。大部分是按部就班地結婚生子，就像一種程序安排。還有一部分女孩，必須承認，她們從沒被人愛過。

那時候的文玥曾經想：我從沒被人愛過。

這個想法也僅是短短幾秒鐘的小念頭。從小，老師就告訴我們，要積極樂觀地面對人生。

她並不知道在成為戀人之前，費遷為她付出的那些失眠的夜晚。因為愛慕，他把她的朋友圈從頭看到尾，又從尾看到頭，幾乎都會背了。總是想起她和他距離很近很近，她為他把一綹頭髮推上去的情景。人類很深刻嗎？恰恰相反，愛情最初的動力只是因為皮囊啊。

愛皮囊就不是愛嗎？當然是，可是聽起來有點淺薄。然而人類就是淺薄的啊，沒有好看的皮囊，誰會去關注你的內心？有了好看的皮囊，做什麼事好像都會變得可愛。說穿了愛情不過就是皮相的互相吸引。你父母把你生成什麼樣，大致也就決定了你以後會遇見怎樣的人生，一切都是註定的，是隨機的，不要掙扎什麼，其實命運的道理特別簡單。

文玥終於答應費遷去看場電影。欣喜若狂的男人啊，翻遍了衣櫃沒找到合適的衣服，想明天起個大早去買，半夜又因為興奮睡不著，怕第二天頂著黑眼圈出場，吃了顆褪黑激素，結果睡過了頭，起床時已經十一點，匆匆跑去商場買衣服，連飯都沒吃。不是不想吃，是真的食不下嚥。愛情把人的精神如同油膏一樣熬著，頭上彷彿有根燈芯，那火苗就是活下去的唯一能量。他終於能體會動物、植物在發情期為什麼會那麼騷包了。

後來，文玥成了他的女朋友。他發了個誓算是給自己的：會愛妳一直到我死的那天，就算以後我老了，沒有這麼愛了，也會繼續愛，用能夠給的足夠多的愛去愛妳。但是當著她的面，他從不說他有多麼愛她。這算是一種男人的心機嗎？他內心深處有一個迷信是：愛不能說，一說就破。

秋天的夜裡，文玥從夢中醒來。費遷還沒睡，聽著手機裡的音樂，這時摘下耳機問她：「怎麼了？做了不好的夢嗎？」

「你有一天會離開我的吧？」文玥問。

他看了看她，說：「咱倆相處多久了？」

「一年了吧？」

「不，是一年零一個月。」

「記那麼清楚幹麼？」

「我打算回家告訴我父母，我們應該結婚了。」

過了幾天，費遷坐飛機回老家去。他在機場不小心遺失了自己的手機，當天沒有辦法給文玥打電話。因為只停留兩天，也就沒有馬上去買一個新手機和掛失手機號碼。反正很快就回去了，回去就正兒八經地向她求婚，戒指已經買好了。

而文玥呢，她在費遷的房子裡被內心深處的偏執擊中，她覺得，他其實是逃走了。他並不是去跟父母交代他要娶她，他只是用這當藉口離開她。就好像從前遇見的那人，那人說「妳可真傻啊」，帶著憐愛的笑容，其實他想說的是「我怎麼可能和妳在一起」。文玥鑽進了一個自設的牛角，裡面沒有光也沒有出口，她像一隻小蟲被密閉在裡面，是風乾還是腐爛？就算之前在一起的日子是風平浪靜，現在都被她推翻了。相信需要一萬年來建設，不再相信只需要一秒。

是有多難堪？真的不必如此。被傷害的疤痕，從皮膚蔓延到心。那個下午她對全世界的男人失去信心，不光是費遷一個。她開始收拾行李，衣服、鞋子、圍巾、帽子、手套，她不想留下任何東西在他的房子裡。她不想留下任何痕跡在他的生命裡。所有不被珍惜的，都應該早早絕版。

她只想快點離去。

她換了一個新的號碼。

她甚至不想留在這座城市裡。

——這是一個悲傷的故事，關於愛和不愛、相信、守望和宿命。文玥的飛機會在下午五點半起飛。在機場過了安檢，走向登機門，閘口打開，經過通道，走進飛機，找到座位。

飛機遲遲沒有起飛。

廣播裡在說：乘坐 CA3726 航班的乘客費遷先生，請速登機。

文玥以為自己聽錯了。

然後抬起頭，遠遠地看到一個人走進飛機。那一瞬間，她覺得大概是她一輩子經歷的最驚心動魄的事。

有人上了飛機，坐在她身邊。

握住她的手，再不放開。

這不是一個悲傷的故事。

鐵公雞小富婆

「妳手疼為什麼要捶腿？」

「手要數錢啊。」

我的小朋友最喜歡做的事情就是數錢了，故而，她時常會光臨街角那個銀聯[1]的自動提款機。她把卡插進去，輸入密碼，抽一沓錢出來，選擇「列印憑證」卻會謹慎地將憑證撕碎——我的小朋友是有些神經質的，她總認為會有人偷偷跟蹤在她身後，識破她的密碼，盜走她的錢。所以每次去領款的時候，不論晴天還是雨天，她都會撐一把大黑傘，把自己擋得很嚴。

在家裡，她端端正正地坐好，然後就像我一樣精準地數錢了。是我教會她「多指多數」、「單指單數」這些專業的數錢方式的，因為我是一名銀行職員。一張兩張三張，小朋友變得開心了。她對我說：「張家樹，有錢真是好哇！」

我請求有錢的小朋友請我去吃餃子，我已經穿好鞋了。可小朋友卻皺皺眉頭自言自語地說：「好貴的……」

所以，就算小朋友有朝一日變成了富婆，我也甭想占她一次便宜。在傍晚的時候，我陪她去街角的銀行把錢重新存好，然後就在附近的菜場買菜，回到家裡，認真洗手，自己動手包餃子。

在三月的夕陽下，晚霞的顏色是憂傷的紫，我覺得很悲哀。就像含辛茹苦的父母終於把孩子養大，可這孩子有錢卻不給父母花。我有養了白眼狼的絕望之感。小朋友和我在一起混了三年了，當初她只有二十歲，現在她二十三了。她大了，翅膀硬了，有主見了，她偷偷去銀行辦了好多卡，卻獨獨不在我工作的銀行辦。她把錢分散在那些卡裡，每隔一段時間就彼此流動一下，不讓我知道具體的數字。

然而當初，當她還是個大三的小女生時，她抱著一箱一箱的洗髮精、護髮素、洗衣粉來到我們銀行。那是春節將至的時節，她大聲宣布：「張主任，我是寶淨公司的實習生，你們春節的團購禮品都在這裡，請清點一下！另外，我想辦一張卡，可以嗎？」那時的她多坦誠，卡是由我辦的，第一筆錢她存了八百，她說那是她實習的第一筆獎金。直言不諱，心無城府，總之，這種美好的詞語我都想用在她身上。可現在她不一樣了，她不再是實習生而是真正的白領女性了，她有自己的經濟能力，也就有自己的經濟祕密了，因而她也變得虛榮了。

1 中國銀聯股份有限公司，簡稱為銀聯，是由多家金融機構共同發起設立的金融服務機構，有銀聯標示的銀行卡片可跨行互通、使用金融服務。

「張家樹，你明天在單位替我拍張照片吧。」

「拍照？」

「對，替我拍一千萬的照片吧。」

如果你經常上網的話，你會流覽到一張著名的圖片——畫面上是一張銀行職員的辦公桌，鏡頭以四十五度角傾斜白平衡失調的手法切入，拍下成捆成捆面值一百元的現鈔——小朋友把這張照片傳到了網上，取名叫做：讓你獸性大發的美圖。點擊量一時突破了十萬。

現在這照片流傳於各大網站，被許多人當成了簽名，他們得感謝我家小朋友啊。

實習期過後，小朋友成為寶淨公司設計部的員工，每天工作的主要任務是修圖。她用 Photoshop 的印章，把圖片上明星的臉修得一個毛孔也看不見。有必要的話，還要把章子怡的眼睛修成湖藍色。

「手好疼，好累。張家樹，給我捶捶腿！」

「妳手疼為什麼要捶腿！」

「手要數錢啊。」

丫鬟張家樹在給主子捶腿的時候，主子以數錢的方式放鬆手部的肌肉。一邊數錢一邊說：「來玩單項選擇的遊戲吧！如下的明星，哪一個臉上的痘痘最少。A張韶涵，B張柏芝，C張曼玉，D張雨綺。」

我答張曼玉，小朋友說：「給我一百塊錢。」

「憑什麼啊？」

「答錯就要受到懲罰啊！」

我變得謹慎了。

「那麼是張韶涵。」

「再給一百塊。」

最後我輸掉了四百塊。為什麼呢？因為「四個明星臉上的痘痘有多少我哪知道」。小朋友很高興，她立馬把這四百塊「不義之財」放進了錢包。

你看出來了，我的小朋友是一個貪財、自私、小氣、狡猾的女孩子。其實我的心早就涼了。那個星期六的早上是我們感情戰爭的引爆日，小朋友早早起床，檢查前一天在超市買回來的東西，最後她從購物袋裡摸出一盒杜蕾斯，跳上床來。她這個舉動使我有些感動，可是小朋友舉著杜蕾斯卻對我嚷道：「張家樹！你醒過來，你買的這個，他們收了你兩倍的價錢！」

結果，那個上午，我們風馳電掣地趕去超市，為了一盒杜蕾斯和工作人員擺事實、講道理。最末我們得到了新的一盒作為補償，卻被家樂福的工作人員看扁了。可小朋友還在囉唆：「我要退款！我要退款！」工作人員說：「小姐，再給妳一盒不是一樣的嗎？」

「為什麼我要一次買這麼多盒杜蕾斯，難道你想讓我老公精盡人亡嗎？」

工作人員的臉紅了。

最後，我們拿著退回的錢走在回家的路上，我懊喪得哭了，這是我作為一個二十六歲的大男人第一次為了生活的不公而哭泣。小朋友則在一邊對我進行了安慰。

「要不，張家樹，我們去吃餃子吧！」

我沒有理她。

「別生氣了，去吃東北餃子吧。」

我說：「我和妳過夠了！」

小朋友沒有回答我，只說了一聲「上帝啊」就兀自撐起了黑傘，向街邊的提款機走去。這天下午，小朋友在家裡沉默地玩她的錢。

第二天，我就跟小朋友說了分手的事。我說：「妳看，三年來，我一把屎一把尿地陪著妳，愛妳……可妳呢？妳請我吃過一次飯嗎？請我喝過一次酒嗎？過情人節，妳總用十元三雙的襪子打發我；過耶誕節，妳把這雙襪子掛牆上，等我往裡頭塞禮物；現在為了一盒保險套，妳就非要丟盡我的臉！我……我最受不了的是，每次那個的時候，妳都管我要一百塊，現在妳漲價成三百了……妳是我老婆嗎？妳簡直是……」

小朋友瞪大了眼：「我是什麼？我是什麼？我是雞？」

「雞……妳是鐵公雞！」

小朋友的頭髮豎了起來。「鐵公雞！行……我每天辛辛苦苦地工作，我精打細算地攢錢，我為了什麼我？」

「妳為了數錢！」

小朋友也哭了。「好吧，你走，你走了就不要再回來！」

我離家出走了很多天，在這很多天裡，我也曾和小朋友偶然擦肩而過，畢竟這城市也就是那麼幾條路，那麼幾家咖啡廳。那天我和阮航坐在咖啡廳裡喝起了悶酒，遠遠地看到靠窗一桌坐著的，可不是小朋友和她爸媽嗎？而他們的對面，赫然坐著一個西裝革履、變形金剛一樣的男人！他們正彬彬有禮而不失親切地對話著，這不是相親是什麼！

阮航說：「老張，算啦，自古痴情的都是男人啊。」

聽到阮航這麼說，當時的第一個感覺是好想把那個西裝男殺死，但我接受了另一個比較理智的提議：「給你介紹一個姑娘吧。」

於是我和杜莉娜開始約會。

我發現杜莉娜是個好姑娘，她真是比小朋友大方一萬倍不止。第一次約會她就主動請我吃飯，第二次當然是我請客，可是人家杜莉娜就細心地又送我一件毛衣。

第三次我請杜莉娜看電影。第四次是週末，杜莉娜約我去旅行，旅行的費用她說能報銷，實際上是她早付好了。

多年來，和小朋友相處久了，我不自覺地奴性不改，喜歡付帳。遊玩的一路上，只要我掏錢杜莉娜就會和我搶，導遊覺得我們是很怪的一對。

我說：「咱們別這麼客氣好不好？」

杜莉娜微微一笑。「唉呀，男女平等。」

好吧，男女平等。

有一個和我平起平坐一分錢不圖我的女朋友，這總不是壞事。我把杜莉娜帶回家給父母見。我爸問：「工作忙嗎？」杜莉娜答：「有點，剛升主任。」我媽問：「那妳和家樹同一個級別呢。」杜莉娜答：「差不多，不過是『三八節』比他多領一份福利而已。」

她讓我覺得舒服，卻又有那麼一點點不舒服，至於是哪裡不舒服，我真的形容不出來。

送她回家，叫計程車，她叫我別坐上去，不然回去還要花錢。其實對於錢，女人基本上都是一樣會省，但是女人和女人省錢的方式不一樣。紅色的計程車載著杜莉娜，片葉不沾身地從我身邊駛過。我在街邊站久了覺得自己很傻，也忽然弄明白剛才那個「不舒服」到底是什麼了——就是，好像不是在談戀愛而是一種試探、一種交換，她什麼也不欠我，那麼是不是遇到更適合的人，脫身也比較容易？

我承認我是一個陰暗小人。

在上樓的時候，我忽然想念了一下小朋友，就一下，像被蜜蜂螫了，可是傷口卻慢慢地擴大了。夢見了小朋友數錢的樣子，夢見了她把我的錢都搜刮走的樣子，夢見了她撐著黑色的傘鬼鬼祟祟站在提款機前的樣子，夢見她被打劫就驚醒了。一個小小的女人啊，她鐵公雞一毛不拔，她貪你的錢，圖你的財，她固然不怎麼好，但……這是不是也意味著她信任你，她依賴你，拿走了你越來越多的錢，她人沒走，是不是就說明她打算這輩子和你耗下去？

我在凌晨三點按下小朋友的電話號碼，兩秒鐘後，又把十一位數字一個一個刪掉了。小朋友二十三歲了，二十三歲的姑娘不再是小孩子了，她如果也想念我，她會告訴我的……

作為銀行工作人員，我最討厭那些不按號碼牌行動而擅自插隊的顧客，也很討厭那些看見前面領了號碼的人走掉就跑過來冒充的人。這一天，〇八六號顧客走了，有一個板栗頭就想僥倖插隊。當她抬起臉的時候，我看到的正是我的小朋友。她居然剪掉了她的長髮，難道是因為和我分手而受了嚴重的刺激嗎？

我在玻璃窗口裡面，小朋友在玻璃窗口外面，我們對視片刻。然後她就把一大堆的錢塞進來，又遞了一張表格給我。

我真切地看到，那表格上的名字是「張家樹」。然後我聽到小朋友說：「買房子啦，辦抵押啦，笨蛋！」然後她就打電話給售樓部的人，核對了付款方式是否正確，就讓我不要耽誤時間。

你見過戀人們在機場、火車站、地鐵、公園接吻，可你見過他們在銀行這麼幹嗎？攝影機忠實地記錄了我和小朋友的過分行為，事後我被處罰，阮航痛心疾首，告訴杜莉娜趕緊和我拜拜，別遲疑。

多年以前，我看過一個作家寫道：「我所有的錢不多，但是你可以隨便花。」我也想對小朋友這麼說。而當一個男人對一個女人這麼說的時候，是代表他真的願意和她一起生活，而不光是愛啊、喜歡啊那種虛頭巴腦的東西。

故而，在重新見過那個變形金剛一樣的房屋仲介，排除被騙的可能性後，我毅然將房產所有權人的名字改成「王蓓珠」，因為當一隻鐵公雞拔光了她的羽毛的時候，那就代表她真心要投靠一個她所愛的人了，應該沒錯。

草木染

他不該是現代人，
他應該屬於古代，
在鄉間、在集鎮，做完農活，
坐下閱讀詩篇的少年。

鞠荇是一本心理學雜誌的記者，有一次，她去採訪一位心理專家。

專家的地址是某醫院精神科，大廈的四樓，專屬的研究室。

但是那天鞠荇走錯了樓，來到相鄰一幢樓的四樓。這裡沒有研究室，長長的走廊盡頭有一扇鐵柵門。透過鐵柵門，鞠荇看到了裡面的人。他們被關起來，十幾個人圍坐一桌，沉默地待著。

柵門內，有一個人看到了鞠荇。他走到鐵柵欄邊上，伸出了手。他好像盼了許久，終於盼到了一點來自外界的訊息，熱切地、小心翼翼地伸著手。鞠荇一直記得那隻手，半透明的手背上靜脈像淡青色的小河流。蒼白、纖柔——只有瘋子才會有的，病態美麗的手。

如果換成如今這樣一個下午，鞠荇也許會有勇氣握住那隻手，不為任何，只為給他一點安慰的力量。但在當時，她選擇快速轉身走掉。她害怕，害怕身後那沉默而瘋狂的另一世界。

採訪完心理專家，鞠荇從醫院出來。此時九月，桂花開放，從來沒覺得桂花這麼好聞，心情也跟著放鬆了很多。所以，遇見有人和她搶同一輛計程車的事，她也並不在意。

鞠荇又搭了另一輛計程車。在紅燈路口，鄰近的計程車裡出現一張看向她的臉。這張臉上有一種楓糖般稠厚的笑意，是那個搶計程車的人，一位漂亮少年。

再一個紅燈路口，這笑容再次出現。

一直到下車時鞠荇才意識到，她又被跟蹤了。

她看到少年慢慢地走過來，他和街上的任何人都不一樣，穿一件大袍子，寬身大袖的那種，頭髮紮成道士樣，像一位古人。

他走到鞠荇近前，從袖子裡抽出一枝桂花。

「送妳的。」他說：「妳像這花一般好。」

後來，那少年便經常出現在雜誌社附近。但他再也沒有注意過鞠荇。她和他在小麵館裡常能狹路相逢，但他的眼睛只聚焦在麵條上，慎重地攪拌著。或者，是在水果店，他同鞠荇一起注視柚子上趴著的貓咪，臉上就會浮起楓糖般的笑意——鞠荇明白了，那天他對她的禮讚，只是發神經。

但是，如果一枝清香的桂花是讓人覺得快樂的，為什麼不認為那就代表真心的讚美呢？

加班的深夜，鞠荇去小麵館要一份炒麵。這一天，她又看到那個少年。他正蹲在飯館外面。下雨了，他在雨中淋著，落湯雞一般。但他卻很自在，手裡有一瓶酒，每喝一口，寒氣混合熱氣就像燒開的熱水從壺中撲出一股——天冷透，冬天到了。

小飯館的老闆說，他已經賒帳很久了。

鞠荇那天不知出於怎樣的婦人之仁，幫他結清了欠帳。九十元的酒錢，五十五塊錢的豆乾。鞠荇並不想去結識這位現代孔乙己[1]，她只是可憐他的孤獨和落魄。那大概是每一位少女心中都會存在的善良，來自對這個世界的愛、憐憫和溫柔。鞠荇提著食物回自己的小屋去，沒有回頭。只聽見潺潺冬雨擊打啤酒空瓶的聲音，像是某種後現代音樂家製造的樂音。

第二天是週末，雨過天晴。鞠荇在院子裡曬被子。她租著一間有院子的房子，以前是殖民時代的小洋樓，現在變成公寓。院中有樹，樹下有一個裂了的大浴缸還沒被扔掉，填了土，種了一缸的鳳仙花。冬初，花已凋殘，但隔著棉被和太陽，鞠荇看到那浴缸上放著一個牛皮紙包。麻繩繫出十字，中心打一個結。鞠荇走過去拾起，上面有字——「鞠荇小姐芳啟」。拆開，是一件白底淡茶色紮染衣裳。

衣裳完全是手工縫製的，大了，但大得很好看，鞠荇懂得它。她把它套在身上，這件衣服要告訴這個世界的是：所謂流行什麼的，相比這手工品，真是浮躁得不堪一擊啊。

配一條綠松石項鍊，週一去上班。鞠荇的同事都說她怪怪得很好看。

就在那天晚一點的時候，在雜誌社的樓下，鞠荇果然看到少年等在那裡。還是那種毫不掩飾的、要把她看穿的笑意，他說：「還不錯，妳穿這衣服像我。」

小古是一個神奇少年，因為他的身上有太多的「沒有」。

——沒有來處，沒有姓氏，沒有父母，沒有兄弟，沒有家，沒有工作，也沒有錢。他說他也沒有名字，但是為了讓鞠荇方便稱呼，他給自己取名叫小古。

這樣什麼都沒有的一個人，卻又像什麼都有。他那麼富足，那麼滿足。他有手藝，會畫畫，會修琴，會拿彈弓打鳥，會把布料染成各種草木的顏色，會做衣服。他

1 出自作家魯迅小說〈孔乙己〉，在故事中是個身穿破舊長袍，缺乏技能、滿口之乎者也的讀書人，呈現出一種不合時宜又被傳統思想束縛的知識分子形象。

也會和小麵館老闆周旋；會和烤紅薯的搭訕，人家總能賞他半塊甜的。

鞠荇喜歡小古。這種喜歡，是一位長姐對弟弟的喜歡，也是對整個世界的喜歡當中的一小部分。是不帶有功利色彩，醇厚又天然，原汁原味的喜歡。

小古來鞠荇的住所，在院中教她染布。把白布剪成四方塊，當中隨意揪出一些位置，用麻繩紮緊。煮槐花，染深褐色。煮茜草，染淡紅色。煮梔果，染淺黃色。煮靛青，染深藍色。煮普洱，染卡其色。煮菱角殼，染紫色。煮橄欖仁，染褐綠。煮決明子，染金茶色。煮玫瑰，染斑斕色。

布疋在陽光下展開，他們兩個站在布與布之間。他們彼此端詳，他有張清秀的臉，屬於現代人，卻更應該屬於古代人——古代在鄉間、在集鎮，做完農活之後，坐下閱讀詩篇的少年。

布疋乾透後，小古又教鞠荇製衣。他不用縫紉機，他有一雙能把針腳縫得如同機器一樣又直又好的手。鞠荇看他的手，她無端想起，很久之前看到過的另一雙手。精神病院的瘋子，都有這種蒼白纖弱而靈魂四溢的手。

她穿著小古給她做的棉袍，和他在深夜就著雞翅膀喝啤酒。

——被誘拐的小狗在失蹤兩個月後，從另一座城市跑回了家，可是家人卻恰在那時搬遷去了別處。小狗守在舊家的籬笆外面，鄰人對著攝影機和話筒發表看法：這是一隻忠狗，讓人好感動。

「如果有一天我不見了，妳不需守候什麼，也不用找我。」小古說。

「好啊。」鞠荇一邊說，一邊剝著橘子。

「可是你為什麼會不見？說說理由好嗎？」橘子吃了一瓣，把剩下的遞給小古。

「被誘拐。」小古把遞來的橘子吃掉，橘皮放在茶几上，他一直收集橘皮，要試著染出新的布料顏色。

「你有什麼資本被誘拐？」鞠荇吐出顆橘子籽。

「我長得帥。」小古把籽吐在鞠荇的掌心，這兩個籽像一對小夫妻一樣地依偎在一起。

鞠荇終於和小古接吻了，但是心裡好難過，就好像是在吻別一樣。

後來有一天，鞠荇發現小古不見了。清晨她醒來，他沒有照常睡在她身邊。他的離開就像他的出現一樣，一點預兆也沒有。他用過的剪刀和針還放在桌子上，橘子皮在陽光下縮乾成蛋殼一樣，染好的布料還有兩組。而他就那樣消失了。

鞠荇把東西收起來。如約定一樣，她聽他的話，不守候，也不尋找。不要，不要悲傷，鞠荇對自己說。就算相守一百年又能如何？人總要死，總歸要消失。長痛不如短痛，短痛比較好醫治。

然而她知道她根本做不到那些，她哭了。

沒有小古，做什麼事情都沒興致了。鞠荇覺得自己漸漸變得無趣，就連吃橘子也不會先從臍的部位挖下去，掏出它們的膽，再保留它們密布小痘痘的皮。

有些人註定成為另外一些人的靈魂牧者，鞠荇像一頭失去了牧者的山羊，她覺得她忽然蒼老了。

後來，鞠荇離開雜誌社，跳槽到了另一家公司，成為和單槍投影機、PPT、P2P、O2O之類為伍的人。每天百萬來千百去，也日漸老辣。

她的工作決定她必須穿一種鉛筆式的衣服。比如這種裙子，就被叫做鉛筆裙。像鉛筆一樣筆直，收束，硬挺。最好是用那種無須熨燙的布料製作，就算在車中暴堵兩小時，也不會因為久坐而起皺。

只是在回到公寓時，如同扒皮一樣扒掉衣服的時候，鞠荇才會覺得原來她是累的、疲沓的、掃興的。她就會在這種時候，倒一杯紅酒，站在三十樓的窗，看遠處的江從西流向東。喔，那時她早已搬到比較時尚的社區居住，這裡有江景，號稱白領最愛的地盤。

吃東西也不再去小麵館，外送隨傳隨到，比太監還殷勤。

唯一保留下來的習慣是每天窩在沙發裡，看深夜的電視。雙人小沙發是認識小古那年買的，搬家也搬了過來。在沙發裡，吃著橘子，有時候想起小古。

最初因工作原因採訪過的那位心理專家，至今還時常會給鞠荇寫來電子郵件。一些問候，一些回覆，成就了他們之間的忘年交。有時候還會一起去吃飯、滑雪、釣魚，帶著完全不同種類的朋友。

鞠荇發現和他們相處有點吃力，她好像沒有了交朋友的能力，特別是，行年漸長之後，對於孤獨，有種特有的偏好，漸漸喜歡獨處。

又是秋末冬初，這種時候，桂花開放，滿街暗香也滿心傷懷。連李清照都受不了，酗酒打發光陰，寫一些傷懷念遠的詩詞。鞠荇暫停了忙碌，有幾天年假，打算去外面走走。還能去哪兒呢？要麼去雲南吧。也不知道雲南到底有什麼好玩的，各種人把它走成了一個巨大的集市。麗江、束河、大理連續走下來，別的感受沒有，只見滿眼的紮染布，像極了紮染批發市場。

鞠荇看著那些紮染，它們商業得很是理直氣壯：我粗糙，於是我代表樸素。

但是誰說粗糙就一定代表樸素？

鞠荇想起她的草木染。她還保留著一包橘子皮，等著那個人回來試驗新的顏色。一幅幅白色的布，被小古染成彩色的，縫成衣服、裙子，給她穿著。天然的東西讓她覺得自己的肉身是被疼惜的，就如同她的靈魂也曾被小古洇染過，因而有了特殊的顏色。她想念小古，想念她靈魂的牧者。忽然一時間就難過得不得了，坐在飯館，吃著茄子，問老闆要一杯奇異果酒，眼淚就掉下來。

恍惚間看到小古破門而入。

「小古，是你嗎？」放下酒杯，淚光中瞪大眼睛。

「是我。」對方給出一個熟悉的、楓糖那樣的笑意。

生怕他走掉，所以不敢問：「真的是你？」

「真的是我。」小古說。

「你去哪裡了？我一直在等你。」

「我說過，不要問我去哪裡，也不要等我。不是說好，我們要相忘於江湖嗎？」

「我做不到！小古，我愛你啊。」

「可是，妳愛我的前提是，妳要先愛自己啊。」

鞠荇醒來時，發現眼淚都浸透了枕頭，這個夢真的太悲傷了。

是時候回去了，雲南的所有意義，就是做一場久別重逢的夢吧。

她坐上回程的飛機，身旁的那些陌生的旅客，還有將要回歸的公司裡，一個個同事、上司、下屬，還有父母親人，還有從前那位心理專家……想起這些人，在她的世界裡，就好像是一個個大型戲班的演員，每一個人都恪守本分，安心好好地演，因為他們都有固定的角色。

小古是唯一一個，胡亂闖入戲中，完全沒有戲分，卻成為主角的人。

古人一樣的少年，著布衣，踩布履，跟鞠荇打過一次人生的照面，而後離開了。如同染進布疋中的顏彩，在她的靈魂裡，他浸潤她以一個季節美好的光陰。

一年又過去了。春日將盡，鞠荇走到舊日租住的大院，白瓷浴缸上的鳳仙花開出淡紫柔粉的一片，她採擷它們，忽然有興趣帶回家染一條紅色的絲巾。

鞠荇有一雙蒼白纖弱的手，摘下多汁的花朵，指尖凝成小片的紫。

有人說，愛情，其實就是一種精神障礙。陷入愛情的人，跟瘋子並沒太大差別吧。

想到這裡，鞠荇對自己笑笑。可是，愛情再強大，在時間面前，也成了微不足道的東西。

即使非常愛你，思念你，或是擔心你，痛恨你，最終當我又老了一歲，當桂花又一次開放，當冬雪落下，春天又來，我會自你給的酸楚思念裡抬起頭來，漸至療癒。

一個人的愛情故事，如此微小，不會像歷史的大事件，可以搬進史書的庫房存放。它們也許只能勉強交給文學，由詩或小說來收留。幸好文學是這樣美麗，關心失敗猶勝於成功。

鞠荇還在等待那人海中，手指尖也有淡淡紫色的人。但她已經明白，她應該快樂地等。

惠風和暢

這是最美的夢魘，
魘在一座鮮花深淵。

春初的某天，一葦在一條巷子邊停下腳步。

走進去，盡頭是紅磚斑駁又砌了灰磚的老樓。樓門口一個破了的浴缸，裡面填了土，種著無盡夏。花球碩大，幾朵淺藍，幾朵粉紫。一葦知道自己沒有認錯。

這老樓是江河住過的地方，或許現在也還住在這裡？不一定。三、四年前，他帶她來過這裡，沒上樓，她在樓下等他取一包白菊花。那天也是春初，老樓前的院中空地上，紫藤落了一地，那幾株無盡夏盎然地開著，像油畫。

他自覺欠了她一點小小的人情，總想還她。

總覺得欠人人情的人，內心必定是忠實謙卑的，不管他表面上多麼高傲冷漠。而人情又總是這樣，欠來欠去，還來還去，越欠越多，越還越沒完沒了。起初是她送他一盒岩茶，那時候他們還只是病人和醫生的關係。後來她去旅行，又寄給他手工的漆器、銀質的壺、小銅羅漢。

他把從舊書坊淘來的醫書給她，因為久病成醫，她也愛上讀古代的醫書。

有一度每週見面。治療失眠可不是光靠吃點安神的草藥就完事，好醫生都會從臟腑氣血的根本給病人調理。有一次看診後，他說她上火，平時喝些白菊花，當茶泡水喝，每次七朵。她去買了菊花，再見面時，他看見她那個透明水杯裡的菊花，皺眉道：「妳這菊花是硫磺燻過的，下次我給妳帶一包白菊花，我自己採的。」

看完病他接了一個電話，有事要離開醫館。他說他要回家取點東西，順路帶上她，把菊花拿了吧。就這樣她得以「順便」知道了他住的地方，果然是「老中醫」，住在「老地方」。樓房是五、六十年前的古董，外牆剝落著粉屑，像一塊巨大酥脆的餅乾。院中悍然坐落著一個白瓷浴缸，裂了，有人填了土種了植物，春天裡，球狀的大花像氣泡從土裡和葉子間湧出來，也像夢境。她拿著那包白菊花走出巷子，小巷不長，太陽也不烈，但她竟走出一身汗來。巷口有人掛著鳥籠閒玩他的九官鳥，鳥說：「七條，二萬，八餅，和了！」是一個粗嗓門男人的聲音。她忍不住笑了。

那是生命中普通、平淡、溫暖的一天，卻又有點神奇：她去了這城市某一個從沒到過的角落，如果不是因為他，她可能一輩子都不會來到這條巷子，就算它近在咫尺。而這裡是他從童年時代起就一直住著的家。

她的每一天，和別的女人的一天大致差不多，不外乎早上八點起床，中午休息，晚上十點入睡。然而她的一天又無端比別人的一天多出很多時間，因為失眠的緣故。

幾乎整夜無法入睡。

她能記得的人生裡睡得酣暢的時光，已經遠在嬰兒時期了。有的人是沒有童年的，她覺得她就是。從很小的時候開始，她就是一個滄桑的小孩了，然後是一個滿懷心事的少女，一個沉默內秀的女人，一位用筆寫字、煮字充飢的女作家。

一輩的作品為公眾熟知，但不知為何，她在人前總羞於提到自己的職業，若有人問，她只說：「我沒工作。」

或許作家這個職業，本身就和幻想、夢境、臆造相關，小說寫的並不是自己，而是自己腦中片段支離的想像。而她骨子裡更喜歡那種真實的、準確的東西，比如科學，比如醫學。

多麼嚮往一次酣暢淋漓的睡眠啊。就好像，就好像黃土高原上，沒娶上媳婦的漢子對姑娘的饞。

這樣的睡眠也不是沒有。有據可數的幾次睡著，動用了大量的人力物力。燈光，燈光要有，但不能太亮，換過一任又一任檯燈，終於找到一盞摩洛哥拼花玻璃的暗光彩色檯燈才算OK。床單，不能使用淺灰色純棉布料以外的任何色織床品。房間裡不能有花草、香水、熏香和蠟燭的氣味，她聞到任何香味都會睡不著。不能有光，是指窗簾外的光，所以光是窗簾都不知換過多少面。還有男人，睡覺時到底需不需要男人？這是個辯證的問題，而最終的結果是，她的男友受不了了，離去了。

她寫出了坊間評價很高的一本小說。有幾次大型的活動邀請作者出席，她不去，她害怕在會場上睡著。有種奇怪的邏輯是失眠的人都害怕在大場面時睡著，就好比白化病患者最怕的不是自己的白，而是和黑人站在一起。

所以更有一批忠實而執迷的粉絲追捧她的低調。

失眠像一條巨蟒，濕濕的滑滑的涼涼的，在整個城市安靜下來的深夜，巨蟒吐著蛇芯子爬上她的床。她睜著眼睛，整個宇宙的心事都在她眼前。她睜開眼睛，索性和失眠好好相處，打開電腦，結果一個字也寫不出來。

有人說她這樣下去會死的。

這城市不大，所以流傳著很多現成的傳奇。哪條街上的金店最足兩，哪個廟宇的神仙最靈驗，人們之間都有確切而肯定的答案，比百度和谷歌強。說到中醫，誰都知道他所在的那間醫館。

櫃臺介紹她看江河大夫。

他給她把脈。「失眠多久了？」他問。

「一年，兩年……我不記得了。」她答。在醫生面前，好像可以更加自由地發揮自己的無助，甚至無賴。

「待會兒給妳針灸，妳會睡著的。」江河說。

他拈動銀針。他好似那種拼布的人，用針固定著布的形狀，拼出一個布娃娃。現在她身上的針就在把她從支離破碎的夢境裡重新拼湊起來。針刺如蜂螫，但在小小的痛楚中，她陷進一個深深的、幽黑的洞裡，一直下墜，越跌越深。在這洞的四壁，漸漸看到繁花盛開：紫藍的無盡夏，粉白玫瑰，淺黃雛菊，深紅的覆盆子，淺紅的還未熟透的櫻桃。她在夢裡知道自己在做夢，她也知道既是做夢就說明睡著了。太好了，她不願醒來，也醒不過來，這是最美的夢魘，魘在一座鮮花深淵。

原來竟真的睡了這麼久。拔掉所有的針，手腕一處因為第一次針灸的針感腫起一個疙瘩，他用雙手握著她的左手，揉那腫塊。但難免有點尷尬，這樣老鄉見老鄉似的相握，四目相對，距離又這麼近，只好彼此躲閃著目光。

心理學上有個理論說，女性病人多半會愛上自己的醫生。大概是因為醫生治好了病痛，又站在稍高的角度，被病人仰視，自帶了光環的緣故。

念念不忘那寬厚手掌溫柔的一握。

還有他的眸子，黑溜溜的，邊緣卻是琥珀色，像日環食。他是從遠古走來的異族部落的男子，以諳熟植物、採摘草藥，解眾生病苦。

莫名地，她開始關注她的醫生江河。加了微信，在他朋友圈點讚。看他每天運動的步數。了解他的行程，他每一次的講座。他的粉絲很多，不單她一個。一眾老少婦女、小朋友都愛戴他，這讓她有點放鬆，泯然於眾是很舒服的體會。她把她的喜歡藏進眾多人的喜歡裡。

他去江蘇做講座，還要帶領聽眾去山上辨識草藥。她很想跟隨一起去，但是無奈同一時間，出版商要舉辦她的讀書會，在江蘇的另一座城市。她既已不再失眠，也就不用害怕在演講時睡著，所以應邀前往，去面對兩百名粉絲。

她從沒想過會遇見他。

但是世界卻常常只是一個小村莊。回程的飛機上，她剛落坐，便看到他拎著登機箱走來，好像約好了似的，他很快感受到她的目光，大概是非常灼熱的吧，她想。莫名想起小時候背誦過的古詩：

今夕何夕兮，搴舟中流。

今日何日兮，得與王子同舟。

他和她的鄰座交換了座位。「我們是朋友，謝謝您幫忙。」他這樣說。是朋友，在他心裡，他們已經是朋友了？不過，不然怎麼說呢？「她是我的病人，麻煩您幫忙」？

聊天聊了一路。

「各種脈，都代表什麼症狀？」她問。

「這很難幾句話講清楚，不過可以淺顯地說說。」他說。

「我也是讀過醫書的人，不妨我來問你。」

「好啊。」

「滑——」

「就像一排小氣泡，孕婦多半是這種脈象，但是滑脈不一定都是懷孕。」

「浮——」

「像水上漂木。」

「沉——」

「輕輕按是找不到的，須得重按。」

「遲——」

「每息跳動不足四次。」

「數——」

「每息跳動五次以上。」

「洪——」

「來盛去衰，如波濤洶湧，急性子多半是這種脈。」

總覺得中醫的很多字詞語句都是有文采有感情的，如同神祇悲憫蒼生。

她在飛機上升到三千公尺的時候睡著了。

他一直沒有告訴她，她有種奇特的脈象，是他行醫多年來見過的最難忘的一種。

這樣的脈象其實是不會失眠的。

他還記得她在醫館沉睡後醒來的樣子。

她稱不上漂亮，但是她的模樣裡有種剔透的東西，或者說至死彌真的赤子之心，是屬於孩童的或小動物的那種柔軟天真。他看著她從夢境慢慢地回到現實，說的第一句話是：「醫生，你在哪兒？」

那一刻覺得感動。

被一個人需要著的那種感動。

也感謝自己這輩子有幸當了醫生。

除此之外，就是某個春天的下午，他從舊居走下來，看到站在樓外等著他的她。紫藤花落了一地，她頭髮上也沾著幾朵。她瘦瘦的，背和肩薄而窄，卻燙著一頭蓬鬆的鬈髮，越發顯得像個小孩。她俯身注視著破浴缸裡的花球，像注視著幼小的精靈。

她或許是他讀過的古舊醫書裡，患著失眠症的某位趙姑娘。舊醫書都這麼寫，「趙姑娘」、「李姑娘」、「王姑娘」……女性是沒有名字的。趙姑娘，都在前塵裡被醫生治好了，卻又帶著不能捨棄的病根來到此時此刻，一個不應該失眠的人睡不著，是趙姑娘託她來找藥方嗎？

她的失眠好了，所以，就沒有理由再去醫館了，也就沒什麼藉口和他見面。作為某種意義和程度上的朋友，似乎這種友情也該中斷了。除非，除非一方非常主動、努力去維繫，帶著點厚臉皮和訕訕然。而他們可都是內斂而羞澀的人啊。

是很久都沒再聯絡了。大概有三、四年，時間過得真快。

又是春初。某個下午，她去出版社見編輯。雖是路痴，卻還是隱約覺得這出版社離某個巷子很近。談完了正事，她走去那條巷子。從巷口走進去，看到紅磚斑駁又砌了灰磚的老樓。

「姑娘，妳是誰家的孩子啊？」上了年紀的看門人大概太寂寞了，坐在這裡，好似白頭宮女，幾小時也遇不到一個聊天的人，此時逢著一輩，忍不住想問問前塵舊事，而她已經走遠了。

有人從舊樓裡出來，提著一摞舊書。「江河啊，剛才有個姑娘問起你呢……她走遠了！你認得她嗎？」看門人說著，喝一口濃得發黏的茶水。

他看到遠處的身影。

看了一會兒，又看了一會兒。笑了。

「認識，我認識她。」他說。

「那快去好好聊聊吧，都幾十年沒見了，都長大了，不是小屁孩了。」看樓人不明就裡，兀自嘟囔著。卻好似說對了一些重要的感覺，是江河想去思考，又從沒仔細思考的。是啊，彷彿和妳有很多年很多年沒見了，是的，妳應該出現在我生命中更古老更久遠的時期。

遠到如同前世。

很高興，此時又能遇見。

不能再錯過了。

他往前緊走幾步。

此時日色正暖，惠風和暢。

工作日清早九點
買咖啡的宿敵

要經常對自己說：

我這麼好，我的人生也會很棒。

我很喜歡那種店，那種店主——

開一間書店，只是因為自己喜歡看書。

開一間西餐廳，只是因為自己是個吃貨。

開一間服裝店，只因為喜歡守在店裡，看人。

不為了賺什麼錢，也不為了謀什麼生，就是：我、高、興！三個字。

我所在公司的這幢大廈的裙樓[1]，開著一圈的店。當中有一間咖啡店，就是我喜歡的類型。店很小，裡面就一張桌，兩把椅子，以供堂食。臨窗是工作間，清早匆忙的上班族，一般會從這裡買一杯咖啡帶走。

這店裡的咖啡真心很棒，能讓一個喪著臉在大清早思考人生的年輕人瞬間振作，也能讓一個絞盡一夜腦汁還沒做好的PPT順利完成。

「就是有這麼好的療效，不信試試。」我對正在寫文案寫得上火的呂游說。

呂游一夜沒睡的臉呈現悲慘的苦綠色，沒洗就來公司了。頭髮油乎乎的，像髮廊裡那種塗著軟化劑等待燙髮的大嬸。

但是他仍舊是全公司最帥的男人。在一個愛他的女人眼裡，他就是朝陽區的宋仲基。我知道他沒刷牙，饒是如此也不妨礙我和他接吻。要說一下的是，呂游是我男朋友，我是他女朋友。

我把咖啡分他一半。

店主每天只做一壺摩卡咖啡，多一滴都不會有。近來知道這間咖啡店的人越來越多了，我是靠搶才得來的這一杯。

搶的時候還撞到一個男人，誰讓他站在我身後呢，他手裡的咖啡潑出來，他身上那件T恤是毀了。「實在抱歉，」我說。「呵呵，你這T恤什麼牌子的？」

「沒牌子。」他僵著臉說。

「謝天謝地！謝謝你穿的不是亞曼尼的上衣啊。對不起，要我賠嗎？」我說。

「這是個多麼沒誠意的道歉啊。」那人搖搖頭走了。

喝了咖啡的呂游精神抖擻了，現在他把文案寫完了，在聽歌。

1 通常指的是高樓建築物主體的底部、面積大於主體的低層建築。有裙樓的建築物從外部看上去會呈現一個「凸」形。

上司走過來說：「呂游，你這個文案我看了，特別好，得給你一點獎勵，下個月公司請所有客戶代表越南遊，你也去吧。」

我對呂游說：「不要旅遊，要錢！」

呂游抽空對老闆說：「不旅遊，給錢。」

老闆說：「想做一個真漢子啊，就不要太聽女人的話。」

於是呂游被「發配」去越南了。要去三週半。

我對同事說：「什麼樣的熊公司會請客戶代表在越南待一個月啊！我看沒準是老闆和哪個女代表有一腿，要長期泡妞！」

一個月，必須防火防盜防劈腿。我對呂游說：「如果你敢和別的女人來往，我就殺了你。」

孤獨的一個月，寂寞的一個月，每天早上去搶那一杯咖啡成了我唯一的人生樂趣。真的靠搶的，我雖然手無縛雞之力，但是我個子小還是有優勢的，我幾乎是從一個高個子男人的腋下鑽出頭，對店主說：「中杯摩卡帶走謝謝。」

「中杯摩卡帶走謝謝。」那高個子也同時說。

店主只有最後一杯咖啡了。她笑笑說：「還是讓給小姐吧。」

回過頭來，居然是那個被我撞灑過咖啡的男人！他還是僵著臉。「喂，妳黑眼圈很大，咖啡喝太多了吧。」

「小氣鬼，不需要這麼惡毒地反撲，這杯你拿去！」我大方地遞給他。

他還是走了，沒走幾步回過頭來說：「妳今天確實沒化妝。」

好惡毒。

想必是每天喝的那一杯咖啡的原因，每個夜晚，孤枕難眠的我在床上滑著手機玩著遊戲。呂游的電話本應是一天一通，可是莫名其妙就變成兩天一通，三天一通。我和他嘔氣了，誰戀愛不嘔個氣呢，所以我也不主動打給他。

一個星期沒有電話，不過也好，他就要回來了。

呂游回來了，我八婆地問，老闆有沒有搞外遇。他說沒有啊。然後他給了我一個重要通知。「我們分手吧。」

「為什麼？」我問。

……

「誰？」我當然明白發生了什麼。

「一個客戶，」呂游不敢看我，蹩腳地解釋說：「很重要的客戶，不得不敷衍一下，但是……真的對不起妳，所以還是分手吧。」

女客戶，要隆重對待，所以奉獻了自己的全部身心？

其實像呂游這種大學剛畢業的男人有什麼重要客戶啊？還不是遇見老牛了——專吃他這種小嫩草的母牛！

我就這樣「被分手」了。

我一直以為呂游幾百年前就屬於我，就像自由落體、萬有引力一樣天經地義，而事實是，他是自由的，是我無法控制的。分手後，他生怕我找他麻煩，手機換號，連他媽媽的手機都換號了。這真是刷新了我一生恥辱史的新紀錄。一氣之下我把呂游的東西全部打包，勒在車頂，開到北戴河的野海邊，請兩個趕海[2]的男孩幫我扔進海裡去。

當中一個男孩說：「扔進去也會漂回來的，白費力氣。」

另一個男孩說：「誰抬得動這麼多破爛啊。」

我哭了起來。

後來我請這兩個男孩一起吃燒烤，喝啤酒。我好像又高興了，一邊吃一邊笑一邊唱歌。啤酒不像咖啡，咖啡只令大腦興奮，不會讓人胡說八道，啤酒卻可以讓人幹出很多丟臉的事。

過了幾天我收到當中一個男孩的微信，他問我還要不要做他的女朋友。

我都幹了什麼啊！我喝醉時居然說要做一個十九歲小男孩的女朋友？

我慌忙封鎖了少年，太可怕了。

同事，確切地說，是那個肇事的上司，見我萎靡不振，心有歉疚，就跟我說：

「我有一個學弟……」

---

2 趕在退潮的時候到海邊撈採海產的過程，稱為「趕海」。

我故意大聲說：「相親是吧？好啊。」讓聲音大到可以從上司的玻璃隔間傳到大隔間，保證呂游能聽到。

我和上司給的男子互加了微信。

聊了幾句，覺得這個人還不算無趣。反正這種時候，只要不是二百五、十三點，我都能接受。

我翻看他的朋友圈，都是他設計的汽車、轉發的心靈雞湯、健身的計步截圖。連張照片也沒有，所以應該是很直的直男。

我答應週末和他見面。如果呂游還在乎我的話，他會難受的。

週末，我見到了這位直男——我和他怎麼那麼有緣呢！這不就是我每天清早九點買咖啡的宿敵嗎？

當他坐到我對面，他和我一樣大驚失色。「怎麼會是你？」我們異口同聲地說。「真倒楣。」我們又異口同聲地說。

但是我們卻都沒走，坐在星巴克聊了下去。先是吐槽了星巴克的咖啡，然後又都想到了公司樓下那間小小的咖啡館，它甚至連名字也沒有。

「你注意過店主的項鍊沒有？每天戴的都不一樣，一看就是從國外的市集淘來的那種，特別好看，她真會打扮。」我說。

「是的，設計得很獨特，而且妳知道嗎？店主也喜歡路跑，還參加過日本的全馬，當時我也在。」他說。

「哇，你們都是過著健康生活的人，只有我，我今天還是黑眼圈很大對吧？」我笑起來。

「逗妳的，其實妳是美女。」他也笑起來。

「美少女！」

「哦，美嬰兒。」

「哈哈哈哈，乾脆說我是美麗的受精卵得了！」

我居然和宿敵相談甚歡，自己都覺得不可思議。

言笑晏晏之中，心裡稍微有點覺得，對不起呂游——啊，我幹麼這麼想！

愛情是有慣性的東西，像一列火車，開上軌道，加速運行，猛然停是停不住的，總還是會繼續向前蹭上幾步。我現在就處於這種狀態。

應該讓慣性終止了，因為呂游辭職了。

為了不再見到我，為了不讓大家尷尬，或者為了他的新戀人，他跳槽到那位女客戶的公司去了。

他的新辦公室戀情真好，上司就是他的女朋友。不像和我，我們只是普通的草根戀。他這次的戀愛是VIP的，好厲害。

我記得那天和宿敵喝完咖啡，意猶未盡，但還是禮貌地說了下次見。

但凡相親過的人都知道，說「下次見」基本上就是「不用再見面了」的代名詞。我也不是沒相過親的人。

但他補充一句：「是真的下次見喔。」

所以我們就又見面了。他說：「我們去看電影吧。」我們去看《動物方城市》。驗票的時候，服務生說：「先生，您這兩張票過期了啊。」

他很尷尬地說：「弄錯了，這是我上週買的。」他拿出新買的兩張票。

我們和一百多個小朋友及他們的家長歡聚一堂，整個電影被小朋友的吵鬧聲淹沒，我在想那兩張過期的票是怎麼回事。

「妳都不笑一笑嗎？我知道妳在想什麼。本來，上週就想喝完咖啡請妳看電影來著。」他說。

我故意像電影裡那隻樹懶一樣慢吞吞地說：「讓我來分析一下，也就是說你先買好票，然後和我見面。可是你怎麼確定你會願意和一個陌生女人看電影呢？」

「我看了妳的朋友圈啊。」他說：「有很多妳的自拍。」

「然後發現我們見過？」

「對，我們早在很久以前就認識了，不是嗎？」

他看著我，他的眼睛裡有亮亮的光，那種光我明白，他喜歡我。

我們看完電影就牽著手了。

觸電般的感覺。在電擊之下，我的愛情火車終於徹底停下來，呂游被趕下車了。

我說：「我前男友是同一公司的同事——」

我還沒說完，他就接著說：「他劈腿了，已經辭職了。」看來八卦真是無處不在。

「忘了他吧，妳應該找個更好的男人。」

「你是說你嗎？」

「沒錯啊。」

但是，不幸的事緊跟著小小的幸福就來了。交往了半年後，宿敵帶我參加家庭聚會，我居然見到了呂游！沒錯，呂游和那個母牛，這對姦夫淫婦他們居然還沒分手，而母牛的身分是：宿敵的表姐。說起來血緣關係就是賈寶玉和薛寶釵那樣，天哪。

呂游走過來，主動問候。「近來可好？」

我一時間不知道答好還是答滾，這時候，宿敵有力的臂膀就過來了，宿敵說：「挺好的，但是關你啥事？」

母牛也走過來，想跟我套交情。母牛尷尬的樣子使她看上去更老了，這麼個重口味，呂游同學你是怎麼消化的啊？

於是，我心情很好，遂拿出了大將風度，和眾人談笑風生起來，席間就數我吃得最多。

我和宿敵喜結連理了。

真愛註定會讓人在一起，不能在一起的，那是愛得不夠。所以拆散一對天造地設的賤人是有罪的。我祝福前男友和小三。真心的。

我已經長大了，不再是在海邊喝醉痛哭的女生了。

真神奇，我被青梅竹馬的男友拋棄，和一個每天清早九點搶咖啡的宿敵成了夫妻。回憶起來，我應該感激誰呢？是上司？不。是店主？不。是咖啡？不。是沒牌子的T恤？不。是黑眼圈？不，我本來就沒有黑眼圈。

其實我誰也不用感謝。我對自己說，這是我該得的，我這麼棒，我的人生當然也會很棒。

做人最重要就是要硬氣，幸福，我很配得到它。

瑪麗恩巴德悲歌

一生時光如果是一條項鍊，
這一天，就是最大的那顆鑽石。

一八二三年，七十四歲的歌德在瑪麗恩巴德旅行和療養，遇見了十八歲的少女烏爾麗克。歌德對烏爾麗克一見鍾情。八月壽辰當天，歌德向烏爾麗克求婚，遭到對方的婉拒。同年秋天，歌德在離去的馬車裡寫下了著名的詩篇〈瑪麗恩巴德悲歌〉。

這是一個老不死和不要臉的故事。這也是一個傻天真和老赤子的故事。要是烏爾麗克答應了歌德的求婚，這就是一個心機婊和遺產稅的故事。沒有答應求婚，就是一首詩，一段悲傷的佳話，一縷潔白的愁怨。

瑋瑋不相信金先生能有好結果。來這裡的人，不外都以傾家蕩產為結局。個別稍好點的，折騰一番，耗透精力、財力和智力，也僅是保住老本。從浸滿銅臭的賭場裡走出去，他們走到澳門的大街上，夜風吹落榕樹的種子砸在皮膚上，那是真實的重量。之前是大夢一場，聊齋一般，現在重新活回來了。除此之外，皆是貪得無厭。進來時，不論是戴著亞曼尼的袖釦，還是穿著中式對襟長衫，無一例外都會在最後想把它們都扒掉，交換哪怕一個籌碼。

瑋瑋用她的纖纖玉指壘起籌碼，把它們推到金先生面前。瑋瑋戴著兩枚戒指，雙手各一。左手是冰種翡翠，右手是波蘭血珀。荷官都有漂亮的手，賭場面試時都要檢看荷官的手。指甲要縱向生長的，指節不能粗大，手指要夠一定的長度，手要靈活。

金先生頓了頓，把目光從籌碼移到瑋瑋的手。他欣賞這雙手大概五秒鐘，並不抬頭，只對這手說話。「要是贏了，送妳個戒指吧，翡翠、琥珀妳戴著老氣。」

「多謝，承蒙錯愛，受不起。」瑋瑋推辭。賭客賭得高興了，就跟喝醉了一樣，隨口答應送荷官各種東西。還有人要送瑋瑋一座城池呢，後來賭醒了，只好由瑋瑋給臺階下，好讓他下次有臉再來。「您怎麼知道我喜歡韓寒？」所以瑋瑋得到了一本《一座城池》。這次金先生的許諾，瑋瑋當然不會當真。

金先生一直贏，從黃昏時分的五萬塊起步，到凌晨三點，已經坐擁一百萬在手。這次，他要把一百萬全部下注。瑋瑋等著好戲上演，看他把贏的全輸回去。就像曲詞裡唱的「眼見他起高樓，眼見他宴賓客，眼見他樓塌了」。不知道為什麼，這種時候瑋瑋都很痛快。不是幸災樂禍那種痛快，那是初來的荷官才會有的惡意。瑋瑋是見他們輸光、喝醉、大哭，覺得他們乾淨了，乾淨了，就可以回到現世重新做人了。

金先生穿著格子襯衫，從領口到肚皮的鈕釦扣得一絲不苟。雖然他是坐著的，但瑋瑋也看得出他沒有突出的肚腩，不會在激動時把鈕釦繃掉。瘦，到這樣的年紀還能這樣瘦，說明他是一個懂得節制的人。但懂得節制的人居然也會好賭成性，就奇了怪了。此時，金先生身邊圍上來幾個看熱鬧的，也跟著下注。各人七嘴八舌地勸他押這個押那個，金先生充耳不聞。他抿緊嘴唇，似乎在緊閉的嘴裡念誦著暗語，腮邊鬍子刮掉的部位經過一夜欲望的洗禮又生出茸茸的萌芽，白的。金先生至少五十歲了，人生五十知天命，卻還要賭。

但金先生的賭，又和別人不太一樣。他之前贏的每一局似乎都是透過快速又精準的計算，而不是撞大運。他更像是在賭場做研究實驗，而不是賭博。現在，揭祕的時刻到了，瑋瑋揭開扣盅，押大的贏！跟著金先生押大的那幾個看客也都雞犬升天，他們狂喜得發出了動物的吼叫，忘了自己是人。

金先生不笑也不吼，甚至面不改色。他只是站起來，示意瑋瑋結束眼前這一切。瑋瑋這才發現她也在跟著發傻：怎麼可能就結束了呢？按慣常所見，他還須乘勝追擊，再來個翻倍。可是金先生要走了，帶著他贏的兩百萬。

金先生是個個子很高的人，瑋瑋須得仰視才能看到他的眼睛。這是十個小時以來他們的第一次對視，金先生對瑋瑋說：「明天我來接妳去買戒指。」

見瑋瑋沒說話，金先生笑了笑。他笑得那麼輕微，如果不仔細看，根本看不出這笑的意味。「那就這麼定了。」金先生說完兩個陳述句，不需要瑋瑋同意，走了。

他何時已經穿上了灰西裝，西裝一個皺褶也沒有。他留給人們一個瀟灑的背影，彷如老去時的賈西亞．馬奎斯。

金先生真的沒有再出現在賭場裡，直到第二天的早晨。他是瑋瑋見過的奇人，瑋瑋對這樣的人也說不好是拍案驚奇還是敬佩有加，總之，有點渴望見到他，又害怕見到他。瑋瑋下班了，脫掉荷官的制服，摘下戒指把它們鎖進衣帽櫃，換回自己的短衫熱褲和人字拖。步出賭場，扣好頭盔，發動機車準備回家。

她看到站在不遠處的金先生，他在她必經的路口等她。

清早的澳門下起微雨，金先生不為雨動，也不撐傘。榕樹下，他所站的地方有一小塊未被雨濡濕，可見他等了很長時間了。瑋瑋永生也不會忘記那個畫面：金先生望見她，立即披著雨霧向她走來。在那一刻她忽然明白了，金先生愛她！而她也愛他，愛了相當久的時間，一千年或者一萬年、十萬年也沒準。如今他們在清早六點的人間重逢，相顧無言，微雨故人歸。

金先生帶瑋瑋在卡地亞買下一枚四爪鑲、牛頭款圓形鑽戒。

鑽戒不大不小，正適合瑋瑋的手。這手戴上鑽石，果然就跟戴著紅色、綠色的珠寶不一樣了，有種洗盡鉛華的感覺。金先生拉起瑋瑋的手，不端詳戒指，只端詳手。「這樣的手才美。」金先生說，從此就沒再鬆開過瑋瑋的手了。沒什麼好辯解的，金先生承認，他傾慕何瑋瑋小姐。

人類是如何在幾乎沒有對談、之前互不認識，甚至只有十個小時不到的沉默相處裡發生愛情的，解釋好像只有一個：人類是一種動物。動物不需要語言也能親近，而人類也確實是一種動物啊。動物性，你說它簡單粗暴，然而它有時卻是浪漫故事的始源。瑋瑋願意相信這種浪漫，就像她相信金先生不會是個壞人。

金先生在一所大學工作，教微積分。更早以前，他在那所大學的數學系念書，又從那所大學的數學系畢業，他一生都沒有離開過方圓百里的大學輻射範圍，連買菜都在「學苑菜市場」。他結婚，娶了校醫，生了兒子和女兒，妻子患癌症去世，也全都在方圓百里的範圍內發生。忽然有一天，他非常非常厭倦這一切，那天是他五十歲生日，他想他五十歲了都沒有走出過比百公里更遠的地方，真委屈。他請一個長假，帶著五萬元來到澳門。對於賭博他沒有概念，但對數字很敏感，或者說，他通靈了某種運氣與概率之間的運算，總之，五萬元贏回了一百萬，是一筆鉅款。

瑋瑋的手，就像一首詩。順著這首詩，他看到了函數、極限、德雷克公式以外的世界，在那一瞬間，他一輩子的枯燥都被襯托了，襯托得那麼大，那麼明顯。他是如何畢業分發，如何相親結婚，如何按部就班生小孩，做這些大的人生決定時，他從來都沒有動用過情感，也真的不需要情感，方圓百公里的世界裡，情感是多餘的雜質。

他順著瑋瑋的手看到她的臉，她臉上有種涼薄與老練，是她那個年齡不該有的。是讓人覺得神奇也讓人覺得難過的。金先生心裡對瑋瑋有了一種疼，那是愛情的疼，不是疼愛的疼。她不是她年齡那樣小的小姑娘，她是個足夠他去愛慕的大女人。她雖然笑著，卻非常冷。這種冷像針灸一樣刺激著金先生的感情脈搏，使他的心充血、腫脹。她是他的沙漠以外，清涼、解暑的一片綠洲。他渴望她，如同垂死之人渴望活下去。這樣，時隔三個月，金先生又一次來到澳門，這次他贏了兩百萬。

錢已經不是最重要的了。

瑋瑋的手被金先生握久了，有點悶。她把手抽出來，對金先生說：「我載你去兜風好了。」她把頭盔遞給金先生，載著文質彬彬的金先生在大街小巷穿行——熱褲少女的頭髮和半老學究的黑領帶在風裡纏綿。正午時分，他們在街邊吃蛋卷、水蟹粥和竹昇麵，瑋瑋請客。傍晚，他們回到威尼斯人酒店的會所點豪華的西餐和紅酒。瑋瑋已經豁出去了，她知道她的同事會看到她，她們會有一些傳言，但她留戀這一天的相處。這神奇的一天，是一生時光裡的一顆鑽石。

瑋瑋和金先生就像任何一對戀人一樣，吃喝、閒逛了一天。入夜了，忽然有點尷尬，因為夜晚是一張邀請單，瑋瑋是否要隨金先生回到賓館的房間？不用金先生問，夜晚都替他問了。

瑋瑋有些沉默，有點不開心，金先生又來握瑋瑋的手——這是最後一次了。金先生說：「跟我去北京吧，我在那裡等妳。」金先生說的是人生安排，不是今晚的安排。他真好。他像個古人，對愛慕的女子講的是終身大事，不是小情小愛。停頓了一會兒，金先生給自己打打氣，把下面難說的大詞也說出來了，「結婚」、「過日子」、「相伴終老」。這些話如果是一個二十出頭的小夥子說是不費吹灰之力的，但對於五十歲的金先生來說，這就是一組帶有妄想性質的詞語。他終於為他的感情害羞了，雖然他其實沒什麼可害羞的。他鬆開了瑋瑋的手。但是瑋瑋忽然說：「你可以吻我嗎？」

瘦高的金先生俯下臉，瑋瑋抱住金先生的脖子，去吻金先生。這是最好的一個吻，不管此後她吻過誰，她都不會忘記和金先生的這個吻。這樣悲傷、清苦又不捨的吻。因為她知道她吻完他就會拒絕他。

拒絕是沒有理由的，或者說理由就像空氣、土壤、水一樣，是最普通又最自然而然的。接受卻需要理由，起碼說給路人甲、乙、丙時，他們會說：「哦，原來是這樣啊。」不會再起疑追問。

金先生回賓館去了，瑋瑋跨上機車，眼淚在頭盔裡下小雨。她知道和金先生的愛情已經兵不血刃，以兩敗俱傷結束。

但是瑋瑋真的去了北京，在三年以後。

北京的冬天有劇烈的狂風，人們戴著各種顏色和款式的口罩，所有的綠色都掩蓋在灰塵裡，這裡真像一塊繁華的不毛之地。金先生就是在這裡出生，長大，變老，直到死亡。瑋瑋打開手機，翻出一張圖片給計程車司機看。圖片拍的是一張紙，上面清臞的字跡，寫有瑋瑋的手機號碼，以及金先生所住醫院的地址。「望一見。」最後的三個字。

這是金先生昏迷前就寫好的一張字條，是有備而寫。他的女兒看到後，用幾乎可以想見的態度，直接拍照發給瑋瑋。有點生氣，有些不滿，但礙於病危父親的遺願，還是順從了。補上這樣一段字：「我爸快死了。」

瑋瑋走進那間豪華病房，有一位護士跟著。護士向瑋瑋介紹了金先生昏迷前的狀況：他買了一輛摩托車，大風天出去飆車，回來後心臟病發作，然後就這樣了。生無可戀，故此想到隨時可能到來的死，會是一種安慰吧。也許只有死才可以結束思念，停下一顆老朽的心臟，讓它安息。瑋瑋低頭看著金先生，他一動不動，緊閉著眼睛，鼻子上插著氧氣管，手背上還打著點滴。「不吃不喝，光靠打點滴可以存活多久？」瑋瑋問護士，卻發現護士不知何時已經出去了。現在只剩下瑋瑋和金先生獨處。瑋瑋坐在金先生身旁，坐了好一會兒，幾乎要睡著了。房間裡真靜，連鐘都沒有。她忽然發現有一隻小小的紅蜘蛛出現在這個病房裡，正試圖越過金先生的手背，攀上更高的點滴管。瑋瑋用食指把牠摁扁了，牠在金先生的手背上變成了一塊小小的血泊，金先生的手上就像有了一顆朱砂痣。就在這時，瑋瑋發現金先生的手動了一下，極快、極輕微地動了一下，這隻手，試圖去握住瑋瑋的手。

瑋瑋把自己的手塞進金先生的手心。

世界上最小的睡蓮被偷走了

低頭弄蓮子，
蓮子清如水。

我以前雜誌社的同事，葉東，來北京出差，要給我帶個「好玩的東西」。

我和他吃飯，不同以往的是，這次是他請客。

我和葉東還是同事的時候，因為我比較有錢（我寫暢銷小說，稿費多），他比較窮（考研究所考了三次，舉債不少），所以，總是我請他吃飯。

那時候我們經常去一家叫「三國英雄」的火鍋店。非常辣，辣得每次吃完嘴都像打了玻尿酸。但我們還是奮不顧身地去吃。

等上菜的時候，葉東會掏出香砂養胃丸，數數每人該吃幾粒，而我則對著手機擠痘痘。

我們的友情很默契，就像那些老夫老妻一樣，聊天甚少，互不打擾。默默涮著肥牛、蝦滑和藕片，他替我撈起快要溶化的馬鈴薯片，我把凍豆腐替他投進湯裡。

我們一般都坐在「貂蟬」小包廂。店員穿著三國時代士兵的服裝來上菜，對我們說：主公，慢用。我們走時會說：主公，走好。

後來，我離開雜誌社去了北京。葉東偶爾會給我發條微信，拍一張「三國」的火鍋，舉著燙好的鴨腸說，貂蟬很寂寞喲。

葉東給我帶的好玩的東西，是兩粒北宋的蓮子。「去河南考察時，當地農民給的。」他說。他後來考上了考古學的研究所，也離開了雜誌社，又順利轉了博士，算是功德圓滿了。要說現在他人生還有什麼遺憾，就是他長胖了。一個渾圓的考古工作者，煞費人的想像。「要說挖古墓時，你蹲得下去嗎！」我拍拍他的將軍肚。

他把我的手擋開，舉著他的兩粒蓮子讓我看。「妳瞧，這是宋神宗時期的蓮子，距離現在有一千年了。當時黃河有過一次改道，沖刷的淤泥把沿路的水塘都填平了，當時正在蓮蓬中的蓮子，就被封存到現在。」

我看著那兩顆蓮子，外殼已經焦黑，而且比現代的蓮子小。「好吃嗎？」我故意逗趣地說。

「妳把蓮子尖的那頭磨薄，泡在水裡，看看會怎樣。」

我把蓮子尖的那頭磨薄，泡到水裡。三天後，蓮子發芽了。

那幼細的、淡色的綠，一千年啊，一千年前的蓮子祖奶奶居然發芽了。

不知是該驚喜還是感嘆。這兩顆蓮子，它們的時間本在一千年前的某天停頓了，被埋進暗無天日的淤泥裡沉沉睡去。直到一千年後，有人把它們挖出來，輾轉交給我，來到我的鈞窯瓷杯中，來到二〇一八年的水裡，我喚醒了它。
我細心守護著這兩株小小的古蓮子，生怕它們斷氣。我在想它們如果像人一樣能睜眼看、能用耳聽，面對一千年後乍現的世界，會不會像穿越小說裡寫的那樣，發生種種奇詭的遭遇。看到自己的子子孫孫，那些流淌著它們基因的後輩們和自己並存在一個時空裡，而後輩們都比它們個頭大……會是怎樣的感覺？
葉東和我吃完飯就坐飛機走了，他難道只是為了送兩顆蓮子和請我吃一頓烤鴨而飛來北京的嗎？以前的同事猜測我喜歡他，不然為啥我總請他吃飯？沒錯，我是不討厭他，他像弟弟，又溫和，又有禮貌；而我又孤獨，又沒朋友。
我和葉東的關係不是喜歡或不喜歡那麼簡單，我覺得我們早已經超越了俗淺的大眾情感，飛升到化境，呵呵。但是當然，擁有俗淺的大眾情感是很快樂的。那種聽到對方電話都會腿軟、接電話都幾乎要心肌梗塞發作；每天盼望見到那人，那人走近了又怕得瑟瑟發抖，說話還會咬到自己舌頭的喜歡……我不是沒有，我偷偷地有，但不是對葉東，是對另一人。我知道很少有人會這麼幹，會暗戀自己的上司。
我也不知道為什麼會喜歡他，他在別的女孩眼中不過就是一個襯衫鈕釦扣得一絲不苟，還穿著幹部顏色襪子的老頭而已，很土的。但是在我眼裡，他就是一座敬亭山啊。喜歡他微見風霜的額角、抿緊的嘴角、清臞的身影，像歌裡唱的那樣，「有一個人，曾讓我知道，寄生於世上，原是那麼好」。沒錯，因為有他，生命的每一個日子都變得特別美好。我們總編。

我初見張敬年的時候，是一個桂花開放的秋天下午，城市的一切浸在桂花香甜的氣味裡，使人無端覺得昏沉沉。我拿著推薦信來雜誌社就職。這是一間古老的辦公樓，民國時期就有的建築。走廊裡踩上去咚咚作響的木地板，漆了暗紅油漆的舊木門，長窗的窗櫺雕刻著牡丹和孔雀，牆壁留下花與鳥的暗影。

張敬年在長窗邊坐著，他也是這小樓的一部分，他洗舊的襯衣，手腕上古老的歐米茄錶，派克鋼筆，乾淨的雙手。他對我說：「隔壁辦公室，有葉東、方晴和杜潮江，他們很壞，別和他們打麻將。」

另外三個人很高興我的到來，終於湊齊一桌啦，午休時他們真的慫恿我打麻將。不是不敢打，是真不會打……所以還好，沒被坑走太多錢。

就那樣，我開始了我的職場生涯。不像時尚雜誌寫的那種「職場」，雖然這裡也是「職場」。人家職場都要穿著高跟鞋、鉛筆裙，掛著卡，雷厲風行地出差，寫PPT，做報告，投影機開著，嘩啦啦演講，動輒百萬來千萬去的。我的職場，更像一間民宿，沒有人批評我早退或遲到，打算在辦公室養貓也未嘗不可，大家叫我「婉恩啊」，非要加上一個像我姥姥喊我一樣的尾音。

「婉恩啊，我拉肚子，明天不來了，跟總編說一聲。」方晴打電話給我。

「我也是啊，我也拉肚子。」杜潮江在同一通電話裡說。

他們都不來，沒人組織週一例會。所以我就從那個週一開始寫起暢銷小說。我本來只是想打發時間，但沒想到通俗刊物的讀者這麼買帳，編輯用稿費大大地鼓勵我。這些稿費不請葉東吃飯根本花不完似的。

方晴和杜潮江週二來社裡上班。「肚子好點了嗎，前輩們？」我問道。

「好個屁呀，搞出人命了。」方晴嘟囔著，臉上卻有淡淡的小幸福。

「我倆要結婚了。」杜潮江說：「朋友們，準備好你們的紅包。」

我和葉東面面相覷，然後恭喜恭喜。那個上午大家都很興奮，例會變成了聊怎麼養小孩的話題。

有時候我想，也許是這間辦公樓太寂寞了，風也寂寞，雨也寂寞，空氣也寂寞。

困守在這裡的年輕男女，難免不成為寂寞的手下敗將，所以他們決定談個戀愛吧。

「他們本來就是大學同學。」葉東看我若有所思，好像在替方、杜解釋著什麼。方晴和杜潮江結婚時，總編也包了禮金。難為他這麼一個散淡先生還記得禮金。

我們雜誌是一本學術期刊，每兩個月出版一期。主要研討方向是植物學，當中也夾雜一點評論和獲獎名單。這本雜誌就像個孤兒，誰也不管它，但是它也沒有死掉，期刊年會排名還挺靠前。大概是運氣好吧。張敬年和那些動輒叫囂著要提高發行量，要「賣錢」的總編們真的不一樣。去英國考察歸來，他給我們開個會，談到的事情也是這種——

「世界上最小的睡蓮是侏儒盧安達睡蓮，它的花只有一枚硬幣大。這睡蓮被發現的時候已瀕臨絕種，人們把它們移植到英國克佑皇家植物園的威爾士公主溫室，但是移植失敗了，最後只剩下十五顆蓮子，被人用新的方法培植，發芽了，葉子抽出了，還沒開花，要等的，可是有人等不及了，睡蓮被偷走了。」

颱風，波及內陸。

那天，我正在辦公室裡忘我地寫小說，那是個無處可去的週末。不知不覺天已經黑了，大樓斷電，我身處的辦公室伸手不見五指。靠著手機裡5％的電量，我慌不擇路地收拾了東西跑出來，發現外面在下著大暴雨，我卻沒帶傘。我不想再回到漆黑的辦公室，只能在雨裡對每一個路過的計程車司機大喊「師傅」，像落難的孫悟空。

有車停下來了。

車窗降下來，我看到張敬年。

我坐進他的車裡。直到如今我都不敢猜測他是無意路過，還是有意趕來。他說婉恩啊，這麼大的雨以後不要來辦公室寫東西了，沒必要那麼趕。他知道我寫的不是工作的東西，是我的外快啊外快。

他請我吃飯，喝熱呼呼的湯。

我喝著湯，快要哭了。此時此刻，他就在我面前，我和他距離這樣近，我有千言萬語想和他傾訴，從我第一次見到他說起，到他給我講過的世界上最小的睡蓮，我有很多感情想要抒發，想要告訴他，可是我卻如鯁在喉，什麼話也說不出來。

我放棄了表達，我是個廢物。

不論怎樣，頭割下來，血抽乾，悶住呼吸，我都不敢以這樣一句開場：「我喜歡您，我愛上了您。」

太難了，我沒辦法說出來。

有些愛情註定是用來放棄的，對嗎？

我哭起來。

唔，二十五歲那年的我的血肉之軀啊。

他遞過來紙巾。他並不知道我為何哭了，只是默默地遞過來紙巾。

我感謝他的不問之恩。

現在的我，用自詡老辣的眼光分析當年事。對於那天，我覺得，他也許什麼都知道。他也許看過我在他辦公室門口傻乎乎看他看到發呆的蠢樣，他也許看過我寫的暢銷小說，那裡面很多男主角都是他的化身。

但是他什麼也沒說，不揭穿我，是對我最大的留情。

真懷念他，但是我並不想回去找他。我對他的愛情，就像一顆古蓮子，現在它沉在我心的底層，我絲毫不想再挖出它，迫令它醒轉。

我和他的故事就是這樣，就這麼多。最宏偉的過場也不過就是一起吃過一次廣東菜，他給我點了鴨腿冬瓜湯，看我邊喝邊哭。

記得那個週末過後上班的中午，我和葉東去吃飯。「妳怎麼了，不開心嗎？」葉東問我。「嗯，我想告訴你一件事。」我真的可以對葉東傾訴嗎？他是我的朋友。我已經忽略了他的性別，並且我從來沒有懷疑過他是一個好人。

「我想辭職，」我說。「去北京或者上海，或者廣州。」

「挺好的啊，我支持妳。不過，如果妳厭倦了北上廣，妳還可以回來，這裡肯定會接受妳的。」葉東說。

「不要提這裡。」我強顏歡笑道。「哈哈哈。」我掩飾著真心，好像在說一句謊話。「我喜歡這裡的一個人，好尷尬喔，所以我得離開這裡了，哈哈哈。」

葉東看著我，看了很長時間。

菜都要涼了。

「如果你的心是那株盧安達睡蓮，我真想冒犯將它偷走。」我在小說裡這樣寫。這樣的話，說給愛人聽，會是多麼美的情話啊。

葉東發來微信。「蓮子怎樣了？發芽了嗎？」

「發芽了，已經各長出四片葉子。」我拍照發給他。

「我可以去看看嗎？」他說。

「你是說你要坐飛機來北京，看一眼你的睡蓮？」我說。

「不，我就在北京，我不走了。」葉東說。

「明天我來接妳一起吃午飯，別總悶在家裡寫稿。」他又說。

這語氣！就像一個……就像一個駕輕就熟的男朋友。

「你為什麼要做這樣的決定？你想好了嗎？」我問道。

他回答得很簡單。「為妳。」

「為我？葉東，壓力太大，我承擔不起啊。」我說。

「這麼多年，我一直告訴自己別說出來，因為我沒出息，配不上妳。現在談不上多有出息，但我忽然明白了一件事，不能等，很多事情想好就要當場去做，不然也許要等上一千年。」

我掛了電話。誰說我一定要接受葉東請的午飯？

但是我說不出拒絕的理由。也許我在心裡也很想見到他，像見到一位故人。也許，見到他會讓我想起我以前的雜誌社，而想起雜誌社我會想起張敬年。

想念如此甜柔，我多麼想沉醉其中。

但是在想念的縫隙裡，我似乎看到另一個身影。

「人家不會打麻將幹麼逼人家？」這是在我剛入職時，被方晴、杜潮江慫恿打麻將時，他護著我。

「喂，妳的樣刊，能借我看看嗎？」每次雜誌寄來樣刊，他是唯一積極閱讀的讀者，他渴望了解我嗎？

「那天下大暴雨，妳又去社裡寫稿了。」事後知道，他來過社裡，他落下的傘說明，他打算接我。

葉東。我怎麼能一廂情願地覺得他只是我的朋友，他明明沒同我一樣想這件事。

所以當我暗戀著我喜歡的人時，他也被暗戀折磨著嗎？

覺得他又可憐又親切，像我。

但是，喜歡一個人，這生而為人最珍貴的權利，非常抱歉啊，我必須善用。我沒辦法喜歡上自己的兄弟，正像張敬年沒辦法喜歡上我，比他年少二十歲的我。

人生種種，一場花開花落。有人完滿，有人帶著憾恨。千年的北宋蓮花不語，盧安達最小的睡蓮不語，花朵沒辦法告訴人該怎麼選擇、拒絕，它們只是靜靜生長，靜靜開花。

月光下清水中的蓮子。

低頭弄蓮子，蓮子清如水。

沈腰潘鬢消磨

每一個男人都曾心懷砂金，
但不是每個女人都能及時淬鍊啊。

歲月不饒人，人也不曾饒過歲月。

女人尤其如此。

雅詩蘭黛ANR精華，俗稱「小棕瓶」，深入修護肌底，睡前三滴，細紋變淡。

嬌蘭黑蘭鑽極萃乳霜，採摘祕魯安地斯山頂雌雄同株的黑蘭，萃取精華，能使肌膚如凝脂般滑潤。

LA MER海洋拉娜乳霜，抗氧化的高手，使用方法不是塗抹，而是小型耳光式拍打，每次數十下到上百下。

雅萌美容儀，日本黑科技，射頻、微電流、離子導入、振動、紅光、冷卻。當中一步，以蜂螫般針刺痛感刺激面部，達到使膠原蛋白重生的目的。

……

我要講的也是一個關於歲月和人戰鬥的故事，誰輸誰贏，我不能在開篇說。這之前我只能劇透的是，假使歲月是敵人，很強大。但人類有情感，人類有愛情，這是人類唯一能和歲月對抗的武器。

二十一歲的時候，林芫芫去參加一個創意市集，去擺攤賣她畫的石頭。石頭是她從河灘撿來的。那時候她的大學旁邊有一條河，河灘盛產鵝卵石。它們大小一致，形狀相仿，一律都是拳頭大，扁平的。你會覺得很神奇，好像它們是種子，是從土地裡長出來的，因為有著相同的基因，所以全是孿生。

林芫芫用溫莎牛頓壓克力顏料往石頭上畫各種畫，再刷一層亮光漆。同學們看到了會說：「哇喔，給我一個。」後來有人說：「最近有創意市集，妳不去擺攤嗎？」

林芫芫和男朋友帶了一包大石頭去了創意市集。一個頭髮又長又亂，像頂著雞窩的男人走過來，拿起一塊石頭欣賞著。其上，是林芫芫塗鴉模仿的莫內。紫色，鈦白，酞菁藍，石綠，大象灰。

男人問：「How much？」林芫芫不假思索地回答：「五百！」

男人抽出五張一百元，現金支付。

「瘋了吧！」旁邊的觀眾都替那男人打抱不平。

圍攏的人越來越多，把記者也給招來了。記者說：「麻煩你們倆站得近一點。對，笑一下，把手裡的石頭——對對！五百塊那個舉起來。」

「喀嚓！」

這張照片被印刷到報紙上，本地文化那一欄，居中放大排在首位。林芫芫和雞窩頭周念古的身後，圍觀人群歡情雀躍，可是當中有一個人黑著臉。黑得那麼顯眼，簡直像是要殺誰似的。是有仇啊，林芫芫的男朋友恨那張照片啊。拍照的時候怎麼把他拋在腦後了，是潛意識不要他了嗎？他得出結論：「我在妳心裡沒什麼地位。」林芫芫發現男朋友居然這麼斤斤計較。如此這般，他們後來就分手了。

再說回周念古，買下那塊「天價」石頭以後，他就走到自己的好朋友家裡去蹭飯。吃飯時，他的網路商店忽然在一個月的慘澹經營中迎來了開張，標價一萬五的鞋被一個人買了。那人分期付款，每個月付三百。

看來店主和顧客都不是有錢人啊。吃完飯，周念古又管朋友借錢了。「你今天不是有錢嗎？」朋友說。周念古的錢都分成「今天的」、「明天的」、「昨天的」，他開個網店賣古董，錢是根據成交的日子按天算的。他沒工作，沒房子，沒前途，人生也沒有計劃。用簡單的話說吧，就是一條正經的廢柴。

但是朋友說：「我他媽怎麼總覺得有一天你會發大財。先押一個寶。」

是啊，這個世界上會有哪個廢柴能吸引到別人買一雙一萬五千塊的大醜鞋。那雙鞋真是醜到驚世駭俗，醜得無法無天。

「你覺得這鞋怎麼樣？」周念古打開手機頁面，展示他那雙古董鞋給朋友。

朋友無語。

周念古其實想說，很多情侶就像鞋和腳，不適合，但是穿久了也磨出了感情，不想脫下來。比如，那個奶油蛋糕一樣的女孩和那個肉山一樣的男朋友。他在創意市集的小攤旁觀察了很長時間，首先他發現這女孩怎麼看著有點眼熟，他確定他不認識她也從沒見過她。心理學家說，你之所以會喜歡一個東西，是因為你比較熟悉這個東西，而在意外的場合，你看到自己熟悉的東西，會特別喜歡它。比如那塊畫著莫內的《睡蓮》的鵝卵石，比如眼前這個胖乎乎的女孩。

林芫芫很胖，但她有一個特別美好的優點就是，她從不以自己的胖為醜。她大概是這個世界上唯一一個從不叫嚷著減肥的女胖子。所以她比別的胖女孩多了一些平和、平靜，這種由內而外散發的幸福感讓她看上去很好看，對，她是一個胖得很好看的女生。

其實大概只是因為年輕，所以胖一點也還是不難看的。

林芫芫忙著鋪開絲絨布，擺石頭，支陽傘，又跑去買飲料。男朋友全程在旁邊玩手機，好像一隻臘豬，動都不動。周念古發現他有點可憐胖姑娘，而且這種可憐跟可憐一個乞丐不一樣，這可憐裡面還有疼惜。

現在周念古覺得自己的心在腫起來了。這腫脹的心泵出的血液是有腐蝕性的，今天的自己，除了是一條廢柴以外，還是稀粥、豆漿、油茶、芝麻糊、龜苓膏。是流質的，黏稠的，犯賤的和溫柔的，同時也是甜的。

血管突突跳個不停，周念古覺得自己快要中風了。他拿起冰鎮啤酒兜頭澆下，對他的朋友說：「我戀愛了。」

「你喝多了。」朋友說。

從那天起，周念古每隔三天就給林芫芫打一通電話。前一百個電話，林芫芫都給按掉了。可以想見，這種毫無技術含量卻又鍥而不捨的追求會令一個女孩憤怒到什麼程度。林芫芫掐電話穩準狠，配合咬肌在腮幫子上有力地一鼓，完成一個狠動作。

就這樣，電話不再打了。春天過去，秋葉變黃。大雁從北往南飛，路過湖南的大雪，不知自己是否飛錯了，是否該掉頭返回。一年一年就這樣過去了，林芫芫大學畢業，也像大雁一樣飛渡幾座城市，迷路在某座鋼鐵森林，終於來到廣州定居。這一年她二十八歲了，也就是說，距離她賣掉那塊鵝卵石已經有七年時光了。

她發現胖並不是很美好的事，胖子比瘦子顯老。

歲月不會饒過任何人。

需要減肥嗎?像她們一樣,節食、吃減肥餐、跑步、做瑜伽,或者乾脆去把胃折疊縫起來?

不不不,不要減肥,如果一個覺得自己的胖是一種美好的人改變了心意去減肥,那她也就不再擁有美好了。況且她等的那個人,她很確定的一點是:他更喜歡她是個胖子,而不是瘦下來的另一個她。

那麼,就用別的辦法保留青春吧。每個月的薪水,去買大量的化妝品和保養品。歲月不饒過任何人,人也不饒過歲月,這才是骨氣。

某一天,林芫芫忽然想起一件小事。她確實是一直沒接過周念古的電話,但她打過一個電話給他。「來救我,我卡在窗欄杆裡了!」

那是很久以前的夏天,她和她的胖男朋友分手時大吵一架,薄情寡義的男生把林芫芫的仙人掌、貓和金魚都帶走了。林芫芫為了去搆被風吹到樹枝上的衣服,鑽窗欄杆被卡,這大概是只有胖子會遇見的待遇。

絕望中她想起周念古,她知道他一定會來救她。

周念古用扳手弄開生鏽的鐵欄杆,看著林芫芫被勒紅的手臂,這手臂肥得像肘子——愛誰，就會變得和誰一樣啊！周念古真想流淚，妳這頭小母豬啊。

林芫芫說：「謝謝你救我，但你別惹我。」

周念古點頭，替林芫芫整理了一下瘋亂的頭髮。「我不惹妳。」

林芫芫又說：「我很想我的貓。」

周念古說：「給他打電話，要回來。」

「我不想和他聯絡。」

「為什麼？」

「說了，我不想和他聯絡！我不想和他聯絡！我不想和他聯絡！」林芫芫莫名其妙地暴怒了，重要的話說三遍。

所以，即使是一個很愛你的人，也未必會完全了解你的心思。人畢竟是獨立的個體，個體與個體之間的相融，也許永遠都不會發生。Soulmate（靈魂伴侶）也許只是人類的夢想，其實根本就不存在。但周念古願意為林芫芫去做一件事，他去找到她的前男友，管他要那隻貓。

男生說：「你誰啊，憑什麼給你？」又笑笑說：「可以啊，你拉著耳朵繞著這幢樓跑一百圈，我就給你。記住，拉著耳朵，迎風跑，手不許拿下來。」

所以周念古後來不是覺得自己的腿要跑斷了，而是耳朵被風灌聾了。

周念古把貓給林芫芫送回來，但林芫芫把這隻貓送給周念古了。她說她要去療一個漫長的傷，她得走了。「去哪裡？」「去旅行。」「妳們女生為啥一失戀就要旅行？」「你管不著。」「去哪裡旅行？」「隨處走，就西藏吧。」

周念古看著林芫芫提著行李消失在機場，屁股那麼肥，小型河馬。這樣風騷的胖妹走到哪裡都會有人追求啊，他敝帚自珍地小氣地想：怎麼辦？怎麼辦？怎麼才能阻止她離去的腳步？林芫芫忽然回頭了，對周念古粲然一笑，開始往回跑，胸脯在T恤裡一上一下地顛，好像饅頭雜耍。周念古哭不出來了，他整個人要著火了。林芫芫跑過來說：「我的貓，每天都要吃一袋妙鮮包喔。」

其實林芫芫並不傻，她是個在愛情方面相當有才華的女生。她早就知道如何正確地保存一個男生對自己的愛慕。那愛慕太難得，就像砂裡的金子，稍縱即逝。每一個男人都曾心懷砂金，但不是每個女人都能及時淬鍊，於是那些情感的金子都被風吹走了。然後……愛情就一點點敗壞了。她對自己說：永遠記住一句話——

男人是天生的獵手，當獵物變成了寵物，狩獵就變得不好玩了。

如今的林芫知道，當一個男人對妳心懷重重疑問時，也就是妳該適當地離開他之時。不用解釋，無須擔憂，他若真心愛妳，他會自己去尋找答案。妳就這樣成為他心間的謎，想想看，一套連同答案一起奉送的高考模擬試題，和一部懸疑驚悚、淒豔無結尾的偵探小說，哪個更讓人痴迷？當然是後者。所以離去，林芫芫下定決心離去，一個願意花五百塊買一顆石頭的傻子，是多麼可愛啊，又是多麼難得啊。是喜歡他了，其實從看到他第一眼開始，她就被他那廢物的樣子震懾、感動，不知道為什麼有點可憐他，這可憐跟可憐一個乞丐不一樣，這可憐裡還有疼惜。前男友說得沒錯，她是見異思遷了。

你是我真正的愛人嗎？天將降大任於斯人也，必先苦其心志，勞其筋骨，餓其體膚，空乏其身，行拂亂其所為。在飛機上，林芫芫戴上眼罩睡覺，有一秒鐘，她忽然有點害怕，要是他不等我怎麼辦？可是飛機在天空上飛，不可以張開降落傘跳下去，況且自己這麼胖，一般的降落傘都不頂用的。

買大醜鞋的顧客以每個月三百的進度還貸，存進店主的網上銀行，細水長流，滴水穿石。每次都不拖延。

周念古和這個顧客也成了朋友。

當鞋子終於成交那天，周念古也沒想到自己居然說，現在我要收回這雙鞋了，以原價兩倍的價格。

為什麼呀，我都穿了，都舊了……

沒關係，這叫養鞋，能養出一雙舊鞋不容易的。謝謝你。我要穿著它去旅行了。周念古說。

顧客出來給周念古餞行，約了喝酒。兩個男人一喝三嘆，這雙鞋記錄著七年的時間啊。七年前，你還是個窮鬼，我也是。七年後我們都不是了，嗯，不是了，算是發財了吧，算是吧。

顧客是靠炒股炒成了股神，而周念古呢，他發明了一個奇怪的機器，這個機器帶來了財富。每一個使用這專利的義烏小工廠都要先交專利費，周念古收錢收到手軟。

周念古說他要去西藏。「女人悲傷時喜歡旅行，男人快樂時需要旅行。真俗氣啊。請問西藏有什麼好玩的，不外乎就是天空、雪山、缺氧、哈達、酥油茶、半熟的米飯、拜佛……」顧客說。

他不知道周念古是在想，七年前林芫芫去的是西藏。

情不知所起，一往而深。

就這樣，周念古穿著那雙價值連城的醜鞋跋山涉水，去看天葬。

一隻翼展五尺的雄鷹，在周念古頭上盤旋。

周念古倒抽一口涼氣，發呆。人能擁有的，到底是什麼呢？你看，連肉身最後都要回歸天國。所以，我們要趁著我們有限的百年，好好地去做點什麼。做點什麼呢？首先就是去愛啊。

去愛那個胖乎乎的女子啊，她那麼胖，那麼溫暖，她的心是柔軟的、甜蜜的，她的小手一定是熱呼呼的。

歲月改變了人類很多，從面孔到身材，從頭髮到腳趾，從說話的語氣到牙齒的多少，從眼睛的近視度數到睡眠時間的長短。

但歲月改變不了愛，尤其是那種特別執著的愛。

林芫芫的電話響了。

象牙海岸來的情人

你擁抱我，
在我的額頭印下
天使對人類那樣的吻。

我和你在城市的霧霾裡撞上了。

是真的撞上，我們兩輛車撞在一起。我的速霸陸 Forester 給你的豐田 Land Cruiser 一個大吻，你回敬我的是擠爆右側前大燈的深擁。我們製造了這城市不小的一場堵車，在晚下班的車流裡，一起扮演著挨罵的角色。

之後我們互相知道了對方的姓名、職業、電話號碼。我們和平解決了這起事故。於是我又該像鳥兒一樣啟程過我一個人的瀟灑日子——沒有家庭，自由職業，不需要賺很多錢，所以也不必擔驚受怕地避稅或者圖謀升職。只是畫畫，畫畫，一直畫畫。你呢，你則應該回你的公司當你的上司，給他們優劣評級，淘汰不稱職的員工，並定期跟你的上級開會，過你的不太瀟灑的日子。但是我們不知為何開始約會了，誰先向誰發出的邀請呢？我覺得那不重要，而且也說不清楚。因為當我收到你的微信留言時，我正試圖發出一段語音。「要不要好好認識一下？」

「也許可以好好認識一下。」

這是我們的開始。一段願者上鉤那樣的沒有任何囉唆的，只需要一段五百字的文字就可以說清楚的開始。

我們的後來呢？我們的後來當然是分散於茫茫人海。也許在旁人看來，分手是很難過的事。可我並不這麼想。我平靜甚至安心於和你的分離，就好像看到每一天的太陽終究隱沒於霞霓，而我和你各自找到了歸途。還記得你離去前桌上那兩杯熱可可。我們誰也沒喝，它們只是慢慢從滾燙變成溫熱，最後冷卻。我去廚房倒掉了它們，認真清洗了兩個一模一樣的馬克杯。可可是你送我的，你送給我很多可可。你是我的可可先生，身上總有可可的味道，又苦，又香，又甜。你是我的阿茲特克人，從遠古民族走來的男子，你採摘可可樹的莢果，劈開它們，取出種子，曬乾釀造，榨取汁液，做成最苦最原始而又最醇厚的可可。

我喜歡你的職業，你是一位巧克力供應商。多麼可愛又多麼偉大的職業，全世界的孩子和女人都不能沒有你。和你認識的那天，其實你剛從象牙海岸共和國歸來，那個國家被稱作「象牙海岸」，有數不清的可可種植園。你去往那裡，視察可可的生長，跟當地農人談價，收購可可豆再販賣給世界各地的巧克力工廠。每年，你為你的公司出差，去往亞洲、非洲和南美，去看望你的可可。

你跟我講，可可樹既怕日曬，又怕風吹，所以它們只能生長在香蕉樹下。你跟我講，你是一個看到香蕉就要嘔吐的人，因為一生裡吃過的香蕉數量真的比大象還多，當地人總是熱情地招呼你，給你香蕉。

我們沒多久就住在一起，在一間背山面海的別墅裡。很貴的別墅，很豪華，很大，很不像一個家。也許從一開始，我們就預感我們並不會永生相伴，所以我們對愛情揮金如土。這間公寓有兩層，二樓整個打通成一個平面，三面玻璃大牆，一側保留岩石原貌。白天，我在其中畫畫，你做我的模特兒。如果我要求你裸體，你就裸體。如果我要求你趴著，你就趴著。你的身材並沒有傳說中那麼好，香蕉吃多了，有一點小肚子，可是它是我的最愛。當我畫累了，我讓你仰躺，我就枕在你的小肚子上。我們那樣不知今夕何夕地過日子，整整三個星期足不出戶。最後是清潔阿姨受不了，她要求我們出去一趟，以便能好好地打掃一次房間。喔，那亂七八糟的房間，她一定要瘋了。

所以我們出去了一次。出去一次真好。我們吃了頓日本菜，覺得太他媽好吃了，於是又去吃了一頓火鍋。愛情把我們消耗得皮包骨，是時候補充點能量了。火鍋之後，再去哈根達斯叫兩客冰淇淋。然後我們在腹脹、打嗝與上廁所的欲望中，坐在電影院的包廂裡睡著了。太累了，戀愛太累了。

說到分手，很多人說，那是因為彼此太過了解。了解了對方的善良也就了解了對方的軟弱，了解了對方的聰明也就了解了對方的自私，了解了對方的安靜也就了解了對方的麻木，了解了對方的智慧也就了解了對方的冷漠。

但我們並非如此。我想你還並不完全了解我，正如我並不全然了解你。我們還沒有把愛情剝開弄死，像壓榨一塊可可餅那樣絕情。我們的愛情還帶著汁水，還比較新鮮。在分開多年以後的一個雪天，我看著窗外樹枝上棲落的大灰鵲，忽然想起你在分手的時候還不知道我的無名指戴幾號的戒指。你也不知道我十個手指頭的指紋全是渦，而頭髮裡有三個旋。你還不知道我小時候從鐵門上爬高摔下昏迷了幾天。你不知道我為什麼畫畫，我的畫每幅成交價是多少。還有，你還不知道我其實對可可過敏。

這樣也好，因為你還不了解我，你就不會在分手時不捨。你喜歡奇妙的事物與人，按你的心軟程度，和一雙手有十個渦、頭頂有三個髮旋的女人分手，足夠懊悔上一陣子。

而你之於我呢，一樣也是縹緲，也像一個謎。我是如此愛你，但我並不知道太多關於你的事情。我甚至沒有問過你是否結過婚。按說像你這樣年齡的男子，一般都會有一個十歲左右的小孩。但我不問，並不是我多麼有心機，是因為我真的並不好奇。

我總覺得，一場好的愛情，會讓人留戀，也會讓人安心放手。

我還記得你帶我去過的非洲。你出差帶上了我，你帶我去象牙海岸的可可種植園。本來可以不去那裡，只在阿必尚[1]停留兩天或三天，等當地的收購商上門，跟他們碰個頭，把可可的數量和價格報給你就行。但是你為了讓我看到可可樹，帶我去往那個小村莊。

那真是個美麗的村莊，滿地紅土，植物濃綠，沒有道路，我是說，沒有人工修整的柏油馬路，路，只是靠人和動物的雙腳踏出來的那種最原始的路。有很重的塵土，卻讓人覺得乾淨。當地的男子打著赤膊，繫粗布紡出的彩色短褲。女子上身沒有衣服，美麗的乳房在光天化日下袒露，不覺羞恥。因為她們根本不知道袒露乳房是羞恥，乳房本是美與溫柔。

我坐在香蕉樹下，看你的NB球鞋踩成了象足那樣的泥巴柱。你跟當地人說土語，拿一個橙色的可可果，用刀斬開，察看種子的發育。男人認真做事的時候確實是吸引人的。那時我才好好地端詳你。你真好看，你有挺直的背部如書脊，你是我心愛的人；你有強壯的手臂如弦弓，你是我心愛的人；你有漂亮的深黑眼睛如寶石，你是我心愛的人。

我畫下了你，那是我唯一一張保留至今的有關你的畫像。你，當地的族長，赤身的婦女，孩子。那張畫用掉大量的正紅、深綠、土藍、土黃。簡直如同馬諦斯一般，顏色不需調和，直接擠出塗抹在畫布上。多年後，有人來到我的工作室，看到那幅畫，要用一筆重金買下，那筆重金足夠我安然甚至揮霍地度過餘生日子，但我不需多想，沒有同意。

我們夜宿在族長的樹屋。半夜裡忽然有隻貓頭鷹飛了進來，我看到那一對綠眼睛，嚇得差點翻出窗口掉下樹屋。你抱緊我，吹著口哨。「呼，胡胡胡胡，呼。」那貓頭鷹居然呆愣半秒，回應起來。「呼，胡胡胡胡，呼。」你說：「完蛋，牠愛上我了，當心牠把妳啄下樹去。」

「所以，我今晚不論怎樣也得跳樓，喔不，跳大樹對嗎？」

你笑起來，你擁抱我，在我額頭印下天使對人類那樣的吻。

1 象牙海岸最大的城市，有「西非巴黎」的美名，是西非著名的繁榮之地。

如同原始人重返文明社會，回到中國，一切已然不同。

首先是你患了嚴重的感冒。當你連打十個噴嚏的時候，隔十秒，我一定在樓上模仿出十個噴嚏。我聽到你在樓下哈哈大笑，但我卻知道自己有點強顏歡笑。我討厭感冒，不知道這世界上有多少人會像我一樣厭惡感冒。我寧可患上中耳炎、偏頭痛、拉肚子或者痔瘡，都不願意感冒。我討厭感冒就如同我討厭廁所裡沒有沖掉的衛生紙，感冒讓我覺得不潔，而且一旦鼻塞，我的哮喘準會發作。我實在是害怕鼻塞到了無以復加的程度，所以每當我面對一個有鼻炎的朋友，看到那張鼻炎臉，聽到那種鼻炎的腔調，我真的比他們自己還要痛不欲生。

所以，為了不讓自己難受，我清點了我的朋友們，他們沒有任何一個有鼻炎，因為唯一有鼻炎的已無辜地被我拋棄了。我還記得他跟我描述鼻炎，他說，我一生裡從沒有暢快呼吸過，偶爾泡溫泉或者洗熱水澡，天意眷顧般地，忽然鼻子開竅了幾秒，天啊，你知道上天堂是什麼感覺嗎?就是那幾秒!

於是，為了防止被你傳染，我跟你隔離了幾天。我知道在那幾天裡我們是如何忍耐著對對方的思念，雖然那思念僅僅是兩段樓梯的距離。但是你沒有越過雷池，這讓我對你刮目相看。而我也沒有主動下樓，這讓我對自己也刮目相看。我們變得井水不犯河水，誰也沒打擾誰，誰也不騷擾誰。禮貌又疏遠，模範室友。

直到有一天深夜，我覺得你來了。來過了。坐在我床邊，把我踢掉的被子掖好，彎身把我的拖鞋擺正，又給我倒了一杯明天早上醒時要喝的白開水。

然後你悄悄下了樓。

我忽然就哭了，眼淚涸濕了枕套。從那時起，我好像就知道我們的愛情壽數已盡，你大概也預感到了吧。

我躺在床上，我已經三十一歲了，這年齡的女人已不再是小女孩，我不會為了一點點難過就飛奔向你，纏著你搜刮你的溫熱氣息，證明你愛著我我也愛著你。不會，我不再願意那樣撒嬌了，我的心也不再是扭股糖般的沒主見和柔軟。三十一歲的女人，一切已成形、定版，輕易不會改動自己的習慣。正如你也一樣，你也有自己不可更改的意志，即使面對愛情，也不動搖。誰也改變不了我們，我們是已經長大的樹，沒辦法折彎和修葺。對於感冒，既然我如臨大敵，就不會委屈自己擁抱你，然後再用一週或更長時間治癒被傳染的鼻塞、發燒和咳嗽。實話說，相比愛你，我更愛自己。

第二天中午，我接到你的電話，你說你已經飛往迦納，去視察新的可可種植園，你們公司在那裡有一筆投資。

你說你放了一件東西在樓下的書櫃裡，讓我有空去看看。

那是一枚戒指。

六爪鑲，通透的鑽石，切割大方，可惜大了不止一個尺碼。戴在手上，鑽石滑了一圈，歪到手心這一側，只要握緊拳頭，就感覺到它分外硌手[2]。

一張字條：我回來時如果妳戴上了它，代表我們可以結婚成家。

從小到大，我從不戴任何首飾，這是人生中第一次戴上了戒指。

我戴著它整整一週，忍受它的不適合，它太大了，我得時時提防它不要掉了。這一週就一直在玩這個提心吊膽的遊戲。

一週後，你回到中國。你沒有馬上回到公寓，而是請我在外面吃飯。我知道你心意的鄭重，你是想把話說清楚。我記得我當天赴約時的穿戴，我的髮型，所使用的香水，有兩款，愛馬仕尼羅河花園、香奈兒五號。我總是按我的心意調配香水，誰說一定只能用一種香水呢？我盛裝赴約，我想那就是我們最後一次的約會。

你也許非常失望，當你看到我的無名指。但是你不動聲色，笑語如常。你跟我講起巧克力的故事。你說在古代，世界上本沒有巧克力。直到阿茲特克人把可可種子榨汁，配以辣椒、胡椒、香草，沖了水開始喝。那就是最早的可可飲料，叫作苦水。既是苦水，一定並不好喝呀，可為什麼阿茲特克人卻趨之若鶩，而且後來還被西班牙人帶回了歐洲？那一定是與癮有關，與回味有關，甚至與愛有關。

我很喜歡這個故事。可可的故事，苦水的故事，巧克力的故事。它有點像愛情的隱喻，愛情是甜美的巧克力，可是男人與女人的相處是可可原汁。當我們品嘗著巧克力的甜美，我們勢必要明白可可的苦澀。若我們不明白可可，我們便永遠也不明白巧克力。

可是，太明白又怎樣呢？太明白了，就會像你和我。明知道分手是痛苦，可是因為懼怕更大的痛苦，我們情願選擇傷害更小的那一種。

我們是悲觀主義的花朵。一想到愛情這東西已被我倆取之盡錙銖，用之如泥沙，再之後，不論怎樣的奢侈，都不會有此刻這樣足夠。我們會覺得失落。何況，你和我

2 形容手碰到凹凸不平或堅硬物品而不舒服。

本就是耽美與耽癮的兩個老饕，害怕哪怕一點點不夠多、不夠好和不夠強。於是我們在選擇面前倒車，錯開危險的剮蹭。我害怕跟你結婚，是因為我害怕你在世俗的婚姻面前變成一個普通的男人，我也害怕我自己會變成一個普通的女人，為了日常小事開始斤斤計較，或為了一個小孩的教育問題跟你吵架。生而為人三十一年，不算聰慧，但眼看天下夫妻，家家都是如此。

我害怕你的改變，哪怕只是想想都不要。我害怕一切的變味、乏味和走樣。

所以我沒有戴你給我的戒指。

如今時過境遷，然而並無遺憾。最好的，我已經得到了，所以夫復何求？就如同最好的可可樹的可可種子釀成的最好的可可餅，榨取的最好的可可脂，我已經倒入杯中品嘗並且因此過敏，所以往後我的生活就算是減敏了，我將百毒不侵。

你也一樣，希望你，也一樣。找到一個非常喜歡但並不如喜歡我那麼多的女孩結婚、生子、共度一生、安享晚年。但是希望你想到我時，還記得我是一個害怕感冒如同害怕死的自私的小女人。我最終沒有戴上你給的戒指並不是因為我不愛你，而是因為我太愛你。

另外就是，親愛的，戒指確實大了啊。

最終，我的可可先生，我象牙海岸走來的情人，當我寫下這樣一篇文字，我桌前放著的這一杯可可已經冷透。在關上電腦前，我冒著過敏窒息的風險把它飲盡了，還好，沒有想像中那樣難受。

這讓我忽然有點害怕，我想我也許根本不如我自己所想的那樣瀟灑，也許我錯了，我錯過了我最好的一場相遇，但我知道，我永遠不會去找尋你。

再見。

致從我生命中
消失的那頭野豬

失戀的至高境界是勇氣。

人們說，如果一個人過了二十六歲還能在辦公室裡委屈地大哭起來，說明她之前生活得很順遂。

是啊，被生活教訓過而折彎了翅膀的老鳥們早就學會凡事笑看風雲。

中午午休的時候，丁思柔照例和男友聊微信。天天見面的戀人，中午還要聊微信，真是夠膩歪的啊。思柔自豪地告訴同事。「我們感情特別好。」

「中午吃了什麼？」「晚飯去哪兒吃？」「今天上班順利嗎？」「你帶手機充電器了嗎？」無非是這些早請示晚彙報……聊著聊著，男朋友就詞窮了，冷場沒關係，他們還有約定俗成的好辦法，男朋友開始給思柔發紅包。他發一個，她拆一個。拆得不亦樂乎。

但是，忽然有三分鐘的停頓，然後，手機螢幕上跳出一句話。「我們分手吧。」

思柔以為自己眼花了。打電話過去。

對方沉默著。

她委屈地大哭起來：「為什麼要和我分手？」

對方示弱。「我發錯了還不行嗎？」

「那你是發給誰的？」

不能以沉默、以敷衍、以欺騙面對女人的提問。男朋友被思柔一問再問，只好說了一句更激怒她的話。「我覺得我們倆不適合。」

已經二十八歲的丁思柔，在辦公室大哭起來。連上司都被炸出玻璃隔間，上司問，她怎麼了？

同事說，她男朋友和她分手了。

看，過了二十六歲還把分手這種事弄得人盡皆知的人，也只能是之前生活得很順遂的人。

據說失去一位至親的痛苦要用四年才能完全平復，而失戀，最多四個月就能好起來。四個月，每天中午在網上翻牆觀看無聊又好笑的世界彈珠球拉力賽，據說這個比賽是一位自閉症患者發明的，一些彩色彈珠球，給它們取各種名字，為它們設計賽道，然後它們就開始滾動。你永遠不要以為滾在第一位的「鼻涕綠」會以第一名的身分到達終點，而最後一名的「憂鬱藍」也可能在一個岔道口翻轉最終的結局。解說員的口水彷彿要噴到螢幕上來，很多人以重金押寶。世界上沒長大的孩子真多啊，思柔今天默默地押「熾熱的火球」，和同事賭，她把她收到的紅包都賭輸掉了。

就這樣，四個月過去了。

第五個月，思柔覺得自己已經忘記了那場戀愛和那個該死的男人。當獨自寂寞的夜晚，她點一根淡的萬寶路，吸著吸著，倒是會想起他來。菸，是他們一起去新加坡旅行時買的，菸盒上還印著「吸菸有害」的字樣和令人作嘔的圖片。

「我們倆不適合」，言猶在耳，直到此時，二十八歲了還很天真的丁思柔才開始反思自己的愛情觀。

「我做錯了什麼？」

失戀的第一層境界是自責。

「不是我做錯了什麼，是因為我沒有遇見對的人。」

失戀的第二層境界是自信。

「我應該找一個覺得我做任何事都很對，很欣賞我的人。」

失戀的最高境界是勇氣。

思柔居住的社區一直出沒著兩條大狗。雪白的大狗，被主人餵養得膘肥體壯，毛皮蓬鬆像天上掉下來的兩朵雲。思柔很喜歡牠們，心裡面給牠們取名，一個叫「小騙子」，一個叫「小壞蛋」。因為「小騙子」騙過她手裡的蛋糕吃，而「小壞蛋」常常對著思柔瞎吼，每次都好凶好凶，根本不當思柔是鄰居，像個惡霸。

奇怪的是思柔從沒見過兩條狗的主人。這位主人，好像隱形人，思柔想，他一定有一個遙控器，能讓狗狗在無人監管的時候聽他的話。早上，中午，晚上，狗自己跑出來玩，玩夠了自己回家。

很快冬天來了，社區的野豬們聯合起來抵制暖氣漲價。「野豬」，就是業主。鄰居們自建的群組，就叫「野豬林」。聽起來真是有種威猛之氣！

思柔也響應號召進了「野豬林」。供暖的事情靠著大家的齊心協力擺平了，野豬們接下來就開始天天閒扯。這會兒，思柔才知道那兩隻狗狗是一個叫許衡的人的。而許衡，就是這次暖氣革命的發起人。如果沒有他，每家要多交一千元呢！

思柔對許衡印象很好，從微信群聊發展到互加好友。

其實她一直不知道，許衡喜歡著她。

在很久很久以前，社區還只是一片空地的時候，不少人來買這裡的預售屋。思柔是當中最年輕的一個女孩，這樣的女孩要買六十坪的大房子，頭期款只有兩成，其餘全部貸款，她真是膽子好大啊。當時，許衡就坐在售樓部的某個角落，看著思柔舌戰群雄，一邊為打折的問題海北天南地瞎扯，一邊又望著那片空地揮斥著什麼方遒。最終售樓部的一個經理出面，給她打了個九五折！那時思柔給許衡的印象是潑辣的、明媚的、俊俏的，他被這個姑娘吸引了。於是，他決定不再看別的房子了，如果思柔買了，他就買。

思柔和許衡在微信上成了朋友，他們每個中午午休的時候都聊天，就像從前每個中午和前男友聊天一樣。不同的是，她和許衡的聊天太有趣了，經常逗得她哈哈大笑，魚尾紋長出三百公尺。他們談社區的八卦，談王小波、張愛玲，還說到哈伯望遠鏡的五十年，並且超有共同愛好地討論著世界彈珠球拉力賽。

「我覺得每個球的名字都像恰克．帕拉尼克小說裡的人名，哈哈哈。」許衡說。

「沒錯！每一場比賽都像愛倫坡的小說，從來等不到你以為的結局。」思柔說。

思柔要去食堂吃飯了，許衡會說：「多喝點湯。」思柔說：「好吧，替你多喝點。」這不是曖昧還能是什麼？

但他們一直沒有見面，也許這隔著些距離的感覺太美好了，也許是大家都有點害羞，反正見面的事情誰也沒有提過，但是每次思柔走在社區裡，她總會想像遇見許衡的情景。可她只是見到「小壞蛋」和「小騙子」。思柔從來沒有遇見過同住一個社區的許衡，這就顯得有點不正常了。

有一次，思柔的電腦壞了。半夜三更的，她卻要傳文件給公司，事情很急。

思柔上微信，呼叫許衡，她第一個想到的人就是許衡。可是許衡不在線上，沒有馬上回覆她。思柔萬般無奈，只好給前男友打電話，前男友是個電腦高手，他說：「那妳等等，我待會兒去妳家幫妳弄。」

十分鐘後，微信亮了，許衡說：「不好意思，剛才睡著了，現在我來幫妳。」許衡打來電話，指點思柔一步步修理那個損壞的文件。許衡的聲音真好聽啊，和思柔想像的完全一致，像泉水一般的清澈。他真應該去當聲優，給櫻木花道配音。

就在這時，思柔家的門鈴響了，前男友也趕來了。「妳還好嗎？」前男友進門先是這樣問，就像每一個腸子悔青的前男友一樣。

思柔說：「我很好。」她儘量不顯得像在賭氣，但是她這句話聽起來還是很像在賭氣。

這時，許衡還不知道思柔那邊的狀況，一直在教她修文件。

「在和誰打電話？」前男友問。

思柔不假思索地回答。「我的新男朋友。」

許衡關掉了手機。他抱著「小壞蛋」，把牠的耳朵往後捋，這樣牠看上去就很像一隻羊。他笑起來。他的心情，真是既幸福又悲傷，既快樂又彷徨啊。

思柔每天都看到「小壞蛋」和「小騙子」。牠們依舊在沒有主人在場的情況下乖乖地散步。牠們是社區的吉祥物，人人都愛牠們。思柔上網問許衡：「和我見一面好嗎？」她放棄一個女生的矜持，邀請他說：「我們在社區門口的牛排館見面如何？請你吃飯。」

許衡沒有回覆。

他也一直沒有回覆思柔，從那時起，他消失在了手機的另一端。其實，想找到許衡很容易，思柔只需要問問別的鄰居他的門牌號碼，只要她走下樓，走到另一幢樓，按電梯上樓，再按一次門鈴即可。思柔決定就這麼做。

門鈴響了，可是沒有人來開門。

幾天後，兩隻狗狗也消失了。

社區失去了兩條會走路的雲，其實也還是漂亮的社區。春天到了，暖氣停用了，「野豬」們跑出戶外曬太陽，草地上躺倒一大片，而到了冬天也還是會有人帶頭去為了供暖的事鬥爭。這些都不用愁，思柔只要從善如流即可。

思柔和前男友復合了。男友說：「妳知道嗎，男人也會每個月發神經的，就像妳們女人來月經。」

「所以你上次是男人的月經啊？」

「嗯，就算是吧。」

他們還像從前的樣子走在街上，只是他們經歷過一次分手，已經學會相敬如賓，不再如同之前那般親暱無間。偶爾男生還是會忽然說點讓思柔氣悶的話，但她已經學會忍耐。當一個女孩不再愛跟男生講理的時候，也就是她認命的時候；而當一個女生認命的時候，是不是就是她老去的時候？

思柔將和男友在春天完婚，他們會住在思柔的大房子裡。

只是思柔一直都不知道，曾有另一個男人愛慕過她。是不太久遠的事，就在兩年前。思柔對售樓小姐說：「我，要住最大的房子，因為我想養狗，要讓狗在地板上奔跑！」售樓小姐為了賣掉房子，不得不勉強配合思柔。「那妳養什麼狗呢？」「薩摩耶！」思柔大聲說，所有的購房者都看向這邊，有一個人不知道為什麼笑了起來。因為他覺得思柔毛茸茸的頭髮，小圓鼻子，一張微微上翹的嘴巴，真的像一頭薩摩耶。

這個人就是許衡。他住進來後的第一件事就是去買狗。

他打過一個很詳細的如意算盤，他相信他和思柔會因為狗而相識，然後，之後的事，許衡有把握，他會追到思柔。

他非常喜歡這個女人。

但是，命運似乎總是不讓人把完美的故事好好地講完。在一個雨夜，許衡從公司加班回來的途中，一輛卡車撞上了他的車。之後，許衡受了點傷。他的腿走路的時候有點跛，用了很長很長的時間做復健，但醫生說，他受傷的部位是脊椎，也許幾年以後，他會癱瘓的。

思柔會接受一個走路有點搖晃的男朋友，但她能接受一個無法走路的男朋友嗎？

他不自信起來。尤其是那晚，當他聽到思柔無意間說他是「我的新男朋友」時——她已經在心裡把他當成了男友，對他依戀起來。可是，他能勝任男友乃至丈夫這個角色嗎？

是把一個好女孩留給可能殘廢但真心愛她的自己，還是留給健康的但並沒有那麼愛她的另一個男人？哪一種選擇更不自私？

透過陽臺，許衡看到思柔在用霜淇淋餵狗，可是「小騙子」絲毫不領情，思柔皺起了眉毛，卻還是耐心地撫摸著狗的頭頂。許衡看到「小壞蛋」在對思柔吼叫，可是思柔並不在意，甚至她還與牠對吼……許衡看著看著會笑，然後他又會心裡很苦澀。

他是真的很喜歡這個女人。

能在網路上，以不見面的方式，和她談天說地，他已很滿足。

春天時，許衡無聲無息地搬走了。

他覺得他離開這個社區是一個不太好的選擇，但也許是一個正確的選擇。

他常常看著手機發呆，思柔的頭像，是一隻雪白的薩摩耶，她真的很喜歡狗。他捨不得把她封鎖，但也不能和她聊天了，他只能在微信上裝死，一死再死。

一年以後，許衡收到思柔的一條微信。

「我相信，愛情是有力量的東西，你信嗎？反正我信。所以，你幹了一件很蠢的事就是放棄了我。但是我會儘量幸福地生活下去，為了你。我喜歡你。」

從此以後，他們再也沒有任何聯絡了。

今晚忙嗎？
不忙找你有點事

響尾蛇問剛配了眼鏡的眼鏡蛇，
看世界是否清晰了。
你猜眼鏡蛇怎麼回答的？

同學們聽到羅奔、楊偉的名字時，悶悶地辛苦忍著笑。聽到你的名字時，我以為照常還是會笑，於是我就把前兩次沒發揮好的笑大量釋放了出來。可是糟了，教室安靜了。然後，我看到你用手術刀一樣鋒利的目光向我看過來，同時神態裡的不可置信、鄙視和憤怒一下子就毀了我們成為朋友的基礎。

可以肯定，在認識你的最初，我就被你當成是一個思想複雜、心思骯髒、頭腦齷齪的壞人，你或許在心裡叫我流氓、花痴、三八、變態、賤人……隨便你吧，但是每次有人喊你的名字時，我還是很想笑，唉，誰讓你叫陳博呢？

作為生殖醫學系的學生，我們在大二上學期終於學到了男女生殖系統的功能和作用。「性功能正常的成年男子，會在清晨發生勃起現象，簡稱——」老師在講臺上吐出兩個字，諧音正是你的名字。

咦，這回你怎麼不瞪眼睛呢？你一副任人宰割的神情，是想用低調的姿態阻撓大家的關注嗎？然而同學們可管不了那麼多，一年前不懂得笑的人，此時都笑得分外open。

而在那堂課之後的很長一段時間，你的名字被頻繁地討論，老師說：「有些性功能障礙的治療需要考量這個因素——」我沒聽清，就問了一句：「老師，是晨勃嗎？」

你終是忍無可忍了。你站起來，對我咆哮：「妳就是我們班的攪屎棍！妳不要笑了！」一瞬間，全班都沉默了，是的，屎們都沉默了。

小心眼，多不好玩啊。又不是我給你取的名字，有本事去改戶口名簿，你對我凶什麼凶！

下課鈴響，我路過你身邊，你一把扯住我的袖子。「牛卓卓，今晚忙嗎？不忙我找妳有點事！」

我說：「我忙，我晚上要吃飯、打球、洗澡、上廁所、看韓劇。」你憨厚的嘴巴卻吐出尖酸的詞句。「我以為妳看黃色小說就忙死了，原來妳還有別的事啊！」

你看，作為一名醫學院的高材生，一個唯物主義者，你卻把自己的名字當黃色小說看待，這多不應該呀！你還死命認定比你早懂了生理常識的人就是下流的、噁心的，你是多麼不講理、多麼無知啊！我拿出佛系同學的神態。「施主，跟你沒話好說。」抽身想飄走，你卻把我的便當和我一起摁在桌上。「我受夠妳了！」你吼道。路過的同學都誤會了，陳博對牛卓卓的壁咚有點過啊……是過分了啊……

那天晚上你尾隨我來到學校的西餐廳。你說：「牛卓卓妳想吃什麼隨便點，這頓我請了。」你讓我一次吃個夠，算是閉口費。既然如此，我就點了最貴的牛排。在進食的過程中，你說了三次「以後不要再叫我名字了」。看看你的要求多奇怪，不叫你名字叫什麼？你說：「那我們商量一下。」

備選答案有：小陳，老陳，小博，老博。

「老博！」你終於破涕為笑。「這個好！」一個晶亮的鼻涕泡破壞了你的嚴肅，你居然也懂得占別人便宜啊。我大大方方地說：「好的，老博，老——伯。」

「乖姪女。」

讓你占個便宜你就不恨我，值。但你我都知道，那一個半小時的相處不愉快。玩笑很冷，比牛排還冷。當我終於嚼不動五分熟的牛排時，談話也陷入了僵局。我們從西餐廳出來，一個藉故流連在書店，一個則火速去操場打球。從那以後，我再沒有叫過你的名字，當然也不會管你叫「老博」。

當我實在要稱呼你，就只用「喂」代替。

這樣也挺好不是嗎？相安無事。喂，畢業去哪兒啊？喂，留言冊寫一下吧！喂，明天幾點的火車？五年就這麼一晃過去，離校那個傍晚，你拖著皮箱從男生樓出來，碰巧遇到打著飽嗝的我。離發車還有一個小時，時間充裕，你又迫不得已，於是和我說了一些「保重」、「再會」之類的客氣話。

說著說著，你忽然冒出一句：「對不起。」

「什麼？」

「對不起。」

「為什麼？偷過我錢？打過我的朋友？往我米飯裡吐過唾沫？」

「不是，是關於我的名字。」

本來離別愁緒已經這樣濃，我就要傷感地對你說再見，把所有的遺憾不了了之了。可你卻一下子提醒了我，五年來的委屈憋悶襲上腦門，你激怒我了。「滾滾滾，希望你以後被無數個人笑！你、你怎麼不去死啊！」你愣在原地，你可能終於明白了，脾氣不好的佛系同學再怎麼修行也只能是個武僧。就算她五年來老老實實地坐在你身後聽課，跟你井水不犯河水，不搞怪也不抽風……

你重複了一句「對不起」掉頭走了。我在你身後暴跳如雷，最解氣的一句當然是大喊：陳博，陳博，陳博……

喊出了兩行奇怪的熱淚。

男性科的女醫生未婚，但醫術很好，這本身就像一個意味深長的黃色笑話。院長問我：「小牛，工作壓力大嗎？」我馬上哭訴。「壓力大啊院長，我一個單身姑娘，天天面對那些男病人，談的話題……院長……薪水……」院長給我加了薪水之後，就不再問了，因為他每次路過我的診室，都發現我像一座自鳴鐘一樣「噹噹噹」朗聲談笑，好像工作在娛樂圈一樣。病人們倒是分外拘謹，醫生我呢，就越發把人家的病理、病史抖個明白徹底。院長認為他深深地被欺騙了。

然而院長不知道，當一個女孩子用大方、專業、見怪不怪的態度講解異性的生理問題時，她面對的病人即使再猥瑣，再愛開玩笑，再想占便宜，也不得不被她的威力震懾。他們想看到那種「小女醫生害羞」的美麗場面，在我這裡完全實現不了。

我給病人做斷層掃描，讚美他：「哇，你有兩根很漂亮的輸精管耶！」

我真像個變態！

偶爾靜下來，我這個變態女醫生會想起你。想你在北京某婦產科醫院工作的情景。羞怯的男醫生在給產婦查床，要問人家子宮疼不疼，傷口癢不癢。你一律用「那個」代替，病人聽不明白，你就把臉紅得像個草莓，吹彈可破。

二月裡，我上網搜索到你，在你那點擊率幾乎為零的微博裡，你執意地書寫著自己對生活的抱怨。你說產婦們都好挑剔呀，醫生如果長得不帥，比如你的同事錢健恆，就會被拒絕參與接生組，因為「怕嚇著孩子」。

我手癢癢，留言：「朋友，你很有趣，我也是一名醫生，想和你多交流。」你在當天晚上警覺地回覆我：「是我的同學嗎？」我很自如地撒謊。「不是。」

然後你加了我的微信，還算聊得來，彼此發送搞笑圖片、心靈雞湯，當然，也包括黃色笑話。兩年後，你對黃色笑話的敏感度降低了，甚至在看過後還會捧場地哈哈一笑。

「響尾蛇問新配了眼鏡的眼鏡蛇，是否看世界更清晰了。眼鏡蛇說，其實一切照舊，就是打算換個性伴侶。響尾蛇不解。眼鏡蛇嘆氣說，以前啊，一直和一個橡膠管子過了大半輩子。」

「啊……哈哈哈哈哈哈。」

「其實你的名字也挺好笑的。」

「是啊，大學時候總讓一個女生取笑。」

「她為什麼笑你？」

「這得問妳自己了，牛卓卓。」

被你識破後，你說有空來北京玩吧。這不，我們就尷尬地見面了。不會見光死的，因為那天北京在下大雨，根本就沒有光！世界在渾濁的大雨裡沉下來，海底一樣，我見到一個白胖子遠遠地游走過來，沒有撐傘！

我們的身後就是一家賓館，我的包包裡放著作為見面禮物的T恤一件。我真沒想太多，只是順便問你要不要進去換衣服。結果，你說要去。

你在浴室裡洗澡，我坐在床上給你出一個腦筋急轉彎。說是一位探險家向南走了一英里，然後向東走一英里，又向北走了一英里，結果他回到原來的出發地，並遇上了熊，請問，熊是什麼顏色的？

「黃色。」

「不是的。」

「難道牛卓卓妳還會出不是黃色的問題？」

那麼陳博讓我來告訴你，既然探險家兩次轉向回了原地，那就不是地球上一般的地方，一定是個特殊點。如果是北極點，這種事就能辦到。既然在北極，遇見的熊就一定是白色的，不是嗎？

所以說，世界上很多問題都不是你想像的那麼簡單，一個女孩為什麼笑你而不笑羅奔和楊偉，一定是有其深刻原因的。當年的我常常想，如果你不叫陳博，我們或許能成為朋友。成為朋友以後，我或許會喜歡上你這個很白、很憂鬱的、學習很好的胖子。或許我會讓你在考六級時幫我作弊，或許會在你發了獎學金時就走到你面前，要求幫你數錢。然而這些事，都由那些純情的或者冒充純情的女生去做了。她們叫你的名字時，你從來不多想。

那天我們從賓館出來，你穿上我送的T恤，發現了原來和我身上的那件一樣，你用一種上當了的表情看看我，但是沒有多說什麼。沒有人相信我們僅是在賓館裡洗澡更衣，計程車司機是位大媽，她說：「啊，這小倆口，還穿一樣的衣服啊。在哪兒買的呀？我想給我女兒和女婿也買兩件！」

我真的沒想到，你這麼認真的一個人，並沒有及時糾正她的胡謅八扯。

陳博，說實話，就是在那天，我忽然明確了我一直喜歡你的事實。世界上有那麼多男人，他們擁有不同的姓名，然而和我最般配的，還是你這個擁有一個尷尬名字的白胖子。可是，我不知道你現在還討厭我不？你是不是有可能喜歡我呢？你……想和我交往嗎？我不敢問你，這為時過早。但我確實想過將來和你生一個小孩，並由你親手接生，我希望和你一起生活，講很多很多的黃色笑話給你聽，讓你早日減敏，更多地體會人生的樂趣。可是，這個願望是多麼難以說出口啊，那麼不如——

於是我說：「喂，今晚忙嗎？不忙找你有點事。」

你轉過頭，忽然不懷好意地笑了。

啊，陳博，原來你什麼都懂的！你都懂的！

親生的親愛的

一生裡能遇見一個
一直當你是孩子的人，
實在三生有幸。

毛球的大名很好聽，叫方書荃。可是她給自己取了這樣一些筆名：毛球、肉獾、胖魚、九節狼……都是兒童化、裝可愛、沒心沒肺的。別人叫苦竹、秋雨、鐵凝，別人都是大作家，起筆名都帶著使命感，不同凡響。所以毛球能有什麼出息呢？不過她本來也不想有出息，又不過，沒出息就是她的出息。在紙媒興盛的時代，有一種文體叫愛情故事，毛球會寫這個，擄獲一眾少男少女的芳心，不當一回事。

「不是少男少女，是童男童女。」毛球對編輯餅餅說。

餅餅沉吟片刻說：「那把他們清蒸了吧。」

餅餅說：「我要去武漢出差，妳見我嗎？」

「不！」

「為什麼？」

「沒空，沒錢。」

餅餅說毛球沒良心，但是餅餅不敢得罪毛球。雜誌的版面還要靠這傢伙撐，餅餅的版面費也就是折算成工資的那部分，還要靠毛球鼎力相助。所以餅餅默默地把去武漢出差改成了去蘭州拜訪同行。

其實毛球不是不想招待餅餅。見面、請吃大餐、飲酒、唱歌，還要送一份禮物。

送什麼好呢？送一個手機吧。毛球想，都可以，都可以！如果這些場合不需要她出面，雙倍都可以！但是與人交往令她焦慮，和編輯見面更焦慮。她會覺得我實際上不如文章那麼可愛嗎？會覺得我老嗎？我的衣服會被一眼看出是沒有牌子的嗎？她穿MaxMara，那我要不要去買件Burberry啊？想起來真的很鬧心，所以乾脆心一橫，不見面。

餅餅從甘肅回到廣州，收到一個快遞。打開是一支手機，氣死了！「這個手機不就是我正在用的這款嗎？妳為什麼不先問問我再買？」

「妳可以送給妳婆婆。」

……

五、六年後，餅餅懷孕了。餅餅對毛球說：「我不想工作了，我要辭職回家生孩子了。」毛球說：「那我怎麼辦？」

餅餅有時候覺得毛球才是她的孩子，她的長女，肚子裡的是二胎。她嘆口氣說：「妳還可以繼續寫，編輯會找妳的。」

「妳不在了，我就不寫了。」

所以餅餅覺得，她和毛球的情分也不僅僅是作者和版面費的關係。毛球是個胸前印個「勇」字的人，挺義氣的。不寫了很可惜，寫得真的挺好，餅餅看稿有時候還流淚呢，就像能讓老中醫覺得痛的病人一樣，毛球是能讓老編輯覺得感動的作者。

產假的幾個月，雜誌上真的沒有毛球或九節狼的愛情故事了。讀者嗷嗷待哺，還有人衝進雜誌社問：「毛球在嗎？我想問問她為什麼不寫了，她在哪裡？」

讀者分不清編輯和作者。他們以為作者也在編輯部，每天像羊啃草一樣，擠出文字的奶。

「知道她在哪裡的話，你要打她一頓嗎？」

編輯們告訴痴情的讀者，毛球遠在一千公里外，上武漢找她去。

餅餅上班了。上班第一天她轉告毛球。「有一個讀者，男，妳的地址我告訴他了，他去武漢找妳了。」

「憑什麼不經老子同意就公布老子的隱私，我不見我不見！」

「嘖嘖，妳隱私真多。」

「我躲起來！」

「別躲啊，人家個子挺高的，還要請妳吃飯……」

毛球真的躲起來了。個子高又有屁用，路燈個子高，能談戀愛嗎？長頸鹿個子也高！大象個子也高！但是那個讀者很執著，他去毛球家附近堵毛球。就這樣，毛球被迫見到了一個乳臭未乾的小青年。青年很崇拜毛球，讓她在自己的本上簽名，還給毛球看他寫的詩，還真的請毛球吃飯了。毛球覺得這些行為都很土鱉，但凡真情執迷文學的青年都很土鱉，所以說她沒良心嘛。「那可是妳的衣食父母。」「但還是土。」她和餅餅聊著。

「後來小青年請妳吃飯了嗎？」

「請了，點一桌，菜也很土，風乾臭鱖魚、臭豆腐、野鴨子……都什麼玩意兒啊！幸虧我包裡有一本書，我就看書，他自己吃了。」

毛球那時候是一個奇怪的女人，寫了那麼多愛情故事，自己一次像樣的戀愛都沒談過。「我應該去寫論文，還能結交一些學霸，也許可以找一個合適的結婚。」

餅餅嘲笑她。「妳能寫論文？那貓貓狗狗都可以考托福了。」

論文不會寫，但是念念不忘，必有迴響。毛球遇到真正的戀愛了。

有一天她和爸媽吵架被逐出家門。她想這樣也好，自力更生唄。所以她跑到菜市場去買菜。看到牛蛙摟抱成團，覺得噁心又可愛。這時一隻牛蛙忽然叫了一聲，真的像牛啊，真的好粗魯啊！毛球嚇一跳，撞到身後的一位顧客。那個人說：「有啥好怕的？妳不吃牛蛙嗎？」

她看到那個人買了十隻牛蛙，小販現場斬首剝皮，其狀甚殘忍。

毛球也買了牛蛙，回到自己的房子，按照菜譜做了泡椒牛蛙。幸虧遇到那個人，不然她還真不知道自己的廚藝潛力好到她會在二十八歲的夏天做出一道超級美味的泡椒牛蛙。

「妳不吃牛蛙嗎？」

「吃……吃吃吃啊。」

「那妳也買啊。」

「好啊，我買。」

記得當時的場景，不知為什麼自己會有點口吃。

隔不久，毛球去漢口逛街。走走走，熱得不得了。就走到一個販賣部買可樂。有人說：「妳也買可樂啊？」毛球抬頭一看，哇，天啊！

「哈哈哈，是你啊！怎麼這麼巧？太巧了太巧了！太可怕了！你還記得我呀？」

那人一本正經聽毛球說完，就說：「天好熱啊。」

毛球說：「你去哪兒？」

那人說：「隨便逛逛，要麼去菜場吧？」

「還買牛蛙啊？」

「可以。」他用武漢話說，「闊蟻」。

毛球說了一句不知哪裡聽來的臺詞。「多年不見，你還是那麼殘忍。」

男人哈哈哈哈朗笑起來，像自鳴鐘，笑聲真好聽。平時毛球是不苟言笑的，用不苟言笑掩飾傲慢，用傲慢掩飾羞澀，用羞澀對抗世界的。

但是此時世界也沒那麼面目可憎了。

所以她就這樣戀愛了，她對餅餅說：「老子，戀愛了。」

「好吧，老子，別光戀愛不寫稿。我跟妳說啊，妳不能不交稿，不能拖稿，不能賴稿，妳……」

「我知道，但是妳不能催我，不能吼我，不能老打電話。」

毛球和餅餅互相掣肘，誰也離不開誰。

編輯和作者就像土地和莊稼。

不不不，狗糧和狗。

不不不，藍天和白雲啦。

毛球的男朋友有很多朋友，這樣就和毛球有點犯沖。要知道，毛球除了餅餅以外就一個朋友都沒有，宅女一個。有一次男朋友的朋友們要去燒烤，毛球是動用了很大的勇氣才決定出席的。不容易啊，讓她從終南山活死人墓中爬出來燒烤，蓋因愛情的偉大力量吧。

毛球烤了一個香菇說：「我要去看猴子。」那個燒烤公園有一個猴籠。但是男朋友一反常態不樂意陪她去，也就一百公尺那麼遠，他執意烤他的牛蛙腿。旁邊有一個女生打圓場。「我陪妳去！」她挽起毛球的手。毛球覺得伸過來的這手臂好冰涼，又濕又軟，像蟒蛇，她抽出自己的手臂。女生說：「其實他可能只是有點累了，妳看他一直在給我們烤東西吃，自己沒吃東西。」

毛球自我檢討，她真不是一個善解人意的女朋友。

看完了猴，男朋友已經在草地上睡著了。

毛球躺在他的身邊，不知不覺也睡著了。不然醒著要一直和別人聊天，好尷尬。特別是對有社交恐懼症的人來說，還是睡覺比較好，睡睡睡。

他們醒來的時候，天都快黑了。有人遞過來外套給她的男朋友，是那個蛇！她怎麼隨時隨地都可以善解人意？怎麼做到的？

毛球不喜歡她。

你不喜歡一個善解人意的人，就說明你不善解人意，你小肚雞腸，你負能量，你情商低，你甚至邪惡。

男朋友從那天起對毛球有點冷淡了。

也許是神經作用，沒那麼誇張。

然而事實上，男朋友和那個女生開始新的戀情了，他成了別人的男朋友。

毛球跟餅餅講起這些事，餅餅說：「真可惡，我最討厭這種吃窩邊草的女生了，要不要我替妳報仇？」

「妳怎麼報仇？」

「我打電話騷擾她，每天打一個。」

「每天十個吧。」

於是真的打了，每天打十通，跟對方說：「我是一個幽靈，我是一個鬼。」

餅餅是毛球最忠實的朋友。

人生裡能有這樣的朋友，三生有幸。

但是毛球和餅餅還是沒有見過面，照片互相發過無數張：剪頭髮了，給妳看；今天皮膚比較好，給妳看；我小時候的鬥雞眼，給妳看；我新買的名牌，穿一下給妳看……餅餅長得很漂亮，這麼漂亮又會打扮，還嫁給了特別有錢的大富翁，真是讓毛球自卑啊！毛球更不敢見餅餅，何況她還欠餅餅人情，餅餅替她報過仇嘛。

但是心裡一直想著要見一面，再怎麼社恐症晚期也得見餅餅一面，怎麼感覺有點悲壯呢！可是一轉眼已經認識十年了，還是沒有見面。

「要是我是個男人，妳肯定就見了。」餅餅說。

「何止，孩子都給妳生三個了。」毛球說。

毛球繼續寫愛情故事，出了好幾本合集。出版社要她開讀者見面會，順便多賣幾本書。毛球以死相脅。出版社的人說，這人怎麼這樣啊，作家不也算半個公眾人物嗎？她這麼內向，這算啥啊……

餅餅開導自責的毛球。「誰說作家一定要和讀者見面，妳不想做的事情就不要做。」

「妳真好。」毛球由衷地說。

「我只是希望妳不要拖我的稿。」

「我知道了。」

「還有，好好地戀愛吧，去相親。我給妳我從前的帳號，妳改了照片和名字就可以了。」

「網上相親靠譜嗎？」

「我老公就是網上相來的。」

「好吧。」

「好，去吧。」

那年毛球已經二十九歲了，一回家就覺得肯定要和爸媽吵一架，所以不敢回家。

為什麼小時候那麼愛她的父母，在她成年後卻有點恨她呢？就是因為她沒把自己嫁出去？還是不要回家的好。她住在自己的小房子裡，她已經習慣自己做飯和按時還貸，她用稿費買的小房子，樓底下的小花園裡有一頭巨大的鐵皮綿羊。

網上相親真是什麼人都能遇見，光是在網上看一眼也真真是夠了。但是她還是去見了一個大叔，原因只有一個，這個大叔說他喜歡李安的電影。大叔顯然頗有相親經驗，也不搞什麼鋪墊，見面就說，妳要看電影嗎？

《變形金剛3》，從開始到結束一通狂轟濫炸。電影演了什麼完全不記得，出來也沒法交流和討論，不像後來看《少年Pi的奇幻漂流》，兩人看完講了一夜，還哭了一通。第一次的電影沒有什麼可說的，只記得看完了大叔說，餓了嗎？去吃東西。吃完飯又說，要不要吃甜品？就去吃甜品。毛球要求買個單，大叔冷笑說，這怎麼可能。又帶她去打撞球，那天十二點才回家，大叔說他開回漢口已經兩點了。

「這個大叔很好，霸氣側漏。」餅餅的評價。

「嗯。冷冷的溫柔。」毛球說。

和餅餅聊著聊著，太陽已經落山。「我要去接孩子了。」餅餅走了。

留下毛球坐在電腦前。那時候真好，人們還聊著MSN，如果離開電腦就是宣告休息，聊天就會終止，就可以自己單獨坐會兒，回味一會兒。有休有止多麼好。

大叔說：「我有的不多，都可以給妳。一套房子，一隻狗，還有一臺車。一套漢口老房子，一間農村老家的農場。」

「你是在交代遺言啊？」

大叔笑了：「那妳嫁給我不？」

「那你看上我什麼了？」

「我說不上來，我就是覺得妳和別的女人不一樣，有種……赤子之心吧。」

嗯，赤子之心。毛球覺得她被了解了，雖然只是一點點，一點點。但這一點點就夠他們相處很久。雖然沒有答應大叔的求婚，但是很喜歡和大叔待在一起。「我覺得很幸福。」毛球想對餅餅說，可是又覺得這似乎是一種炫耀。很土，毛球最怕人說她土，雖然她動不動就說別人土。毛球那年三十歲，和餅餅認識十多年了，她終於談上正確的戀愛了。

對於餅餅來說呢，就是有一種「我的孩子長大了」的欣慰吧。

餅餅說：「妳要是結婚了，我可以退出影壇了嗎？」

毛球想說，不可以，妳是我寫東西的動力。

好像一開始只是為了稿費而寫，後來為了讀者的認可而寫，但是最後，是為了一個朋友、為了友情而寫。

但毛球說：「可以，做妳想做的事吧。」

比如整天對著大海，抖腳、挖沙、曬太陽。

餅餅辭職離開了那家雜誌社。

毛球沒有結婚，毛球的大叔有一天早上在刷牙的時候昏倒了，很突然的，他再也沒有醒來。

毛球從那時起就再也不想寫愛情故事了。不論怎樣強迫自己坐到電腦前，她都很想離開、避開。

她時常會想起大叔和她討論《少年Pi的奇幻漂流》。大叔說：「其實主角講的動物的故事是真的，整個電影演的漂流故事是假的，是他的幻覺。」

毛球聽後毛骨悚然，又醍醐灌頂。

想起大老虎離開木筏走向叢林，兩人哭成狗。

很久沒有收到餅餅的消息了。好像是有這麼一段時間，全中國的人都從MSN上逃走了。買了智慧型手機，開始互加微信。在逃走和買手機之間那段空檔，大叔不在了，那是毛球最難熬的時光。有時候還是下午，她就要上床睡覺了，只有睡著了才能夢見大叔，才能把這一天過完。

一種深深的哀傷，一種遙遠的鄉愁。

餅餅在微信上發來一句又蠢又老的話：時間治癒一切傷痛。

這話沒毛病，也不見得有用。都是事後諸葛。

餅餅已經移民到美國了。時間讓沒有傷痛的人過得更幸福。

已經認識十二年了。

不再像從前那樣什麼事情都聊得很歡了。

各自有自己的忙碌、悲愁，另一方面，毛球和餅餅，也慢慢變老，人到中年了。

中年人不是很有閒情聊天，這是真的。不管有沒有孩子和瑣碎的生計要做，主要是瘋狂大力聊天，會體力不支。

「振作啊，毛球。」餅餅的微信。

毛球把房子賣了，去了別的城市。她不再寫作，卻應聘到一家App公司當主編。

餅餅說：「妳這些旅遊小稿子還很好寫的，要我投稿嗎？」

「好呀。」

看起來，餅餅和毛球的角色反轉了。這不重要。重要的是，無論世界怎麼變化，網路那端的你還在。不論是在電腦前，還是在手機上。

不論一天出現八小時，還是三秒。

餅餅當不當作者也就只是說說，毛球的工作一般都是自己一個人搞定。

不像從前的紙媒時代，寫稿子，交稿子，要有排版，要有校對，要有核對，最終校對。校對出錯字要扣編輯工資，主編生氣的話還要把這個校對不力的編輯批評、搞臭。要有財務發稿費，要有郵遞員或銀行職員匯出稿費。現在很多工作不需要那麼多人，稿費只需要微信上發個紅包。

毛球和餅餅有時候會在微信上聊幾句。

更多時候只是看看對方的朋友圈。

已經認識十三年了。

友情是成了對方微信標籤上「親生的」，分組可見。

君子之交淡如水，人生裡能有個這樣的朋友，實在是懷有赤子之心的人才配得到的好運氣。

「在我最好的年紀，我經歷過你。」毛球的愛情故事裡，女主角對男主角曾這麼說。這句話也同樣適合友情。

時間過得真快，毛球覺得，時間確實是治癒傷痛的良藥。

又過了幾年，有一天，毛球發了一條朋友圈：我結婚了。

下面，最先點讚的人是餅餅。

對方撤回了一條訊息
並親了你一下

愛得比較少，就可占主導，
隨時抽身，不費力氣。
愛得多的則是十足十的土鱉。

講真，所謂浪漫便宜得很。

對於廣大婦女來說——

一束俗氣的紅色玫瑰。

一頓黑燈瞎火的燭光晚餐。

一個男的，在樓下把宜家那種十九塊一包的蠟燭擺成心形並把他自己圈在裡面。

一把二手吉他加上練習曲〈愛的羅曼史〉。

一次不必出省的旅遊。

一枚鑽石只有芝麻大小的戒指。

一個微信紅包。

算一下，這樣的浪漫，加在一起都用不到三萬塊。浪漫真便宜。

但是被浪漫的婦女無疑很受用，不然也不會形成模式化的傳統。即使嘴上不說，但是當她們逢上某種奈何天、傷懷日、寂寥時，她們還是會想到某個追求過她們的男人所給的浪漫。「當年有人追我，買下我購物車裡全部的寶貝。」給婦女的購物車裡的寶貝付款也算是一種浪漫。

可饒是如此，有人還連這樣的浪漫也消受不起。

沒有玫瑰，逛公園順便摘朵花相送就感動了。

沒有燭光晚餐，燒烤也行。

沒有吉他和詩篇，樓下一喊「出來唄」，就飛奔下樓（之前化好妝等了很久）。

沒有鑽戒，逼對方給自己買一個髮帶，回頭發朋友圈說「讓他買他就給我買呢」這種秀恩愛。

微信紅包，在生日那天收到52.10元，高興了整整一個星期。

於是不用旅遊，去一次「如家」[1]的標準套房就完成了約會。

這樣的女生，不是說妳不夠好，妳單純、質樸，生怕他破費，總是替他著想，去「如家」還是妳付的房費。可是，妳是讓男人瞧得起妳呢，還是讓自己瞧得起自己？

我們不說這些了，也不必透露女生的芳名，她是周魚的前女友，其實連前女友都算不上，因為「如家」之後，周魚就逃跑了，就覺得，這麼容易得手的女孩，沒什麼意思。

1 中國「如家酒店集團」旗下的經濟型連鎖飯店品牌，分店有將近兩千家。

有她沒她都一樣過，對，沒什麼意思。

周魚繼續著他的人生，他二十九歲了。雖然還不想結婚，但是並不覺得單身好。周魚還是想找個女朋友，這次要好好找，找一個真心喜歡的，待一起能不煩的，最好以後能結婚。這也算是人生觀相當正常的一個男人了。

他喜歡那種身材好，皮膚小麥色又有光澤的姑娘。他把在前女友那裡省下的錢當作旅費，去菲律賓度了一個假。菲律賓的海島上，姑娘們都穿得很少，身材好壞一望便知。

一晃，這已是三年前的事了。

周魚去的是吉馬拉斯島。

這島真是土得掉渣啊，哪個傻子推薦的啊？酒店旁邊就是個臭烘烘的菜市場，去酒吧要幾公里以外。原始氣息濃郁的土著島，就近泡妞的話，只有海灘。

海灘……難道拿個椰子對姑娘說「嗨，美女，請妳喝個椰子」，人家就跟你談情說愛嗎？所以周魚把原計劃放棄了，決定好好享受島上十天的單身人生。

菜市場雖然臭烘烘的，但是那種臭是浪花的臭，魚腥味、榴槤味、水果味的臭。和北京的臭並不一樣。只能說，那種臭美好了那麼一點點。三天後，周魚的鼻子就適應了那種臭，成了一名不聞不舒服星人。

有一天午睡醒來，走到菜場邊上，看到一個當地人在賣榴槤。旁邊還有一堆綠的、圓的，看上去硬得像高爾夫球一樣的芒果。「How much？」周魚問。

「Free！」當地人一臉的「別耽誤我賣榴槤」的表情。

周魚拿走了幾個 free 的芒果，回到酒店，切開一個醜陋的芒果，切下去果肉也是脆的，果皮和果肉連在一起，不能像中國的芒果皮可以用撕的。

這東西能吃？周魚咬一口。

「啊，啊啊啊啊，啊啊啊啊……」隔音效果不佳的房間，隔壁一定以為住著一對熱戀的基佬。

這芒果真的太太太太好吃了。

時隔三年，周魚還會想起趙心耆對他說：「這是世界上最好吃的芒果，對吧？」

周魚是在芒果攤前遇見趙心奢的。他在初嘗青芒果之味後，又去找那小販。大清早的，遊客們都還在睡懶覺，能在這個時間來菜場的除了真愛就是真愛，對芒果的。

小販今天給他的芒果標價了，五百比索[2]。菲律賓人不蠢啊，誰說他們只會做家政，這不挺會抓住商機嗎？

一個姑娘正蹲在芒果筐前挑選。晨光襯著她削薄的身子，吊帶背心的肩帶是細細的黑色的，閃光緊致的皮膚，鬆鬆綰就的寶髻。她的腳趾都比別人的好看，手指上的蔻丹也很好看……周魚瞬間有心臟偷停的感覺。

周魚走上前去，對小販說：「她買剩下的都歸我。」

姑娘看他一眼，說：「這是世界上最好吃的芒果，對吧？」

周魚說：「太好吃了，吃不完枕著睡覺也好啊。」

姑娘笑了：「中國人啊——」周魚打斷她的話：「對啊，同胞妳好。」姑娘接著把話說完：「就是貪心。」

當天下午，周魚去門口的海灘呆坐，他有預感趙心奢會來。但是他除了被曬裂了鼻梁的皮膚以外一無所獲。他高估自己的魅力了，不是每一位姑娘都像前女友那樣很好弄到手。

他只好再去買芒果，他記得姑娘只買了三個。但願妳已經吃完了，他祈禱。

在菜市場邊上等啊等，享受著浪花之臭，閒閒地叼根菸，穿著褲襠幾乎掉到腳背上的哈倫褲，他覺得這樣的自己能顯得輕鬆一點。

趙心奢來了。

可那賣芒果的小販卻沒有來，啊小販，你真是太有眼力了！謝謝你！

「咦，商人不在啊。」趙心奢說。

「我還有好多放在冰箱裡，分妳一點吧。」周魚說。

「你沒有枕著睡過覺吧？」趙心奢笑著說。

「我保證它們都是貞潔的。」周魚說。

接受了周魚的芒果，假如是前女友的話，就該接受他的約會了。但是趙心奢說：

2 比索是菲律賓貨幣，1比索相當於0.6元臺幣。

「今天傍晚我要去朋友的派對，明早要坐船去浮潛，明天中午和下午要去ＢＢＱ直到晚上……」聽到這裡，周魚很絕望。趙心奢繼續說：「明晚大概去酒吧。」周魚可憐巴巴地看著她，她網開一面地說：「那麼後天早上吧。」

誰會在早上約會呢？女人沒把男人放在心上，就會給他垃圾時間。

「等等！妳是說妳明晚去酒吧？那我可以一起去嗎？」周魚很懂得抓住機會。

趙心奢想了想說：「喔，好啊，我想我朋友們會樂意帶上你。」

他再見到她，她和幾個年輕男女在一起。每一個都氣質出眾，一看就是那種境遇好，因此教養也好的年輕人。整個晚上，周魚發現當中一個少年對趙心奢很殷勤，他的心裡壓著塊石頭，樂不起來。是趙心奢主動來和他說話。

「周魚，告訴你，除了芒果，龍貢[3]也很好吃。」

「沒吃過龍貢，但黃皮[4]和龍貢很像吧，好吃。」周魚僅就自己對水果少量的見識吹著牛。

「那你吃過豬那麼大的波羅蜜嗎？」趙心奢問。

「我吃過啊，還吃過木槿花煮的湯。」周魚決定把自己拉低成一個純吃貨。

「那你吃過死人手指嗎？」

周魚看著趙心奢，慢慢地說：「除非妳讓我吃，我才吃。」

趙心奢得意了：「我吃過！在雲南。每一個果莢裡都有黏糊糊的果醬，你這土鱉。《小森食光》裡都演過。」

周魚回酒店用手機仔仔細細地看了一遍《小森食光》，橋本愛確實吃了一根死人手指，用勺挖著吃的。這種水果學名叫「八月瓜」[5]。

周魚又一次在芒果攤前見到趙心奢，他知道這次她是特意為他來的。他心中一陣狂喜，那種狂喜對於原始社會的男人來說是一頭母豹子走入了標槍的射程，對於現代社會的男人來說是愛情。

3 一種原產於泰國的熱帶水果，在東南亞較常見，形似龍眼。

4 原產於中國，現在多分布於熱帶及亞熱帶地區的水果，外皮是黃色，果肉是半透明而多汁，口味酸甜。

5 分布於中國（雲南、貴州、四川）、印度及尼泊爾等地的植物，生長於高海拔的山區，外表為長形，果肉是乳白色。

他們買了一袋芒果，租車去遠處閒逛。她說她明天就回國了，他問她在哪個城市，她說北京。

剩下的幾天裡，周魚孤苦伶仃地在荒島上吃芒果吃到嘴腫。想盡一切辦法帶芒果入境。然後，一個小一點的被藏在皮帶扣後面，沒搜出來。

在芒果沒有壞掉以前，要約到趙心奢。他吐血訂了「順峰」酒樓。「喂，請妳吃大閘蟹啊。」他認為趙心奢不是個吃路邊攤就能搞定的女生。所以男人很賤不是嗎？

他知道她並不討厭他，只是她見識的人和事多了，也就對任何人和事都不會太放在心上。她這種縹緲的態度折磨得他欲仙欲死，怎麼能讓她對自己刮目相看呢？注意，男人這樣想的時候，才是他死心塌地在愛的時候。男人的愛不像女人的那樣纏綿悱惻，對於他們來講，愛等同於「征服的欲望」。

在「順峰」，喝了一瓶昂貴的紅酒後，他把那只芒果拿出來。「給妳。」他覺得自己稚樸得像個五歲的小男孩。

她看了看芒果，看了看他，接過芒果，允許他叫代駕開著他那輛破本田送她回家。而她自己的法拉利停在了「順峰」的地下停車場。

他進了她的家。這是五環邊上一間小戶型公寓，但裝飾和家具都極精緻，一看就造價不菲。

「妳一個人住啊？」他故意試探著問。

「是啊，我爸媽住二環，他們喜歡城裡。」她拿出兩個水晶杯，給他倒酒，看來她今天興致不錯。

那個晚上他們都喝得不少，清早他在她的沙發上醒來，發現並沒有發生什麼。有點遺憾，又有點慶幸。這樣的姑娘是不能在醉酒時下手的，他在為怎樣和她繼續下去而發愁。

他決心用一切辦法追求趙心奢。浪漫，盡他所能地浪啊。

為她買花，在凡有必要的日子裡，送花。

請她吃飯，北京的好餐廳一網打盡。

為了給她彈一首曲子報名去學吉他。

想跟她一起旅行，在「攜程」網站訂好了去日本京都，但她拒絕了。

買鑽石的耳環、項鍊，生怕僭越，沒敢買戒指。

逢節必發微信紅包。

但他並沒有每次都得到趙心奢的約會。她最常說的是：「喔，對不起，今天實在沒空啊。」

她在電話裡輕輕地說「沒空啊」，他就立刻原諒了她，找一堆藉口讓自己不計較、不生氣、不怨念。

有一天在她家，她忽然說：「芒果，那種芒果真想念啊。」

他掏心掏肺地說：「我真想飛去那裡替妳買一筐回來。」

她說：「你對我真的很好。」

於是他斗膽問道：「那我是妳什麼人呢？」

「你是我的……你是我的男朋友啊。」她說。

他會永遠記得那個場景中的自己，心花怒放，差點大喊起來。

前女友好像找到了新男友，在網上秀恩愛。一部 iPhone 手機，小姑娘高興得連發了五條微博。點讚的人裡也有他，不知道為什麼就想去點個讚。這種時候他終於理解了前女友，他承認對她真的不夠好。

一個晚上，他照例對趙心奢問安：睡了沒，早點睡，明天幾點醒，要不要我 call

妳……無聊得像她媽媽似的。

她回：還沒。好。九點。不用。

他面帶傻笑看著手機，到那時他們還沒有接過吻呢……

但是他的戀愛卻已經結束了。

因為她又在輸入著什麼，他很想知道會不會是一句甜蜜的話語。

但是她發出來的卻是：「以後別見面了。」

一秒鐘後，她撤銷了這句話。

「對方撤回了一條消息並親了你一下。」

微信的這個功能真是傷人啊。

在那個深夜，周魚坐在床上，屁股壓住了空調的遙控器，氣溫一路下降，最後變成了十七度，他都沒有挪一挪。

第二天，他重感冒臥病在家。又是一天，他想他應該喝一杯水，或者吃一碗麵條，但是他沒動。第三天，同事破門而入。「屍臭，屍臭，這屋子有屍臭。」人們這樣大呼小叫，把正在發高燒的他抬進醫院。

明智一點，就不要問為什麼了。

能忍住不問的人，必會在愛情裡百忍成金，重塑金身。也必能學會謙遜、收斂和珍惜。

其實，不論怎麼問，她都不會給你真正的答案，就像你甩了任何一個前女友時一樣心冷。

因為從一開始她就是愛得比較少的一方啊。愛得比較少，就可占主導，隨時抽身，不費力氣。愛得多的則是十足十的土鱉。

周魚在醫院打點滴，高燒致幻，他好像聽到趙心奢說：「哦，你傷心了，你別這樣，但我現在真的不適合戀愛。」

「不不不，妳不是不適合戀愛，妳是不適合跟我戀愛。」

「妳告訴我，我有什麼不好？」

「因為我窮？因為我不夠帥？因為我家境沒有妳好？」

「因為我只是一個平凡的人？」

這些追問真是逼人掉下自卑的淚水，逼人低頭，逼人匍匐於泥地啊。失戀其實不是受傷，而是最大的自傷。

周魚醒過來，他始終認為高燒時的對話是真實發生的。

也好，二十九歲，終於長大成人了。

三年以後，周魚帶著未婚妻又去了菲律賓。男人和女人終究不一樣，女人失戀了連以前一起走過的路都不敢再走。男人，你瞧，他帶新人去舊地重遊。

只是他不提他之前在這裡陷入過愛情。

賓館的櫃臺改造了，他和未婚妻坐在那裡等 check in 的時候，看到牆上掛著一些畫。

有一張是中國畫的草稿，草稿邊上有一行字。

「低頭弄蓮子，蓮子清如水。」

落款是「心耆」。

他偷偷去問了櫃臺，這畫為什麼會在這裡。有一個服務員說：「幾個月前有人丟在酒店房間的。我們看到中國畫，很美，掛起來，很美。」

水墨蓮花，結子蓮蓬。低頭弄蓮子，蓮子清如水。

周魚一直以為這句詩的後三個字應該是「青如水」，蓮子嘛，青色的。後來他才知道，「清如水」的「清」，是通假字「情」。憐惜你的感情如同水一樣清澈。好一個趙心奢，妳是後悔了嗎？但是現在一切沒辦法改變了，沒辦法撤銷再重新鍵入新的日月光陰、新的起承轉合了。

我們是真的分手了。

為什麼我很恨妳呢？

那是因為我曾經深愛過妳啊。

埋葬蟲

在幽深的、遙遠的、白色的雪原，
有時候是深綠色、陰涼的森林。

站在他面前的，是這樣一個女孩子：以鼻子為Y軸對稱，左右面頰各有一小片均勻的雀斑。眼珠的顏色是茶色而不是黑色，所以她看上去像是喝多了。

她定定地看著他，說她從沒和男人交往過，從沒。但是脖子上種著一排「草莓」，現出謊言那樣的瘀紫。

他不揭穿她。

挺愛看她的樣子，小翹嘴，每一句謊話像蛾子飛出來，在他面前振翅，撒下有毒的粉末。他小時候養過蠶繭，是那種北方的大蠶繭，媽媽買回來用剪刀剖開，摳出裡面的大蠶蛹炒著吃。他會從中挑一個最大最飽滿也最幸運的繭，不破壞它，把它掛在牆上。春節左右的時光，繭破，蛾出，一隻巨大、呆蠢、濕乎乎的大蛾子，翅膀碩大又沉重，來不及張開就產卵了。

蛾的兩隻翅膀上各有三面像放大鏡那樣的鏡子。

他會透過蛾的翅鏡看這個世界，每樣物品都像蒙上了塵埃。他拿一個瓶子裝蛾產的卵，數十枚淺白色排列整齊的卵，被熱水沖去，隨洗手池裡的泡沫一起不知去向。

他的很多合作者也像那些蛾卵一樣，很快產生，很快不知去向。最終他來和這個網路上認識的姑娘見面——他要招聘她，她來應徵。她給他的郵件吸引了他。她說她笑點很低很奇怪，淚點很高很凶殘，潔癖，強迫症晚期，想起往事就想吐，穿上衛生褲就會死，另外，她還是請假藉口研究所的所長——她這麼坦誠相告，又這麼不假思索，他忍不住要優先考慮她，雖然他將給她的工作和她的性格沒什麼必然的相關性，甚至可能相反。他要求應徵者沒有男朋友，是為了圖個清淨，心靈上的清淨。

他說：那麼，明天妳就要準備行李和我一起走了，妳能做好準備嗎？她說，能。

他是一位野外生物攝影師，他將去西伯利亞的荒原拍攝虎。他需要一名助手。

他們去了西伯利亞，地球上最冷的地方，除了森林，就是雪。森林和雪有時互相纏抱接近，分不清楚。森林和雪都那麼寂寞，那兒的寂寞就像可以吃人的雪白的大虎。所以他的確需要一個助手，哪怕她不能做什麼，陪他說說話也好。

他們住在盧奇哥斯科森林中一座有名的木屋。之所以有名，是方圓幾百公里只有這麼一座木屋，是十年前建設給科學家使用的，而離這裡最近的研究機構會定期派人送一些食物和用品過來，但村民會不遠萬里來把罐頭、雪茄和酒偷走。所以木屋裡現在只有一麻袋乾縮的馬鈴薯、半罐鹽。

他們白天拿著獵槍和器材去巡邏，晚上在屋子裡煮馬鈴薯湯。她會把一個個馬鈴薯煮熟，剝皮，放在碗裡，用勺子的背面碾成薯泥，倒進水中使水變得比較濃稠，再往湯裡放進薯片和薯塊——橫豎都是馬鈴薯，有時也切成圓形、梯形和鑽石的形狀。

這是一些許久沒有人吃，又因天氣太冷而無從發芽的土豆。它們體內的澱粉已經酵化為糖，所以特別甜。要是有點肉燉在裡面，真不知有多美味。或者哪怕有顆洋蔥也好。

又下雪了。西伯利亞的雪，是要將這個世界厚葬那樣慷慨又悲壯的下法。天空中偶爾有一、兩聲類似觸電的鳥叫，此外，什麼活物都沒有。落光了葉子的原始森林，從某種角度想，也許就是我們死後所要去的天堂或地獄的樣子。

她脖子上青紫的吻痕已經消褪。她是個撒謊永不會穿幫的小騙子。她問起他有沒有愛人，他說他曾有一位妻子。「哦，你離婚了！離婚這種事看來很普遍啊，哈哈哈哈。」她沒心沒肺地說。他沒理她。

她也會發呆，如果他不要她說話的話，她就發呆，像一隻母雞，呆滯地坐在沙發上，把手裡的松果一顆一顆扔進爐子裡，松果上黏著的琥珀碎會有一秒激烈的燃燒，炸出極大的火苗。

他去巡視。這一天，雪盲中他忽然發現了一些紅色。那是血跡。追隨著被血點洞穿的雪地，他在大樺樹下看到一隻野豬的屍體。凍硬了，內臟被掏空了，還剩下許多肉。虎不喜歡吃硬硬的四肢，先挖掉柔軟的內臟——心、肝之類的。這隻野豬顯然是虎的獵物，慘死後被曝屍在此處。野豬咧著嘴，表情似乎是狂喜，又敞著肚皮，大紅裡子，真像一位風流名士。他遲疑一下，想了想他們缺少營養的像馬鈴薯一樣的臉，就把野豬帶走了。

她歡呼著跑出門來，跟他一起把凍僵的豬肉拖進木屋。雖然她平時有點懶，可是面對好久沒吃的肉類也真是動了真感情了，兢兢業業地坐在那裡拔豬腿上的毛。

他們那一個星期有足夠多的肉吃，都胖了一點。她的小臉變成了雞蛋那樣的飽滿圓潤，嘴巴也不起皮了。她喜歡一邊看書一邊吃飯，邊吃邊給他念書。她帶來一本《虎鳳蝶》和一本《埋葬蟲》，兩本薄薄的給小孩子看的畫冊。

「這片林子裡也好，鄰近的林子裡也好，更遠的林子裡也好，都在發生著同樣的事情：生和死。」她念道。

「我妻子是在非洲時得了瘧疾死去的。」他忽然說。

她沉默了。

隔了一會兒她說：「對不起。」

在這荒原雪野，暖小的屋中，她訕訕地從爐子旁走到桌子旁，又從桌子旁走到沙發旁，然後蹲在沙發上縫起了一張舊毛毯。她把原來的舊毛毯剪成很多個正方形的小塊，又不知從哪兒搜羅來一些蘇聯花毛呢的碎塊，還有幾塊燈芯絨、絲絨。她要把這些五顏六色的碎布塊拿針線重新縫在一起，讓它們按她的排列組合變成新的花紋。

她聽到他繼續說：「本來是要離婚的，她說她愛上了別人，本來從非洲回來就要去離婚的。」他嘆口氣。「所以說，其實妳也沒有說錯。」

她不敢再接話了，怕他又說出更離奇的後話。更怕的是看到他傷痛的眼神，男人的傷痛真的比女人的傷痛更可憐，就好像我們看到一隻大動物受傷，我們都會哭。

她一門心思縫毯子，每天都縫到天黑，月亮升起來。縫好後她就在吃飯的時候、看書的時候、早上就著融化的雪水洗臉的時候披著這塊舊毯子。她鶉衣百結的樣子使她的青春更加顯眼、鮮亮，使她的手更加細膩、潔白。

年輕真好，他發出一個《讀者文摘》雜誌式的感嘆。

她偶爾偷看他。他有黑色裡泛白的鬍鬚，沒事就在那兒徒手拔鬍子。明知道拔鬍子和抖腳、挖鼻孔一樣是賤毛病，但是他這麼做並不噁心，她能忍受，要知道，她能忍受的事情並不太多。他敞開的衣領下可以看見一個大大的喉結，她有時候想伸出手去摸一摸，想知道在他說「啊」和「喔」的時候，喉結移動的方式會不會有些不同。

她不敢承認她這麼快就忘掉了她的男人。他們分手那天，男人說，讓他最後抱抱她。她本不想同意，但想到拒絕一個人比答應一個人更難，所以就點點頭。男人越抱越緊，最後把她推靠在牆上吻她，在她脖子上留下了瘀青的吻痕，那好像不是愛了，那只是一個損招。有些男人會以為在分手時擁抱、強吻女人就會化干戈為玉帛，因為總有一些比較蠢的女人會相信那是男人為她動情，是純正的留戀和不捨。其實不對，那只是他們不想面對分手這個事實，只是他們終生的拖延症。男人要解她的鈕釦，她忽然覺得她面前的是一個獸類，有著獸類才會有的惡意。她在掙扎中無意間摸到他衣袋裡的鑰匙串，這個鑰匙串上有一把瑞士軍刀。他還在不停地侵犯她，要剝了她的皮似的狠狠地扯她。她趁機打開那把折疊的小刀。男人正入迷、樂此不疲、以強者自居，然後小刀像滑進奶油一樣插在他的肚子上。

兩天後的晚上，老虎來了。老虎是尋仇來的，為了牠的肉。這隻虎，暴躁，生猛。先是咬斷了放在屋外劈柴用的斧柄，而後撞擊小屋附近那棵枯樹，枯枝劈里啪啦落下來，像落雨。虎折騰了一夜，直到天亮才走。第二天，又來了。

她跟他用全部的家具頂住門和窗，所以這個房間有了一種奇特的格局。像兒童搭的積木城市。大橋，鐵路，房子，樓。她坐在由床、桌子和椅子組成的三層樓上說：「你說，這隻老虎是公的還是母的？」

他拍下虎在夜裡翡翠一樣的綠眼睛。

老虎逡巡一夜，清早走了。屋外的一切盡被毀壞，唯有簷上的雪，像蛋糕上新鮮的奶油，絲毫沒被動過。她鏟下來煮水，融雪烹茶。再把最後一塊肥豬肉煎了吃掉。他還在睡覺，擔驚受怕了一夜，他累了。作為助手，她的工作就是照顧他，多多少少，這工作像是一個妻子該做的。她做得盡職盡責，從未抱怨過艱苦。他在半夢半醒中聽到她準備早飯的動靜，他本想起床，但沒有起床。那一刻的溫柔甜暖，真捨不得破壞，真想一直是那樣。

他喜歡這個女孩子了，雖然她的年齡只夠算作孩子。

他已經有很久沒有這樣喜歡人了。

她問：「明天吃什麼，又回到馬鈴薯大餐了嗎？」像是個為生計所迫的小婦人。

他沒回答她，把臉埋在枕頭裡。

她就走過來，低頭看他是不是真的在睡覺。

他去握她的手，睜開眼，卻發現與此同時，她正要吻他。

他們閉上眼睛，擁抱在一起。那個擁抱真好，一生裡，拿多少個相似的擁抱交換，也不願意去換的。

就在這個時候，虎來了。

他們被發現時，只剩下了一些碎片。老虎是當場就吃了他們，還是分開好幾天吃的，不得而知。老虎已經不知去向。那張破毛毯還在，毛織品，每一個小方塊，先拼成「田」字，再由一個個「田」字擴展到更大的面積。每一塊小毛呢都剪成均勻一致的大小，純手工縫紉。她縫了一個星期，還想過離開這裡時，要把它帶走，以後就披著這毯子，和他坐在家中吃馬鈴薯、喝啤酒。

她也喜歡他，是那種一見鍾情的喜歡。她忘了說，除了之前那幾樣專有的古怪，她還是個愛情耐受不良症患者，一遇見喜歡的人，整個人就變得特別愛說謊。

很多很多美好的故事，不為人所知地開始，也不為人所知地結束。甚至，就連當事人也並不曉得，他們曾經有過那樣美好的心動。

他們的遺骸終會在春暖花開時被埋葬蟲發現，團成一個球，你中有我，我中有你，不分彼此。他們會被埋入土中，變成溫床，讓蟲子在裡面產卵，卵長成幼蟲，蟲復又長大，破蛹成蝶，被姬鼠吃掉，留下的卵再繼續完成下一年的《昆蟲記》。

他們在埋葬蟲的身體裡完成相戀、相守。

在幽深的、遙遠的、白色的雪原，有時候是深綠色、陰涼的森林。

鯨降

毛姆說：
世界上最大的折磨，
莫過於愛的同時帶著藐視。

初夏傍晚街頭，梧桐和椿樹遮出陰涼如蓋。樹影參差處，日光刺下，彷彿綠綢子燒出一個個小洞。我的對面，走過來兩個穿制服的女孩，大概是一起去買便當，之後還要加班。她們都掛著名牌，離我近一點的這位，名牌上的名字寫著：虎俏。

我正拖稿，在微信上保持昏死狀態，生怕打擾到如同暫時昏睡的猛獸的編輯。這一天眼看要過完了，我本來早早起床打算寫稿，但是我對自己說，整理了小沙發上堆成塚的衣服再寫嘛，整理了書架再寫嘛，又給朋友寫了一張明信片，寄出去再寫嘛。我還看了看自己的網路小商店，施施然覺得寫稿的事情已經和我無關，於是又去廚房做了一份網紅雞爪，就著一罐冰凍的朝日啤酒吃起了午餐。然後午睡，然後……我好像很悠閒啊，但是我知道我悠閒得有點可恥啊，我的內心深處，也知道拖得了初一拖不了十五。

房子外面的夏日傍晚，拉布拉多被主人牽著在路邊的燈柱下尿尿，賣櫻桃和西瓜的人把馬車停到北京的五環路，放學的小學生跟舉「安親班」黃牌子的年輕女孩走成一條螞蟻佇列，「7-11」永遠開著停屍房一般的冷氣。我看到虎俏和她的同事走進去，也許是去買一份一葷兩素的便當。

我想我的主角可以叫虎俏——一隻俏麗的老虎。她會有什麼樣的故事呢？我該怎樣杜撰她的故事如同在我想像的深淵潛泳，撈出掉下去的金鐲子、銀釵子，還有屍骸。要情節緊湊，要曲折動人，還要稍稍的煽情。其實寫小說無非是作者在寫自己的回憶，再在回憶之上再現繁花，編造出不屬於自己經歷的情節。

好吧，虎俏。現在她是我的女主角。她終於下班了。拖著疼痛的背和高跟鞋支撐過久而發痠的腿，即使還很年輕，也希望可以馬上躺到中醫的按摩床上，從後頸到尾椎到小腿，一路被目盲的醫師揉捏打散，像一坨疲倦的麵團。

北京的夜空，如同一塊波蘭血珀。光害吞噬了夜晚本身，成為成色更加複雜的夜晚。虎俏出了地鐵站，在公寓和地鐵站之間的這一段路上，她想做出一個決定。她走得很慢，心事重重。這時，身後有人跟上來，不是推銷游泳健身的，更不是朋友或熟人。一個昂藏七尺的男人，和虎俏並行走著，大概因為鼻炎，總是不停地打著響鼻。男人忽然說：「我明白妳現在的心情，其實妳可以隨時擺脫的。」

虎俏還沒來得及說話，她忽然被巨大的力量拉扯，在原地旋轉，然後摔倒。她的膝蓋和手肘都擦傷了，肩膀上的包已經不見——她遇見了搶劫。

虎俏從來不知道自己也可以這樣瘋狂，在遇見柳森之前，她只是一個連自己都覺得太普通，普通到可以隨時嫌棄自己的年輕女孩。是愛情讓人學會了自我膨脹，「如果不是你這張臉」……情話，怎麼說都好聽，惡俗至極的那種最好，言外之意：你這張臉真美，我被你的美貌捕獲，我無能為力，聽任你的發配；我的級別很低，低到看一眼你的臉就拜倒臣服的地步。

虎俏初次見到柳森，是在清遠。那是下著細雨的下午，她和朋友去鄰市出差，結果車壞在了半路。她們等救援車等了很久。虎俏下車舒展一下久坐發麻的腿，就沿著公路慢慢往前走。走到了一個豁口處，下面是一條小路，通向遠方更遠方。這樣的一個有著迷霧、煙雨、黑濕公路的下午，地面的水窪、魔芋瘋長的葉子、欒樹纏繞著金銀花，小小的花蕾也像簷雨……是不是白蛇初次看見許仙，意亂神迷願意為之捨棄千年修煉化身成人，就是在這樣的溫度、濕度蘊化的心緒裡？她路過農田，前面一道溪水阻路，她越過溪水，看到山間的鷓鴣，灰紫色的雲團。她被這古畫一般的景色吸引，她不知道，再往前走，還有更奇妙的所在在等著她。她已經忘記朋友們還停留在公路上，以及她的手機和背包都還在車裡。這是失聯的下午。

眼前豁然開朗。低窪處，出現一小塊甘蔗田。隔著甘蔗田，有一棟白色房子。青石白牆，石頭砌成。不是磚喔，是真正的石頭一塊塊削鑿壘砌。不知蓋這樣的房子要用多少人力、多久的時間，又是什麼人住在這裡。虎俏邊想邊往前走，一隻狗跑過來，搖尾乞憐百般邀寵，她蹲下身摸摸狗的頭，這條狗很有趣，白身子，只有眼睛的一圈是黑色的。哈哈哈哈，虎俏笑起來。

「哈哈哈哈，妳在笑什麼？」有人走過來，眼罩狗見到主人便放棄了虎俏，跑過去撒歡。

「牠長得像不像……鹹蛋超人？」虎俏說。

「妳這麼說牠會覺得自己很酷。」男人說。

這就是虎俏和柳森的初次相遇，一切來得很自然，誰也沒把誰當成陌生人。一切卻又似乎很有鋪墊。他說他像蜘蛛，結一張網，等一千年，等來一個獵物。

「那之前有沒有別的獵物？」

「只有妳膽子大、人傻啊。」

柳森對虎俏說起他是如何來到這裡的。「有一次，我和同事去雲南考察。那時候我還是某個專家的助手，研三的學生。在當地看到他們栽種兩種甘蔗：一種就是市面上常見的、水果店能買到的普通甘蔗；另一種叫蘆蔗，瘦瘦小小，顏色很淺，產量很小。我知道這是一個古老的品種，幾乎快要絕跡了，居然在那裡找到它了！當地人留下它榨汁熬糖，蘆蔗熬出來的紅糖特別醇厚，幾乎可以當作藥用。妳們女生不都愛喝紅糖嗎，特殊的日子，或者是產婦很需要。」

虎俏聽他繼續講。

「後來我離開研究所，到這裡蓋了一棟房子，開墾了一塊田。說實話，我早就厭煩了給專家當助手，幫他們寫沒名目的文章，陪他們吃吃喝喝。我從小在城市裡長大，我記得唯一一次去農村，大概是六歲，我父母不知怎麼超有閒情，帶我跑到市郊一座山裡，那是我小時候唯一一次去山裡，我真的被自然的景色震撼了。溪水裡居然有娃娃魚，山上的果子隨意摘來就可以吃，是甜的。我玩得太開心也太累了，居然在山裡睡著了，我被父母揹回家，睜開眼一看，已經離開了那座仙境，忍不住大放悲聲。從那天起，山、森林、溪水就是我的夢。」

「我開車又去了雲南，帶回來一千根蘆蔗作為母本，現在它們繁殖成了這樣。」

柳森指著他的蔗林說。

「現在也有人和你一樣，比如日本的小森食光、韓國的李孝利。大明星都歸隱山林，你很高級喔，走的是小眾路線。對了，你這是叫做歸隱吧？」虎俏說。

「並不算吧，我的蔗糖熬出來也是要出售的，不然我怎麼活？喝西北風，或者吃掉我的狗？」

他給她看他的公眾號。點擊「閱讀原文」就進入購買的商店。原來世界已經如此便捷，在深山裡也能發家致富。真羨慕。從小到大，在城市的鋼鐵森林裡長大並且長大後也留在鋼鐵森林搭建的隔間裡工作的虎俏，從來沒有想過離開那裡。離開是需要勇氣也需要智慧的。

柳森拿出一罐紅糖，紅糖熬成稠稠的液體，像蜜。他讓她拿匙子舀著吃。虎俏說：「好餓。」他又端來一碗粥，紅糖拌進去，攪一攪，像小時候生病時姥姥給的甜粥，一口粥讓人變回小女孩。

他們互相看著。他有濃濃的鬍鬚，清楚的眉眼，布衣布褲，一雙布鞋。很瘦，像淺野忠信。她圓圓的眼睛像黑色曜石，齊耳短髮，髮梢往腮邊扣著，勾勒出下巴又尖又小。

天馬上要黑了，虎俏要走了。柳森送她從石頭房子一直往高速路的方向走。一路上她都很想說：我還能再來嗎？下次來我想給你帶很多東西。玻璃杯、茶葉、裝飾房間的畫、面霜、剃鬚刀……還有狗需要一個食盆。

然而他們什麼也沒說，默默走在山路上，他採下一枝鈴蘭送給她。

同事早就修好了車，失蹤的虎俏已被他們報警尋找。見她回來，大家連呼「妳死哪兒去了」。虎俏只是笑著，大家又連番責怪她憑什麼心情這麼好。

從那天起，虎俏整個人變得很低沉，不是心情不好，可就是怎麼都高興不起來。開會時上司說的是什麼完全沒聽到，散會了大家都走了，她還在寫會議紀錄。好像很認真，其實只是在紙上畫圈圈。

她的心事是：她如同當年六歲的柳森，被森林的景色迷住，更確切地說，她是被森林的主人迷住了。

翻開他的公眾號，把每一篇推送的文章都仔細看一遍。他的粉絲真多，大家不停地讚讚讚、買買買。原來在另一個領域裡他是紅人呢，是一個熱鬧的存在啊。週末，虎俏開上她的小本田，綠色的車身，輕捷如飛行中的螢火蟲。行李艙裡是一袋她要帶給他的東西。怎麼會這樣瘋狂？但是，但是管他呢。

他見她提著大袋子零零碎碎，接過手，笑著說：「妳是搬家來的嗎？」

隔了一會兒他又說：「既然喜歡這裡就不要走了。」

但是虎俏發現，她最終不得不回到城市。不是說城市有多好，只是習慣，像彈鋼琴的人對於曲子，那並不是在邊思考邊演奏，那只是一種手指肌肉的記憶。辦公室那些報表、投影機、PPT，對她來說都是一份血緣，一份責任。「我可以每週來看你。」她對柳森說。

每個中午，虎俏會和同事下樓覓食。辦公樓附近唯一的綠地是一塊草坪。麻雀在人來人往的甬路上瞅準時機啄食地面的垃圾。這天中午，她遠遠地看見有人向她走過來，居然是柳森。布衣布褲，一雙布鞋。站在汽車尾氣和輕度汙染的空氣中，虎俏來不及感動驚喜，她只想找一個什麼樣的玻璃罩子把他罩在裡面，保護起來。

「你怎麼來了？」虎俏說。

「一週的時間太長了，我想念妳。」柳森說。

從那天起，柳森便住在虎俏的公寓裡。幸福的時光就是每天下班回來，虎俏都能吃上美味的飯菜，然後兩人一起打遊戲，或者下樓遛狗。對了，那隻狗也來了。

柳森每天早上八點叫醒虎俏。她閉著惺忪的眼睛拍拍他的頭說：「讓姐姐再睡一會兒，就一小會兒。」

「我會想辦法讓妳別這麼辛苦的。」柳森說。

他變得很忙，忙著指導留在鄉下的一切。他請村民照顧蔗田，打電話叮囑他們怎樣收割，怎樣熬製古法紅糖，再怎樣寄出快遞，交給包裝公司，分成小瓶，貼上標籤，再怎樣發給每一位購買的客人。

有一天，虎俏聽到他在打電話。電話的內容大體是：甘蔗，蔗蔗，成本……他說話的聲音很小，彷彿也因為知道自己在做羞恥的事，故此不敢聲張。虎俏忽然明白了，他是在告訴對方在蔗蔗裡加甘蔗。

她忽然覺得很難過。

愛情的美好之處自不用說，愛情的殘忍之處是，它容不得一點瑕疵。

他是一個好人，為了她，甘願放棄自己的夢想，並且願意為她付出辛苦。但是為什麼她的心裡開始有了淡淡的鄙視？

毛姆說：世界上最大的折磨，莫過於愛的同時帶著藐視。

虎俏的心，如同一頭鯨魚，漸漸沉落海底。很重很重，慢慢下墜。海洋那麼深，不知哪天才能沉到海底。但她知道，總有一天她會死心，這頭鯨會死去。

她真的不願意看到他一點點變成自己討厭的人。

分手的話語該怎麼說出口？該怎麼說才能不傷害他？她需要時間去想。她害怕每個週四，車子限行[1]，她會坐地鐵回家。從地鐵站到公寓，有一段比較長的路，即使百般逃避，也會一邊走一邊思考分手的問題。不像有車開的日子，可以大開廣播，讓脫口秀主持人轉移全部注意力。

她遇見了搶劫。

她渾身顫抖，眼淚流了一臉。跌跌撞撞回到家裡，這種時候，分手的主意已經被推翻了，她需要男友的擁抱多過思考愛情的真理。然而，她發現，家裡並沒有柳森的身影，冰箱門上留下了字條。他說：「我走了。」

1 從二〇〇七年開始，北京市區實施依車牌號碼輪流上路的的規定，目前實施規則是依據車牌的尾號號碼將之分為五組，從週一至週五的上午七點到晚間八點輪流限制一組號碼上路，以紓解交通壅塞的情況。

他或許同她一樣，不願意看到對方因為自己變成更糟的人。他喜歡她是因為她的沒心沒肺、赤誠天真，她是一隻俏麗的小老虎嘛，怎麼可以讓老虎帶著心事。

虎俏心裡的那頭鯨，終於死去，沉落於深海。

從此以後，海底開始了終年不謝的盛宴。

慢慢被回憶啃食，直到連回憶都不復存在。

但是在那一年的春天，有兩個人確實赤誠地相愛過。一見鍾情、一見傾心的那種愛。愛分很多種，虎俏承認，她的愛美麗，也很自私，但並不以此羞愧。

小敘事

倒數十個數字，
扯下傘繩，
一朵巨大的綠色降落傘
像有毒的水母一樣展開。

佛教裡說的「一期一會」，是指一生只有一次的緣分。

許先生對於米契來說，就是一期一會。

米契是飛越了半個中國來追許先生的，千里迢迢、起早貪黑、坐著晚點的夜機追。可是，見了一面後，許先生送她一張回程的機票。

米契拿著那張機票，提著三罐啤酒，坐在機場喝。米契如同任何一個女孩一樣相信，失戀後只要馬上展開一場新的戀愛就能讓自己整個人好起來。事實證明，這道理相當蠢，而許先生也不是創傷藥膏，他治不了米契的失戀，不僅如此，還害她失了雙重的戀。

米契和她的男友起初是怎麼愛上的，已經沒辦法用理性來剖析了。愛本身就是一個發瘋的過程不是嗎？初次相遇的時候，她在超市閒逛，一個男生興致高昂又快樂，走過來，神采奕奕，靠近米契脫口而出：妳真是太漂亮了！

因為這句話，米契像一隻打了雞血的豬，整個人變成了粉紅色，每一個細胞都充滿快樂的水分。後來，她就經常去那間超市，希望再遇見那個男生。有什麼辦法呢，年輕的時候，沒什麼判斷力，我們喜歡上的往往都是那個瘋狂喜歡我們的人。

米契又一次遇見那個男生了，她故意站在他的側面，咳嗽一聲以吸引他的注意，可是他的眼睛只聚焦在各種各樣的飲料上。米契明白了，那天他對她的禮讚，只是發神經。

但是，如果禮讚是讓人覺得快樂的，為什麼不認為那就是真心的呢？正如有人說，所謂「神經病」就是勇敢說出真話的人。

米契走過去，對男生說：「喂，認識一下好嗎？」

男生錯愕了片刻，露出陌生而友善的笑。

但後來他們還是戀愛了。只有戀愛之後，米契才知道戀愛其實一點也不好玩，他們的相處就像一件結滿錯針的毛衣：如果你拆了它，勢必回不到原樣；如果你不動它，穿著又會很難看。男生就是那種沒長大可能這輩子也長不大的人，做事喜歡三天兩頭改主意。這一天吵了架，對米契說，他要和她分手；過幾天和好了，又說他不想分手了，要好好在一起；再幾天，他劈腿了；又過幾天，他回來了，還給她買了一個脆皮甜筒，說要和她生一個小孩。

米契有一個師兄，說了這樣一段名人名言：「有些人在一起，其實就是眼鏡蛇和橡膠管子，看著很像一對，其實根本不是那麼回事。」

師兄從來不上課，德智體美勞全面地不發展，但是他仍舊是大家的師兄。他人緣奇好，跟誰都聊得來，據說黑白兩道都吃得開，像個江湖俠客。這一天，師兄讓米契幫他刻個印章，材料是塊橡皮。米契不問他要拿去幹什麼，只管幫他刻了。師兄感謝，請米契吃飯，吃完飯也對米契說：「重新戀愛吧。」

米契真的不想再在醉酒的深夜一次次給鬧冷戰的男友打電話求和。求和，又不是做數學題，求和！去他的吧，米契想，她盤點了一下自己的人脈資源，發現她也不是沒有男性的朋友，微信上搖來的，一個忘年交，米契叫他「許先生」。

許先生每天都會刷新米契的朋友圈，對米契讚賞有加。其實讚賞還是次要的，主要是許先生這個老土的大叔，他不懂得女生大頭照裡的錐子臉、白皮膚是美顏相機製造的，而單純濃黑的眼珠其實是戴了美瞳。他就是誇獎米契漂亮。僅僅是這麼一丁點的把握，米契買了去往許先生那裡的機票。許先生說，他回國會在成都停留三天。碰巧這三天的第一天，米契又和她男朋友吵了一架。

坐在飛機上兩人還在吵。男朋友這次說的話更好笑了：「我常常想，如果妳是一個漂亮的女生，那我和妳走在一起會覺得很榮幸。」

「你是說我不夠漂亮不配做你的女朋友對嗎?你當初也沒瞎了你的鈦合金狗眼,你又不是盲人!」

「我只是說出我的真實想法,妳看,說真話就是沒有好下場。」

「可是你第一次遇見我的時候,你說我『太漂亮了』!」

「我有嗎?我怎麼不記得?啊?」

是的,他根本不記得,不記得那天他發的神經了。追問無非就是自討沒趣,而且答案就是她不想聽到的那個。

不得不關掉手機了,飛機升上三萬英尺,米契很想打開手機,但是公德心驅使她把所有乘客的生死放在了第一位,半個小時後,她沒那麼生氣了,一個小時後,她忽然明白了一個道理:真正的分手是漫不經心而不是下定決心。所以,她把手機裡那條鄭重其事的微信「我宣布,我和你分手了」刪掉了。

米契看到穿得像一把新雨傘一樣的許先生。

而許先生看到的則是一個,怎麼說呢,一個其實比照片順眼很多的女生,雖然她真的不夠漂亮，但是她有種不俗氣的不漂亮，比那些俗氣的漂亮要珍稀得多。可是唯一的遺憾，也是許先生唯一的不滿是，這個女生的腦門上好像貼著一張說明書：我剛失戀。許先生皺皺眉，他想他這裡不是失戀收容站。

許先生帶米契去吃火鍋，在火鍋店遇見了四個外國人，是許先生的朋友。許先生向老外們介紹米契時說：「This is my friend.」這是我的朋友。

這句話一點也沒有語法錯誤，也不造成不禮貌，但是米契覺得自己被輕輕地傷害了。雖然她也知道，許先生不可能用別的稱謂介紹她。但是，敏感執著的人總容易把一切引入最初的追問裡——因為我不是一個美女嗎？所以，我只能是friend，而不是「girl」、「My girl」、「My girlfriend」那種親切到噁心的稱謂，那種噁心也意味著認同和接納啊。可見男人的想像力真狹隘，他們全都把要見面的女孩想像成美女。所以米契一廂情願地認為許先生是個有眼不識醜八怪的小人，醜八怪多好啊，醜八怪往往有金子般的心，可是沒人有慧眼去洞察他們。許先生還在一廂情願地幫米契點飲料，他並不知道米契已經開始恨他了。

吃完飯，許先生對米契攤牌：「和妳在一起，我覺得我真的老了。」男人說這種話，也是一種變相的推辭，推辭和對方發生愛情——因為我老了，配不上妳了，所以我得閃了。

許先生不虛偽的一點是，他倒是願意和米契說點真心話：「妳來之前，我以為我們會戀愛。我雖然已經四十歲，可我也想擁有浪漫的故事。我以為妳會愛上我，我也會愛上妳，我們會自然而然地擁抱、接吻，甚至……可是……」

「可是我太美了，你下不了手。哈哈哈哈。」米契自嘲地說。

可是我覺得妳的世界還沒有一個門能容我走進去，許先生悲傷地想。

回到學校，米契迎頭撞見大師兄。她拿出口袋裡最後剩下的十塊錢，請大師兄喝最便宜的啤酒。

她說：「你看，我去自取其辱。我臉都沒洗就回來了，我是不是很難看？」

大師兄說：「不難看。」

「你在撒謊啊。」

「我沒有。」

「如果你沒撒謊，明天就下雨。如果你撒謊了，明天就天晴。」

「好啊，那妳明天出門記得帶傘。」

米契又喝醉了。喝醉的米契顯得有點瘋，有點放鬆，也有一點放蕩。一個女生不失戀一回是不會擁有這些風情萬種的。失戀就像一種墨水，往白紙上畫點什麼，畫得好看的，就很耐人尋味；畫得難看的，那是要多難看有多難看。師兄想，幸好米契是被畫得好看的那種。這也許僅僅是他的觀點。他對米契……他真的沒辦法說服自己他不喜歡米契。她不漂亮，可是她就是有一種讓他覺得服氣的氣場，哪怕是她失戀痛哭鼻子鼓出鼻涕泡或者做了很多比蠢本身還要蠢的蠢事，她都不讓他討厭。可是他不敢承認他的喜歡，他有點自卑，是因為他總覺得米契應該是和那種穿名牌Polo衫卡其褲子開著寶馬或賓士的青年才俊在一起才配。而他不是，他整天趿拉著人字拖、穿個休閒褲滿街晃。他每天晚上都對自己發一個誓：明天，明天早點起床按點去上課，期末不要被當，和外面那幫黑道的哥兒們少聯絡，以後畢業了找個好工作……他把和米契的團聚安排在畢業後的第二年，屆時他將穿著名牌Polo衫和卡其布褲，開一輛小小的寶馬來追求米契。但是現在看來，時間必須提前了。

他始終有點愧疚，因為在一個無聊的颱風天，他和一個哥兒們被困在超市。那哥兒們跟他說，咱們打個賭，我去跟前面那個女生說一句話，她肯定會跟打了雞血似地興奮。師兄遠遠地看到米契，他說，算了吧，捉弄人家小女生沒什麼意思。他知道那是米契，他暗戀了很久的小學妹。但是他裝作不認識她，因為他很沒道理地想看看她打了雞血是什麼樣子，那也許就是未來她也愛上他的狀態。那個哥兒們說時遲那時快，拔腿走上前去了。

後來，大師兄讓那哥兒們離開米契。「你別再折騰她了，她已經很慘了。」「這事……你管不著啊師兄。」「你要什麼我都可以幫你辦到，麻煩你離開米契。」對方發現事態嚴重了，大師兄生平第一次說軟話，跟那個人渣賠著笑臉，但是看著很瘆人。

然後他幫米契的男朋友偷出了學生處存檔的通報批評文件，銷毀了，那男生得寸進尺，又讓他弄一個表揚塞在裡面。大師兄也鋌而走險地做了，印章還是拜託米契刻的。然後，那個男生不再和米契鬧了，他終於沒有食言，他接到米契的分手簡訊，沒有再回覆，他離開了。

在米契酒醒的下午，有雷聲滾過天際。隨後大雨傾盆而下，有人說好奇怪，那雨只下在學校這方圓幾十里，城市別的地方都沒淋濕。

沒有人知道，此時，大師兄正戴著飛行帽，和人工降雨的工作人員一起在天上兜圈。他把碘化銀炮彈打向空中，讓雨水降落。你們要知道，大師兄上知天文，下曉地理，全世界都有他的人脈，他無所不能，黑白通吃，對於所愛，也能無所不用其極。

雨，小小的一片暴雨，不足以使整個烏煙瘴氣的城市潔淨如新，但足夠讓一個女孩的心田潤濕。不要問大師兄是怎麼弄到飛機的，大師兄，不就是神通廣大的孫悟空嗎？他總有辦法。

飛機扯下巨大的橫幅，那麼大，大得全校的人都看清楚了。可是標語卻很隱諱：

「喂，做我的女朋友。孫悟空留言。」

米契也站在宿舍陽臺上當觀眾，想知道哪隻豬會有這麼浪漫的際遇。大師兄決定跳傘了，他帶著抖得像帕金森氏症患者的兩條腿和發麻的手，倒數十個數字，扯下傘繩，一朵巨大的綠色降落傘像有毒的水母一樣展開，被風吹歪，險險穿過雲層，掛在了操場邊一棵巨大的法國梧桐樹上。大師兄就被那麼掛了三小時，學校的救援小分隊才將將組織好。大師兄在上面狂罵，罵得沒了力氣時，他看到樹冠裡伸進來一個腦袋，是米契！她就像中古時代的白衣騎士，來搭救受困的公主，角色的反串讓樹下看熱鬧的同學都笑得很開懷。她伸出手，抓住大師兄的衣服。「你在向誰求愛啊？」米契問道。

大師兄苦笑一聲說：「豬從來不知道別人說的是自己。」

米契盯著大師兄的臉看了好一會兒，還好，還好，她終於懂了。

「一起跳吧！」她說。

他們一起跳到了樹下同學們拉好的床單上，被反彈起來，又摔下去，又彈起來。

降落傘在樹上被風吹開，遮出比樹蔭更大的蔭涼，治療失戀最有效的辦法到底是什麼？米契想思考一下這個問題，又覺得其實完全不必思考了。

普羅米修斯之火

愛與不愛，
是普羅米修斯也無能為力的火種。

每天早上，陳竹來到辦公室的第一件重要的事：打開全部的窗子換氣。即使是霧霾天氣也不例外，即使是沙塵暴也不例外，因為辦公室的空氣永遠比外面差。

禁菸令實行一年了，公司裡的菸民依然臭不要臉。對於想要舉報他們的人，來一個滅一個。所以，辦公室裡本來有三個不抽菸的人，現在已經變成了一個。剩下的兩個不是被滅口了——他們教會了這兩個人抽菸。

當菸民們來到辦公室，不抽菸的人會被關進老闆駱寬的封閉玻璃隔間，同時把駱寬交換出來一起抽。陳竹抗議道：「早晚有一天我會舉報你們！」

有人說：「舉報也沒用，這幢別墅是老闆五年前買的，對吧？我們都是老闆的朋友，對吧？那換句話說，我們不是在公共場所抽菸，我們是在朋友家裡抽。」

駱寬自己就是個菸槍，還特喜歡順火。對於順火的人，你要堅信，那不是偷，那只是不經意地拿走了別人的打火機而已。

駱寬以前是個很能混的人，不管去哪兒浪，總能順回來幾個打火機。後來他正事多了，不愛出去了，他就開始順自己人的打火機。

所以那間封閉玻璃隔間是個非常矛盾的所在：一方面，它保持著小範圍的新鮮空氣，裡面有一臺空氣清淨機；另一方面，它是火種的發源地——桌面、沙發、茶几、地毯，隨處都能找到打火機。

陳竹在想，天底下第一個順火的人應該是普羅米修斯。盜走火種，觸犯天條，被綁起來，每天被老鷹啄肝臟。

現在，她走進玻璃隔間，把所有的打火機收集起來，裝進一個袋子。然後走出別墅，把袋子扔進馬路對面的垃圾桶。

扔得太近菸民們會撿回來。

扔遠點會被拾荒人拿走，太好了。

九點以後，懶鬼們陸續爬來了。照例，陳小姐被綁架進了玻璃隔間。「乖乖，在這裡好好地淘寶。」他們把一個職場女性上班的愛好理解得如此簡單粗暴，其實呢，陳竹還喜歡自拍。

有人掏出一包0.8中南海。「點兒八」，不能讀成「點八」，那兒化韻是代表北京、牛逼和接地氣，儘管中南海點兒八是一種抽起來有股臭腳丫子味的菸。

「嘿！嘿！嘿！打火機呢？」果然有人在嚷嚷了。

連一個哪怕已經壞了，但是有望修好的一次性打火機也沒有！一個等待點燃的菸頭可以讓所有的菸癮漢子放棄自尊，能讓地球變方，能讓歷史改變。「求妳了，拿出來。」駱寬耐著性子懇求著，在菸癮面前，尊卑長幼是可以忽略的。

陳竹上著網，看都不看駱寬一眼，真的要造反了。

駱寬走了。昂藏七尺的男兒為了一根菸折腰的樣子真是可憐啊可憐！

當人類在絕望的時候，創造力是無窮的。有人找到了一個電蚊拍，把菸杵在上面，吸了五分鐘，著了。

為了接續火種，他們開始了一根一根地接力。

這得是一群多麼懶的菸鬼啊，連出門去買一個打火機都不肯。

整個上午，香火沒有斷過。消防噴水器幾乎要報警。

陳竹在想，他媽的，我要不要辭職呢？在這種地方生存——是的，這裡的「生存」二字取原義，而不是比喻。呼吸著二手菸、三手菸，肋骨裡面的肺葉在哭泣啊。

再好的工作也要以讓人活下去為基準對不對！

「不要再抽了，再抽我就辭職！」陳竹走出玻璃隔間，對所有人咆哮起來。

駱寬嚇得一抖。「陳竹啊，妳嚇死我了，我心臟病都要犯了。」

「心臟病不是我嚇的，是你抽菸太多了。還有，你招我來時要先告訴我這裡所有人都抽菸啊！」陳竹聲音頗大地說。

她走到桌前一邊收拾東西，一邊說：「我忍你們很久了，你們欺負我，明明是你們不對，可是現在我失業了，你們應該給我捐款……」

有人按熄了菸頭，當然就有人嘖了一聲表示可惜。那可是上午唯一的火種，熄滅在「普羅米修斯．駱」的手上了。

駱寬走到陳竹身邊，打開錢包。陳竹氣瘋了。「你還真要給我捐款啊！」她把駱寬的錢包甩到遠處。

「我只是想請妳吃午飯。」駱寬不緊不慢地撿回錢包，翻出很多零錢。「辭不辭職都要吃午飯啊。」

中午的時候，在麵館，駱寬給陳竹點一碗寬心麵，自己也點了一碗一模一樣的。

「一模一樣的，你傻不傻啊！」陳竹說。

「我就覺得妳這碗裡的特好吃，看著很保險，懶得換花樣。」

所以陳竹也總結出一個結論：抽菸的人都特別懶。抽得越多的人越懶。懶得連換一碗麵都不肯。

以前，這家麵館的外賣也點了無數次。可這次卻覺得這麵條吃得意猶未盡，意味深長。有時候你的一個決定可能不需要用很久去思考，你只是順從自己當下這一刻的所思所想。然後，你按著這個決定的方向往前走，錯開了那些應該錯過的人，走向另外的人生。也許，這是一件好事。

「打火機在馬路對面的垃圾桶裡，你要去撿回來嗎？」陳竹說。

「不要。」駱寬低頭吃麵。

「不算丟臉，就當拿回自己的證件之類的。」陳竹慫恿道。

「不要。」駱寬繼續吃麵。

「那去買一個新的打火機，去！」陳竹拍一元硬幣在桌上。

「想抽菸，不用打火機也能抽。」駱寬慢吞吞地把最後一根麵條吸進嘴裡，「南極研究隊員用冰塊聚焦最後點著了火種，避孕套灌水聚光也能點著菸，對著紅外線光暖機或者小太陽取暖器也能點著……所以不是打火機的問題，是我現在不想抽菸。」

隔了一會兒駱寬又說：「妳別辭職了，為了表示我……們挽留妳的誠意，我戒菸怎麼樣？」

陳竹還記得自己第一天來這個別墅上班的情景，他們為了歡迎她，特意把牆壁刷白了，擋住了十年來的菸垢。從來沒有任何一個公司會對一個新來的員工如此熱情，其實呢，他們只是在禮遇一個美女。

面試完，駱寬下令：辦公室該打掃打掃了。

但是很快，牆壁上的菸垢就浸透了新漆，露出本來的焦黃色。有人開始慫恿陳竹也來上一根。這時，玻璃隔間裡的駱寬說：「別教她學壞！」

她還記得開會時，所有人都要抽菸。「老闆，菸呢？」駱寬慢吞吞地從褲袋裡掏，掏掏掏，掏出一隻襪子。他們大笑。他繼續掏，掏出幾張發票。其實陳竹不知道，一群彼此熟識的菸鬼，如果當中有一個人說「戒了」，是非常危險的，即使是老闆也害怕觸犯眾怒。而駱寬更不好意思說，他想戒菸，陳竹不喜歡抽菸的人。

而陳竹只知道他是一個可惡的菸鬼。

駱寬說：「陳竹妳心情好點了沒？要不然，我們去看人體切片展吧。妳不是一直想把世界上最噁心的東西給我們辦公室的人拌飯吃嗎？」

陳竹是一個熱愛恐怖片，熱愛電鋸狂魔，喜歡看殘忍展覽的美女。早在二〇一二年，她在網上看到了《人體祕密．宇宙內部》這個展覽之後，就驚為天人，那時她大學還沒畢業。她把圖片發到自己的主頁，她的主頁很紅，因為那裡面還有很多她的自拍。帥哥們都來留言：「美女，怕怕嗎？」「需要保護嗎？」「到我懷裡來。」駱寬覺得那都是些有賊心沒賊膽的男人，不把他們放在眼裡。

那一年，他也碰巧在網上搜索過《人體祕密．宇宙內部》的圖片。他搜到了陳竹的主頁，發現這個美女有顆虎膽，覺得她很有趣。從那以後，他成為她的粉絲。二〇一四年，她畢業了，要找工作。於是他給了她一個線索。

「有一間小公司，也許適合妳。」

現在這個展覽在莫斯科舉辦。早在「菸辭事件」發生前，駱寬已經找朋友研究了去俄羅斯的方案。兩人，一男一女，二十次火車，經滿洲里、哈爾濱，穿越西伯利亞森林，抵達莫斯科。路上一百四十九個小時，票價七百美元。去程六天，回程六天，在莫斯科如果可以待上八天的話，再加上今天，一共是二十一天。二十一天可以完成兩件事：一、把菸戒了；二、把美女追到手。誰能把事情想得如此縝密周全，只有我們的大老闆駱寬啊。

「你還真不抽菸了，好好笑。」在火車上，陳竹嘲諷駱寬。

「科學家說，戒菸只需要二十一天。」駱寬說。

火車離開中國國境了。在夜晚，車聲伴隨著夜霧，要下雪了。駱寬在左，陳竹在右，這是一間上等臥鋪。

「妳睡了沒？」

「還沒。」

「出去走走？」

「好啊。」

所謂出去走走也就是離開包廂，來到長長的火車過道上。透過車窗玻璃，十二月的西伯利亞森林如同倒懸的黑色海洋近在眼前。有一個站，月臺上有人在賣霜淇淋。你試過在零下三十六度的氣溫裡吃霜淇淋嗎？而那款紅綠相間的香草霜淇淋只有一個了，一個，他們合吃，算是接吻嗎？

一週封閉在火車裡，想不發生點什麼都難，但是，想發生點什麼也很難。駱寬百密一疏，忘記了上等包廂也至少是四個人，上鋪兩個面相很凶的俄羅斯倒爺[1]總是虎視眈眈地盯著他們看，是要打劫還是只是因為寂寞，很難說清楚。

他們抵達了莫斯科，終於看到了夢寐以求的人體切片展。

那些標本被風乾橫切成片，展開、擺好，拉長成五、六公尺的多米諾骨牌。看著真瘮人，陳竹說：「風乾之前放點鹽就好了……」

1　指的是低價買進、高價賣出，賺取價差的投機生意者。

「還得放點花椒。」駱寬說。

「一條一條撕著吃，喝啤酒。」陳竹說。

「想想都美！」駱寬接話說。

也有抽離了全部的脂肪、血肉和骨頭只剩下血管的人。也有肌肉在做各種動作時的凝固造型。也有心臟、肺和大腦被單拎出來擺著。陳竹看得很興奮，而駱寬走在陳竹身邊，菸癮讓他一直在打哈欠。

莫斯科的旅館，駱寬當然只會訂一間房。

但是一間房有兩張床，他比陳竹先睡著了。

半夜，陳竹跟他說：「喂，你忍得很辛苦吧？我給你一根菸好不好？」拿出一包七星。

「妳怎麼會有菸？」駱寬問。

「有時候，比如深夜做夢了，又孤獨又傷心，我會抽一根菸。」

「抽菸的時候想什麼？」

「跟你想的差不多吧。」

「我抽菸時，會想想妳。」

「想我什麼呢?」

「說實話嗎?想得最多的是妳要是穿上蒼井空老師那種比基尼,該有多性感……陳竹啊,我喜歡妳。」

「但這種喜歡,只是出於對皮囊的情欲啊。」

君子一言九鼎,駱寬真的戒菸了,陳竹也沒有辭職。而菸民們都學會自覺到室外抽菸了。

每個中午,駱寬都對陳竹說:「今天吃什麼?」

大家覺得老闆現在的舉止太落於形跡了,真是看不下去啊。

陳竹呢,這種時候都很尷尬。她很想說「不要問我」、「你自己去吃」、「我只想靜一靜」。

但是如果這樣說會更尷尬吧。

有人吃飽了滾回辦公室,點上一根菸,駱寬大吼:「出去抽!」

「天啊,我要報警,菸鬼戒菸了!」抽菸的人訕訕地開玩笑。

有五天沒有吃午飯了。同事們覺得這兩個人一定被什麼怪東西詛咒了。後來終於有好事者給他們圓場，哈哈哈，你倆戀愛了。

他倆異口同聲地說，沒有。

又異口同聲地，真沒有。

最後，他們一前一後地離開了辦公室，理由也都一樣：不舒服，頭痛，回家趴一會兒。

陳竹做夢夢到自己在吃人體切片，吃起來不是鹹的啊，像蘇打餅乾一樣，還跟旁邊的人說，快吃，吃飽一點。旁邊的人沒吃，在點菸。

氣醒了。

他戒不戒菸真的那麼重要嗎？駱寬，只是一個職場上的熟人，一起旅行過的夥伴，繁華都市裡孤獨的年輕女子誰不會遇見這樣的人呢，不能上升到愛情這麼高的層級去思考的。

那天傍晚，陳竹聽到門鈴聲。

「讓我進去，我只說一句話就走。」駱寬的聲音。

「男人都是這樣騙炮的對不對，『我只說一句話就走』，然後就不走了。」陳竹說。

「妳要是這麼想，那既小看了我，也小看了妳自己。」

陳竹放駱寬進來，遞給駱寬一根菸。

他不接，看來意志很堅定。

然後他說：「我得罪妳了嗎？其實我說的是大實話，妳能不能讀點男性心理學，我對妳要是沒有對蒼老師的那種熱情，我怎麼能算個男人呢！」

駱寬都急得結巴了。「但是我，我告訴妳，妳對我不是皮囊的吸引，這一點可以肯定。戒菸，是為了我身體健康，能陪著妳一起活到七老八十。我覺得，這是愛情。」

說完這句話，他真的走了。

十分鐘後，他發來一條微信：「明天，我會在辦公室宣布我是妳的男朋友。」霸氣十分側漏。

但是陳竹很憂愁。

這是愛情嗎？

陳竹覺得愛情不應該是這樣的節奏。

我們不是風乾的標本，而是活生生有血有肉的人。愛情，是要兩個活人共有的化學反應，而不是單獨一人去努力啊。

「但我沒有愛上你啊。」陳竹想了半小時，最終發了這樣的話。

她好像聽到一記心碎的聲音，但她是喜歡殘忍事物的女人，傷害和受傷都不怕。唯一怕的是屈從於好感，而譫妄了愛情。

這條街所有的狗
都想殺了我

你見那瘋子一樣的少女，
被四條大狗牽著跑，像一只風箏。
你定睛一瞧，
發現她不久前才和你約過一次會，
作為一位名媛，在另一座城市裡。

這條街所有的狗都想殺了我，後來，牠們又想和我一起亡命天涯。現在則是所有的母雞都要和我拚了老命，而陽澄湖裡全部的螃蟹都希望用鉗子把我活活夾死——我是在說我最近打的零工。

起初我送報紙。那些高級住宅的院子裡總養著這樣那樣的品種狗，牠們很聰明，一鼻子就能嗅出我是窮酸的送報人，義不容辭地對我齜牙吠叫。後來，有個富人問我要不要打份短工，他要去芭達雅度假，他有兩條狗必須每天遛遛。他要求我跟他的狗說英語，讓牠們多聽聽鄉音，別忘本。

我遛狗遛出了國際水準，所以我的仇家們慢慢都成了我的粉絲。牠們盼著我來，盼著跟我一起瘋跑，去草坪撒野。仲春的下午，我同時遛四條大狗，怎麼形容我工作的投入狀態呢？引用某個路人甲的話吧——「看啊，那個女孩被狗放風箏了！」

如果我是風箏，我願意帶這些可憐的狗一起飛翔，飛到世界邊陲永不歸來。

當然，你會在那兒等我，對嗎？

現在我又在包子店上班了。我是新人，沒資格包包子，只能負責拆蟹肉。每天我拿著鑷子、錘子，把一隻隻大閘蟹像摳鼻涕、挖耳屎一樣掏空。我是這家蟹粉小籠包店最下等的小工，每天工作完，我滿手腥氣，味道和我的工種一樣差勁。自從一次深夜下班被三隻野貓撲倒之後，我就辭職了，跳槽到另一家飯館。這次我不是新人了，所以那老闆說：「妳這麼有經驗，那妳就殺雞吧。」真的，中國話有些字後面不能加「吧」，比如肯德基、電腦、古巨基，作為命令式祈使句，「殺雞」後面最好也不要加「吧」字，對不對！

我拚命工作，收入頗豐，但沒有人知道我打工的確切工資，他們只知道我的機票價格。每個星期，我在攜程網訂票，沒有商務艙就訂頭等艙，我是坐飛機約會的女生。但是我同時又是一隻羊駝，因為他們去動物園拿點心麵餵羊駝，而我坐頭等艙約完會回來，我的主食也變成點心麵，我咀嚼的動作也常有羊駝的憂鬱和呆滯，那是我在發愁下星期的機票從哪裡來。

我知道了生活的艱辛，在我二十三歲初次戀愛的時候。我知道存進銀行的每一筆錢的來之不易，它們分別來自遛狗撞青的膝蓋、剝蟹受傷的指甲，以及宰雞被雞反咬一口的臉——差點連眼珠也搭上，所以後來我殺雞學會戴上墨鏡。

摘掉噴滿雞血的墨鏡，我一次次來到你的城市。這座城市總是霧濛濛的，特別迷茫，特別有隱私的樣子，特別適合愛情的發生。我住在離你家三站遠的一間賓館，入住後拿手機給你發個訊息，然後我們就會開始週末的約會。看電影，吃飯，坐摩天輪，逛公園，去動物園……每次約會完畢，我讓你開車送我到賓館那個路口，我自己走回去。我給自己的定位是守禮不越雷池半步的閨秀，視金錢如糞土，家住賓館後面綠樹掩映的高檔社區，家教甚嚴的我，在見家長之前，是不被允許帶男生回家的。而實際上我只是和賓館的服務員混得很熟。「下次幾號來呢？」「兩週後，請為我預留房間。」「親愛的沒問題。」「再見親愛的。」

除開和你的約會，我最喜歡的事情就是住那間賓館。雪白的床單，鬆軟的枕頭，小小的梳子和微型的牙膏，一次性的洗髮露和沐浴液，像童話世界裡的道具一樣，什麼都是全新的、整潔的、暫時的和讓你無須負責的。浴後腳踩毛巾，那塊毛巾超厚、四方、雪白，專為墊腳，不用去擔心它的清洗，自有人替你收拾乾淨。如果用賓館來類比我們的愛情，愛情就是這一切整潔美好的東西，而我，是躲在它背後，奮力洗滌擦拭，不使惹塵埃的那個清潔工。

人每撒一個謊，就要用十個新謊來圓。十個新謊就要有一百個更新的謊來圓。謊言有癌一般的擴散力，也像癌一樣讓人疼痛。我捂著我的心，它真的病了，它被謊言塞滿，已經不再有正常的機能。捫心自問，我為什麼要撒謊，最大的理由當然是我愛你，而最初的原因也許只是一次網上無意間的相遇。

在那個下午百無聊賴的魏晉南北朝史的大課上，我發洩著對老師期末考試不畫重點的怨恨。「亞爾的星空根本沒那麼明亮，也許梵谷只是在想像。」我的私訊發出，五分鐘後，你的回覆出現：「妳也去過？」於是我開始撒第一個謊。「是啊，我這個星期才從那裡回來。」

那天，我們的對話改變了我對那堂課的印象，那是我上過的最短的一堂課，從亞爾的星空到聖托里尼的懸崖，從富士山的雪到克里姆林宮的夜，我們談論了所有「我們共同去過而又擦肩而過」的風景。你太好騙了，我僅用想像力和一點點地理常識就把你擂得七葷八素。「格林威治天文臺子午館，有東西半球分界線，你有沒有站在那裡拍照？腳踩兩半球？」

下課了，他們要去老師微博抗議，結果全班都被拉進封鎖名單。這些名單上的人為了期末通關只好組了一次團購，聽說老師出的某一本書將會對考試有幫助，熟讀當中的概論部分就ＯＫ。當時我正開著電腦，於是，就用我的帳號在一個大型購書網站下了單。時值網站聖誕抽獎，就這樣，我中了一套來回機票。出發地，我這裡；目的地，你那裡。

我消費了那張機票，在你的城市待了兩天。這是我人生最遠的旅行，縱穿中國，全程兩千四百公里。什麼是旅行呢？有的人覺得到景點拍照留念是旅行，有的人覺得品嘗美食才是旅行，有的人覺得泡個當地的妞才叫旅行，而我，我覺得住在旅館上上網，下樓在便利店買包點心麵吃一吃，就算旅行。

只要心情愉快就是一場很好的旅行。

我把這句話改成簽名，然後收到你的讚。

你好像對我格外感興趣，許是我新拍的這張大頭照看上去很像浣熊，許是我幽默誇張的聊天風格撓到了你心靈的癢癢，許是你周圍粉黛都不如我天然可愛，總之，你主動接近我。用句詩人的話說是「你正百無聊賴我正美麗」。

你問：「妳住哪裡啊？」

我沒心沒肺地回答：「在你家三站路以外啊。」

你覺得蕩氣迴腸。「天啊，真是咫尺天涯，天涯咫尺。」

即刻你就約我見面，當時我正在你的城市旅我最後半天的遊。反正我沒事做，於是就去赴約了。這是一切痛苦的開端，玩火的孩子最後燙傷了手。

我從沒想過就是這一次見面，我就喜歡上了你。我真的並不覺得我能喜歡上你這樣的男孩。我們分明是兩個世界裡的人，你是著名企業家的兒子，媽媽是有名的富婆，你在國外長大，受到良好的教育，回來經營你的家族企業。而我，我是小市民的女兒，我爸至今還會為了過年給上司送禮的事情鬧心，送了怕沒用，不送又怕別人都送過。你是含著銀匙出生的小孩，而我只有塑膠奶瓶可用。也許我只是想玩一場仇富的惡作劇，也許我真的自卑到必須用謊話填滿整個會面的時間。在那個暮春的下午，蒲公英飛過窗外，我裝成一個公主，與你喝一杯杯面畫了心形的、昂貴的咖啡。

我發現，我們有很多共同喜歡的電影，共同討厭的明星，我們還有相似的單親家庭的童年陰影，我們同病相憐。你問我明天能否再見，想請我看電影，我很想點頭答應，可是那張特價機票不能改簽，於是我說，下週好了。我的矜持點燃你的征服欲，你眼睛裡細碎的光芒告訴我，你對我志在必得。你開車送我回家，下車前，主動替我打開車門，教養好到讓我以為我真的是灰姑娘。

我遇見了王子。

直到那時候，我還以為這是一場隨時可以終止的戀愛。但是打開手機，你已等在手機裡，你說認識我真好，下週我們將要一起看的那部新片很多人讚呢。你忽然叫了一聲我的小名，一陣腿軟之後我又接到你的電話，我們又聊了三小時。你在追求我嗎？你大可不必如此興師動眾啊朋友。我想，追你的女生一定可以組個足球隊。可是你說，她們都不好。

「為什麼不好？」

「不適合我。」

「怎麼個不適合法？說來聽聽呀。」

「長得好看的不聰明，聰明的不漂亮，不像妳這樣。」

我應該在那時就消失是嗎？可是不知為何，我開始查我銀行裡的錢，我還有三千元，這是我爸給我的最近三個月的生活費。我再看看攜程網，如果我不訂那張特價機票，它將馬上被人搶走。旺季到了，旅遊的人漸漸多了。

我點擊了購買。

飛機像一隻大鳥，帶我來到這座不久之前到過、不久後會熟得不能再熟悉的陌生城市。這樣，我又見到了你。你帶給我的感覺比打折機票更美好。你溫和地牽我的手，吻我時小心翼翼，你讓我覺得自己很珍貴，一位凡人高攀不起的女子。你讚美我：「妳既有趣又優雅，上天如何能造出這樣一個妳，讓我認識。」

你真的太抬舉我了，不久你就會看到我手上劈裂的指甲和腿上的瘀青，但是這些我都有顛撲不破的理由來搪塞。「和插花師學插花，玫瑰的大刺扎到了手」「去室內滑雪場瘋了一把，摔了一跤」……謊言像小石頭一樣從我的喉嚨裡跳出來，堆在我們面前，我似乎看到它們越堆越高，最終將我埋葬。

我對你最深切的迷戀是什麼？除了長相、富有，還有你的心。你有顆率真而純淨的心，像一間大大暖暖的房子。那兒太美好，我多想棲息，哪怕一會兒也好。

約會後，我飛回我租住的危房裡。這房子沒一樣好，房東也自知理虧，所以允許我稍稍地拖延房租。我對著牆上的霉跡發誓，明天就把真實的情況告訴你。但是一次次，見你的頭像亮起，我的假話隨之就噴出來：這週要和爸媽去瑞典，不能和你見面了。實際上是這週雞湯館生意忽然大好，要宰的母雞比平時多。而且我現在又負責拔毛了，拔毛的話工資漲一半。

你祝我一路順利，讓我回程後打電話給你。

我攢夠了機票的錢迅速飛往你身邊，花下重金只為見你一面。沒有人阻止得了我的蠢行，而我也與朋友們疏遠，我想沒誰會願意和一個把全部的課餘時間用來打工的人交朋友。老師都稱我為「打工狂人」了。「打工狂人，妳的論文寫得不認真。」我的心提到嗓子眼，生怕他讓我重寫。那樣的話我又得推遲一週和你見面。

「沒有以前好，不是妳的水準嘛。」老師笑著說。

沒想到我在老師的心中有這麼好的形象，目送他老人家走出教室，我呼出一口長氣。他們走過來拍拍我的肩膀。「羊駝，妳今天還沒有餵自己草料吧。」歧視的意味很明顯，窮人總是比較敏感。我掏出一包點心麵，撕開包裝，倔強地咀嚼起來。暗戀我的一個男生看到我慘不忍睹的吃相，問我要不要吃點好的，他可以請我。

要知道，和你一起吃過飯以後，再和任何男生吃飯都會有點噁心。反正我就是這樣一個境界很窄的人，哪裡容得下和他眉來眼去。他不走，站在我旁邊默默地等我喀嚓完那包垃圾食品，忽然問我：「妳覺得這樣現實嗎？」

不現實。
「妳以為妳真的是白雪公主嗎？」
我不是。
「我想妳會醒過來的。隨時歡迎妳來找我，我還是很喜歡妳的。」
看看，天底下還真有這種自命不凡的男生，所以為什麼我的心裡只有你，沒辦法，別的人都太自以為是、太臭不要臉了。當下我就打開手機訂票，把憤怒化解為一場飛行。

我也知道，我們的事，最終總是要有個了結的。持續地說謊我也疲憊，可是攤牌卻意味著失去，這兩者在我心中盤桓來去，讓我越來越焦慮。
我常常做噩夢。
我夢見我變成了一隻貓熊，淋了一場大雨之後，身上白色的部分都洗掉了，原來我是隻黑色的狗熊，坐在雨裡，好難過，馬上就有人要取我的熊膽。
我整日思念你，在上課的時候，在打工的時候，在睡覺的時候，在任何時候，可是我沒辦法和你每天見面。工錢不是那麼快就發的，羅馬不是那麼快就建成的。我把思念溺斃在點心麵裡。

而最後，是我無意間的一個習慣讓我們的事，匆促地結束了。我小家子氣地保存著所有的機票，夾在一本書裡。也許我知道我終將失去你，想讓它們幫我做個紀念。在最近一次的約會裡，出發匆忙，拿錯了書，於是你發現了它們。你問我這是什麼，很顯然，這是機票啊。我小人先告狀地哭了，請相信，我的眼淚沒有欺騙你。我說，我其實是個窮鬼，根本不是你喜歡的公主。我沒有說再見，因為不會再相見了，我的自尊心——如果它還存在的話，它會提醒我知趣一點。

我回到我的城市。在我大學的這條街的盡頭，是富人居住的區域，到了冬天，充滿愛心的主人會花重金請人遛狗。一年過去了，那裡有人搬走有人搬入，不變的只有狗，狗，狗：拉布拉多、黃金獵犬、瑪爾濟斯、吉娃娃、高加索、米格魯，純種的狗們穿著名牌狗衣服，跟我在雪上撒野。我和狗一起狂奔，然後摔倒在某個孩子堆的雪人上，我沒有爬起來，但願我已經撞死在這個雪人上。狗在我身邊嗅嗅，嗅到融化的雪水，舔了舔，牠會感覺到冰涼的鹹味，那是我的眼淚。我想你了，我的心酸楚不已。你給我的那個吻，我還記得，那是我人生第一個吻，它是絕世的，萬千人的初吻中最好的一個初吻。謝謝你，親愛的你，我已永遠失去的你。就讓我和狗在一起，讓我在打完最後幾天的工、交完那該死的房租之後忘記你，回到校園住集體宿舍，和那個等著我的敗類拍拖，成為他的女友，跟他一起畢業，將來結婚生子。

這一條街上所有的狗真的都想殺了我，因為我最後打的一份工是寵物店的店員，負責給狗剪指甲。狗知道，這是最令牠們不悅的服務。在給一條米格魯磨好指甲又塗上紅色指甲油以後，我付完拖欠的房租，整個的為愛情打工的艱苦生涯宣告結束。這是一個傍晚，手裡還剩一百塊，我決定去吃頓好的。世界上除了點心麵還有更多好吃的東西，我對著單人小火鍋噓著熱氣，真心覺得那是享受。我放鬆了，失去了你，我還原為原來的我，沒有什麼好裝的了，小市民的女兒決定脫了鞋蹲在椅子上吃，讓店主大叔再給我一瓶啤酒。

大叔走過來了。我說，大叔，我不需要多個杯子啊，光拿啤酒就可以了。大叔坐下了。我說，大叔，您忙您的吧，這個火鍋是我的啊。大叔把啤酒瓶撬開了。我抬起了頭。然後……

我看到我面前的兩個空杯都被斟滿，我看到你坐在我面前，風塵僕僕的氣息代表你找我找得不容易。你與我以杯相照。「喝啤酒呢，要先喝泡沫，讓它變成白鬍子。」你說著，喝了一口給我看，等著我笑起來。見我不動，你抬手輕輕揉一把我的瀏海。「女孩子，要有坐相啊。」你蹲下身幫我穿上鞋子，繫好鞋帶。

啤酒泡沫的白鬍子掛在我嘴巴上堅持了八秒，最後消失了。在那八秒裡我的神志消失了，我想也許我死了，不然怎麼還能見到你？回過神來之後，我聽到你說：「妳不要逃跑啊，我們有話得說清楚。」

「我騙了你，對不起。」我也想說清楚。

「是啊，那妳打算怎麼彌補我呢？光說『對不起』可是不夠有誠意的。」

「那……這頓我請。」

「這算什麼！」

「那你要怎樣？」

「繼續做我的女朋友。」

這條街上所有的狗，都見證過我們的故事。

牠們對我的一切心知肚明，只是牠們不會講話，沒法告訴我其實一年前你也住在這條街上，你家沒養寵物，因為這房子一年才回來住一次，但你見過一個瘋子一樣的少女，被狗牽著放風箏，跑起來比狗還野。你定睛一瞧，發現她不久前才和你約過一次會，作為一位名媛，在另一座城市裡。

你深吸一口氣，知道自己被騙了，但是，被騙得很有意思。

她長得挺好看，還有一對貨真價實的平胸。你一直認為胸小的女孩更聰明，而聰明，是你擇偶的重要標準。她穿便宜的白襯衫也很有型，矇住了你，你還真以為是某個名牌，你默默欣賞著這女生的惡作劇，看她演下去，甚至鼓勵她，然後等著她穿幫的一天。直到你發現，這件事必須由你來終結，所以你決定找找她的bug。很容易的，她撒謊根本就不專業，你很快就發現了那些機票。

現在，這條街上所有的狗都知道了一個故事，那是關於一個窮女生的故事。牠們有時候會想念她，因為後來她和那個男生去了很遠的地方，也許真的是世界邊陲，去過他們神仙眷侶般的日子。狗兒們也會在內心比較遛牠們的人的好壞，要說遛牠們最帶感的，還得是那個能扯風箏的平胸妹呀。

我的昆蟲綱鞘翅目的愛人

飽食而遨遊，
泛若不繫之舟。

我在四月的雨中醒了，忽然想起一個人來。

那是我從前在海島見到的一個人，他坐在沙灘邊的水泥臺階上，衣衫襤褸，頭髮虯曲成一條條小蛇，在喝一瓶酒。我知道他只有那一瓶酒。大概他一天所撿拾的垃圾廢品換來的錢也只夠買那一瓶酒。他消費掉它，喝光整瓶，開始演講。聲音很大，揮斥方遒，指點江山。他講的話我聽不懂，準確地說，他是一個流浪漢，一個瘋子。

但是誰說瘋子或流浪漢就一定比正常人過得不好呢？

我問師傅：「我怎樣才能忘記？」

師傅說：「浮雲過太空。」

我知道這是王陽明的句子，讓一顆心如一朵孤獨自由的小白雲，飄浮過浩浩天空，最終湮散。就如同糖粉在卡布奇諾上溶化，心事，最好是連同自己一起，都視作無物。

飽食而遨遊，泛若不繫之舟。

我努力這樣做的結果是，在白天雲過太空。但是到了夜晚，雲過太空的難度太高了啊，我如同脫下畫皮的精怪，抖掉錦袍上的珠翠寶飾，窮得只剩下了失眠。

有時候，整個晚上我都想著我和你的事，總覺得自己是在做一場夢。是夢就好了，可惜事與願違。我遇見你這個人，這種事，不論怎樣敘述，最終都只能指向一場刻意而為的傷害。所以我希望每個夜晚能酣然睡去，用睡，抵住焦慮。我開始跑步，以呼吸霧霾患上重感冒、以膝蓋韌帶拉傷、以乳房顛得幾欲下垂為代價，換我的睡眠。整整四個月，最終得到零星幾場好睡，但是得不償失。

我想起你站在我的庭院裡，對我說，要把那棵枇杷樹剪枝，讓那些果實長得更肥碩。你說，五十年後，也許我們可以閒來無事去市場擺擺攤，賣枇杷。你當時站在樹下，摘一枚青果子遞給我。

我們那時快要結婚了，在跟網路上的店主商量印刷請帖的事。這難道是夢嗎？那些設計好的圖稿還在我的電腦裡。

可是，你就這樣消失了。你說你要回故鄉把喜事告訴父母。你沒帶多餘的行李，手錶、襯衣、刮鬍刀都還在我這裡。

一張畫了很多畫的草稿本還在我這裡。

毛巾、牙刷還在我這裡。

菸還在我這裡。

菸灰也還在我這裡。

所以，如果我也能如同流浪漢一樣，藉著一瓶酒，把苦痛都演講出來，就如同自己是那瓶酒一樣倒掉，倒掉，會不會好很多？可是我的聽眾又在哪裡呢？他們都不是你。我所愛的，我所恨的，他們都不是你。

而我和你的事，也不過是這塵世裡微茫的小事而已。我很清楚，就如同一朵雲，之於浩瀚天空的比例。

師傅說：「來把把脈吧，或許對妳有用。」

我帶著一夜沒睡的倦容，開著「Z」字形的路線來到師傅的醫館。停車的時候剮到別人的車。我留下字條：對不起，請打我電話。

師傅說我的腸胃受傷了。失眠要從腸胃開始醫治。我當時覺得很荒謬，而事實上這才是仁心仁術的醫治手段。總之，我後來被治癒了。暫且不提這個，說起那輛被我剮蹭的車的車主，到底是受害者，在電話裡語氣欠耐煩，要我趕緊出現。

我提著七服中藥，帶著一身艾灸的氣味，在另一間診室見到了一個滿後背拔著火罐的男人。再不開心的人見到那趴著的胖子也會忍不住笑起來，肉山之上，聳立著七個玻璃罐，那個樣子實在很像一隻……可以百度到的，慈父一般的負子蝽。

他說：「我剛才本想開車走人了，看到妳留的字條，妳說妳在艾灸室，我只能在這兒拔罐等妳。」

「中醫也跟美容院一樣嗎，想拔罐就拔罐？」我說。

「唉，不然怎麼辦，在外面等著妳，扮演妳家屬啊？」胖子說。

賠償的事倒是和平解決。他也把背上的罐都摘下來了，後背七個大紅圓印，活像一隻七星瓢蟲。

瓢蟲君。我就叫他「瓢蟲君」，像童話裡的一個角色，後背拔罐的印子經冬不凋，他還以此為美。

他是一間衛浴公司的設計師，主要設計各種馬桶。雖然他看上去很富態，但他還是個純純的單身王老五呢。追求他的女生一大把，當中還包括某個網紅……這些對於我來說都不重要，重要的是，他成了我的朋友。

他是唯一一個我願意傾吐衷腸的人。

不知為什麼，朋友也不算少，但是我只願意說給這個人聽。

或許是因為他和我同病相憐？或許是因為我們同樣蠢吧。

……

「然後我這男友就人間蒸發了，頭三天，我以為他很忙，可能沒空給我電話。於是我打過去，沒人接聽。」我說。

「喔，他故意的。」瓢蟲君分析道。

「再打過去，就會關機。然後再打，手機停機了。」當我說到這裡時，也覺得自己傻透了，我憑什麼還相信他只是沒空或者擔心他遇害，他只是一個騙子而已啊。

瓢蟲君頓了頓說：「妳有沒有被詐騙過？前幾年我買一種失眠的藥，這種藥基本上所有的藥局都不會有，除非去醫院開處方。但是我嫌麻煩，每次醫生只會給我開一小盒。所以我在網上買。有一個人，可以搞到，他賣給我三次，我們稱兄道弟，過年時他還祝我健康。第四次，我打算多買點，我當然信任他，當場就支付了全部的錢，然後……就像妳男朋友一樣，他、消、失、了！」瓢蟲君痛陳起自己被詐騙的往事。

「我發現我根本沒有他故鄉的地址，也無從找到他別的聯絡方式。」我說。

「我發現我打不通騙子的電話，微信他也把我封鎖了。」瓢蟲君說。

我們面面相覷，互相看著對方的蠢樣，大笑起來。

「所以不要為他開脫，自己也別多愁善感，接受他永遠不會回來的事實，不要把他想得太好。」瓢蟲君說。

「但是我們相處了一年多，而且，相處的每一秒鐘我都可以確定我們是相愛的。」我說。

「在當時一定是真心相愛的，女人，他真心愛過妳，妳可以堅信。」瓢蟲君說。

「但是他後來也是真心不愛妳了。」

我們這算是互揭老底的朋友了，所以我也知道他的很多事情。他對女生的要求很高，琴棋書畫詩酒花，都要會。長得還必須美。網紅臉，不要。韓國眉毛，不要。駝背，不要。短頭髮，不要。反中醫的，不要。……

「你條件真苛刻，還不允許人家反中醫。」我說。

「那當然，中醫和西醫，分明是兩種人生觀。人生觀不在一線，枉談婚姻。」瓢蟲君說。

「中醫和西醫，其實是一回事啊。真不明白網上那幫人成天在爭什麼。你看西醫是把各種化學元素按配比製成了藥片，而中醫是把含有某種元素的草藥，以最原始的狀態，讓你回家自己熬。最終都是條條大路通羅馬啊。」

「妳說得非常有道理，為妳留燈。」瓢蟲君煞有介事地說，把我逗笑。

「而且中醫比西醫更神奇之處在於，醫生只要看看你的舌頭，摸摸你的脈搏，就知道了你病情的大概。就像中國畫，講求寫意。而西洋畫，講求比例。寫意更難，對嗎？所以我覺得中醫要高明那麼一點點。」

瓢蟲君鼓掌。

我們有時候會一起吃吃火鍋，背著醫生偷偷喝點小酒。互相監督，互相包庇，打電話的時候問候語是：「今天的藥吃了嗎？」結束語是：「喝一個酒不？」

很輕鬆，相處起來一點也不累。能在這樣的年紀遇見這麼好的一個朋友，該珍惜啊。所以他生日的時候我送了他一瓶茅臺。「很貴的，我必須自己喝完。」瓢蟲君抱著酒瓶子親親。我嘲笑他那樣子又醜又傻又Low。

那天晚上我睡得不錯，也就是從那天起，我發現我的失眠漸漸好轉了。可是睡到半夜電話炸響，瓢蟲君垂危的聲音在向我呼救。「救命，師姐，救命啊。」他叫我師姐是因為我們都稱我們的醫生為師傅，我先認識師傅，他後，所以我是師姐。

我開車去救命，見到他躺在地板上爬不起來。「我從床上掉下來，我摔傷了。」

瓢蟲君說。

我扶他起來，幸好他摔傷的是手臂不是腿，他還能走路。「去我朋友的診所，我不想去公立醫院。」這種時候還挑剔，你真是把我當成親生師姐了啊。私人診所，他進診室包紮去了，出來打著石膏繃帶，天亮了。

「我行動不便，妳能不能幫我買飯啊？」瓢蟲君發微信給我。

「你有那麼多女朋友，叫她們買，我正上班呢。」我沒耐煩地回道。

「胡說，我沒有女朋友！」

我去「7-11」買了一盒飯，開車去送飯。還好我是個善良的女人，知道胖子愛吃什麼，多加一隻雞腿。

瓢蟲君面對著他電腦上的各種馬桶圖案吃完飯，說：「妳就不能給我買個關東煮嗎？吃完飯沒有湯，唉。」

「我走了，明天不要叫我買，大老遠開車過來，回去還堵車。」我站起身，覺得他辦公室裡面的目光唰地都向我掃射。至於嗎，沒見過美女嗎？

「要不要等我下班一起走啊？」瓢蟲君在身後喊著。

我真的走了，走到電梯間聽到裡面有人在說笑，聽到瓢蟲君說：「漂亮吧？我女朋友。像不像小宋佳？」

我想說，師弟，我只是你的朋友，不是那些女孩中的一個，我比她們經歷的痛苦多一些，所以我比她們的心老一些，我的老心，開不起這樣的玩笑。

「我不打算和你見面了。」我發微信給他。

他明白了，回說：「對不起。」

繼續跑步，繼續繞著整個社區狂奔，繼續喝中藥，做艾灸，繼續和失眠死磕。

師傅說，太努力，適得其反。

是的，我在非常累的夜晚反而又睡不著了。想起你說，長得黑的人一般都比較開心。為什麼呢？因為整天吹著海風，泡著海水，擦乾身體繼續吹著海風，泡著海水，越來越黑，但是曬太陽、泡海水、游泳，做這些單純的事時，人自然就忘記很多煩惱。你還說，人回到大海，就如同嬰兒回到子宮，那種快樂不來自於大腦，來自身體的每一個細胞。

你會說一些聽起來特別有道理的話，你吸引著我。若我不被吸引，也就不會讓你覺得擺脫我是應該的。人就這一點混蛋，容易到手的，不被珍惜。

我想起那天海邊漫長的擁吻，流浪漢在遠處滔滔不絕地說著，在這背景音樂下，我們溫柔地接吻。那難道只是一個男人對女人的情欲嗎？如果是這樣，我真替你覺得羞恥啊！

打起精神，讓我堅信朋友的安慰，你是真心愛過我的，起碼當時是這樣。

不是每一個人都能感受到那麼濃烈的愛情的，我真幸運。就算對方完全處在另一種感情格式上。

兩週一次的醫館，又遇見了瓢蟲君。我想他也許守株待兔很久了。

他說：「上次對不起。」

我說：「沒什麼，知道你在開玩笑。」

他說：「不是的，我沒開玩笑！」

我走開，我覺得這話題不能再聊了。他追上來——

「我因為喜歡妳而向妳道歉。」瓢蟲君說，他眼淚汪汪的。是啊，誰從小不是媽媽寶愛的小孩呢，長大了，為了另一個人受委屈，何況他沒做錯什麼，僅僅只是因為喜歡對方。

我遞過去紙巾。「你別哭了，大庭廣眾的，你不怕丟人我還怕呢。」

師傅看到我們倆了。

今天沒給任何人開藥方。

讓我們回去好好吃飯，好好喝水，每天都得穿襪子，不要光腳。說了一些家常的話題。最後師傅忽然說：「女人最好找一個喜歡自己的男人，男人最好找一個自己喜歡的女人。互相喜歡的人，不是沒有，但是不一定會長久。」

出來醫館，討論著師傅今天說的話，我們也就和好了。我們還可以繼續做朋友嗎？當然，當然可以。要不我們一起去，吃火鍋？好啊好啊。茅臺你喝了沒有？還沒有。打開喝了。喝半瓶吧。師傅知道了不好。我告訴你一個祕密，師傅自己也喝酒……

我們像兩個小學生議論著校長。

我忽然覺得這樣真好。
真的很好。
忍不住想挽著瓢蟲君的手，像小時候那樣，兩小無猜地走。
「咦，這手上的石膏呢？」我問。
「天熱拆掉了。」
「你不是骨折了嗎？」
「呃，我好了啊。」
「怎麼可能，傷筋動骨一百天！」
「告訴你實話吧，不許打我……為了能多見妳一面，什麼陰招都使了。」
「診所的朋友也是同謀？」
「還有一件事必須也告訴妳。」

藍色的大海，細白沙灘。陽光熾熱，流浪漢被驕陽曬眯了眼。一邊舉著酒瓶子，一邊對著遠方大聲地呼喊著。似乎在喊出一首詩，或者是一支歌曲。我看著這張照片，放大，放大，再放大。我忽然看到背景的樹影裡，有一個人站在那裡，似乎也被這流浪漢感染了，若有所思、若有所悟地呆站著。

一個高大威猛的胖子。

「當時我也看到了那個流浪漢，跟妳一樣，呆呆地聽他演講聽了很久。」瓢蟲君說。「轉過頭，看到一對俊男美女在接吻，單身狗表示不開心，心說，早點散早點散。」

「可是沒一會兒，男的去沙灘上拿浴巾，順便接聽電話。我聽到了，他在跟另一個女人調情。我真不開心了，覺得那美麗的姑娘不應該受到這樣的傷害。」

「如果有緣分，想把那姑娘搶過來，好好愛護。」

我聽到這裡也覺得震動。

無法控制心跳加快，眼淚順著面頰淌下來。

那是我正式跟傷害告別的眼淚。我從未如此痛哭過。我終於明白，必須確認，不再自欺地對自己說：你並不愛我。你給我的這個故事，通篇不過是我自己一個人在投入地表演，你呢，只是一個旁觀者，覺得沒意思了，抽身便走。我不該為你失眠和難過，相反，應該打起精神，佩服你的冷靜，並祝福你，一定會以你的優勢在愛情，喔不，在情欲戰場上無往不利。但是你，又有幾分快樂可言？

「我全部的證件、地址，包括家裡地址和公司地址，我父母的電話、家庭住址、房產證，還有我各位同事的聯絡方式，我都拍成微信圖片，傳給妳了，妳永遠都不會找不到我，我是昆蟲綱、鞘翅目、瓢蟲科的瓢蟲俠，為保護妳而變身成為人。」他做了一個搞笑的pose。

我笑起來，哈哈大笑，一邊笑一邊哭，哭完了又笑。引路人側目。

我是如此幸運，有更好的人來愛我了。

一切都是為了等待這位更好的人而發生的嗎？

做不成你的情人我仍趕集

怯怯的，鄭重的；
微末的，渺茫的；
含蓄的，天真的。
來一場這樣的小情感多好。

我母親給我講她年輕時的一件事：

那時她在鎢礦工作，她是辦公室的描圖員，就是工程師畫好圖稿，她再拿一張紙蒙在上面描，就是這樣一個工作。

可是就這樣一個工作她都沒做好。因為她生了我。作為一個小母親，她每時每刻都惦記著我。她說：「我把妳放在礦上的托兒所，隔著三幢辦公樓，我都能分辨出妳的哭聲。」

她就動不動往托兒所跑，跑去看我。工程師不樂意了，把我母親告發給主管。於是主管把我母親調到倉庫，做倉庫管理員。

那年冬天，天氣奇寒，我母親坐在溫暖的倉庫裡，把一卷卷帆布撕成一塊塊，用縫紉機車背包。我母親當年車的背包款式，跟現在流行的動輒上千的名牌購物袋是一樣的。倉庫裡還有手套、頭盔、靴子、棉衣、棉褲、糧票、油票……工人來領，就發給他們，同時在他們的本本上蓋一個印章。

突然有一天，一輛藍色卡車開來，卸下一整車的海螺。碗口大的海螺，都是活的，是從丹東運來的。卡車司機下車抽菸，我母親和幾個管理員清點貨物。忽然聽到有人喊了一聲她的名字，不是同事慣常喊的「小李」，是喊的「明月」。

我母親回頭，司機扔了菸頭，踩滅。

這位司機是我母親的舊時同學。他喜歡她，她也喜歡他。但他們沒有戀愛，他們那個年代不作興動不動就戀愛。這位司機叔叔曾經為了幫我母親搶購一枝圓珠筆和別人大打出手，還幫我外婆鏟過雪，幫我舅舅借運動會要穿的釘子鞋……

但是他們因為種種原因沒能在一起。那個年代的人，是沒有辦法突破「種種原因」的。他們沒有現在的我們自由。

司機叔叔說：「知道妳在這裡工作，特意來看看妳。」

我母親點點頭，打量他。他穿著綻線的舊大衣，一雙單鞋。我母親二話不說，從倉庫裡拿出一套棉襖棉褲，還有一雙棉靴子塞給他。「給。」

我跟我母親說：「妳這樣不妥啊，他會覺得妳在施捨，哪個男人受得了被自己喜歡的女人施捨！」

我母親說：「是啊，但是我不後悔，他需要那些。」

最後，他拿著東西走了，臨走前他說：「妳挺好的，就好。」

沒有說「謝謝」什麼的，說不出口，也沒法說出口。

從那以後他們再也沒見過。

我母親給我講的這件事，我很喜歡。

那麼悵惘，不論是對於她，還是對於他。

他來看她，知道她結婚了，有了小孩了，是古詩裡那句「綠葉成蔭子滿枝」。所以，他只是來看看她。

她給他棉衣，也知道他會因此覺得羞辱，但她想呵護他的心情最終戰勝了可能會帶給他的傷害。

一個樸素的故事，好就好在什麼都沒有開始，一切就已經結束。

現在的人做不到那樣了，現在沒有堆著棉衣、棉靴、紅薯、大蘿蔔的倉庫，就連鎢礦石也沒有了，礦山成了禿山，又植樹造林，種上落葉松。

我母親現在已是六旬的老人了，我也早就過了我母親當年的年紀。對於我來說，生命中也有一位這樣的男同學，我多希望他也能像那位司機叔叔一樣，漂流在茫茫人海，不復相見，但是他和我在前段時間遇見了。

我們是在同學聚會上重遇的。同學聚會這種事，大抵就是兩種人樂意起鬨：一是發財了，想讓大家都知道他發財了；二是生活膩味了，想重溫舊夢的人。

同學聚會是一個暴發的男同學召集的，來了大概一半的人。吃一頓飯，唱一場歌，然後拉到酒吧繼續喝。我說：「我得走了，我還有點事。」其實我惦記著我沒寫完的小說，編輯在微信那頭催我明天交稿，眼睛都要噴血了。「別走啊。」有人說：「當年喜歡妳的人是誰妳還沒猜出來呢，就敢走！」

我看著這群醉鬼，我也有點醉了，隨便指著當中一個說：「喔，就你，大胖子。哈哈哈。」

大胖子無辜地說：「不是我。」

然後，一位男同學就被眾人的目光齊刷刷指認了。我裝作沒心沒肺地說：「哦，是你啊。哈哈哈，有眼光。」

其實我知道他在十四歲的時候喜歡過我。那時候的校園裡還流行耶誕節互發一張聖誕卡，就像現在學校裡逢節互發個微信紅包一樣。有一個同學碰巧送我一張泰戈爾詩的賀卡，我說：「哇，這張真好，詩也很美。」

結果當天下午，喜歡我的這個男生就把一整套賀卡都買回來了，送給我。

教室窗外下著鵝毛大雪，教室裡暖烘烘的，散發著踢球的男生堆在後牆的臭鞋味。

青春的氣味，臭烘烘，但是好溫暖。我說：「謝謝你。」

他說：「以後放學能和妳一起走嗎？」

我遲鈍地說：「可是我和小芬還有代丹一起走。」

「我跟在妳們後面就行。」

從那天起，他真的就在每個課輔放學後跟在我身後，拿著手電筒為前面的我照亮。他不說什麼，只聽著我和前面兩個女孩子說笑。我的閨密們心知肚明，她們似乎羨慕我，有時候用話揶揄我，但這種揶揄是親密的。

最初就是這樣的一段故事。

初三時他去了省會的體校踢足球，我考上重點。

畢業時，我著實傷心了一陣子。人在青春時期的感情好真摯，這種真摯是成人不能比的。青春的記憶是一塊平整的原木，那些真摯的感情是刻刀，刻出最初的線條，即使反覆印刷，仍是出色的版畫。而成年後的情感充其量只能是在其上略做修改。

他現在是一家公司的上層，還沒有結婚，但是已有未婚妻了。他在眾人中對我舉杯，說：「沒錯，我最喜歡妳。」

這句話我可以做出很多種領悟：

——當年有很多人喜歡妳，我是最喜歡妳的一個。

——當年有很多我喜歡的女孩，妳是我最喜歡的一個。

「哈哈哈，喜歡就抱一個，抱啊，抱啊。」那些人在起鬨。

我們把最真摯的情感拿來把玩，在那種場面裡，誰認真誰就是土鱉啊。

擁抱了一下。

這個懷抱和我想像的怎麼略略有些不一樣呢？

不一樣在哪裡呢？

還是打個比方吧：想像中的擁抱，是用紗網捕捉天空中最孤獨的那朵小白雲，捉不到，它總飄遠；現實中的擁抱，是忽然降起一陣雨，樹葉上的灰塵被揚起。好熱。想像中的擁抱是「只恐夜深花睡去」；現實中的擁抱是「五月榴花照眼明」。

酒都醒了。

聰明狡猾的男女悄悄溜了，人越來越少，幾個傻子還在喝，醉的人趴在地上。我的同學真的有這麼猥瑣嗎？這不都是微博段子手[1]寫的那種事嗎？然而真的在發生啊。我和他算是這猥瑣場面裡稍微清醒的兩個。他說：「妳回家嗎？」

我說我回家。

他說我們都醉了，叫一個代駕。

代駕開我的車。他沒開車，他說他知道今天會喝酒。

所以他坐在我的車上。好為難，我是在半途最近的岔路口對他說你該下車了，還是邀請他到我家喝杯茶呢？

或者一開始就錯了，他應該去叫Taxi，而不是搭我的車啊。

最終我們在我家門口的路邊都下車了，坐在路緣上聊天到天亮。

灑水車開過來，淋了一身的水。

一輛計程車解救了我和他，他走了。我終於可以回家寫稿了。

編輯在微信上說：「妳還活著啊！」

當年畢業前劉若英正當紅，〈很愛很愛你〉這首歌幾乎成了畢業歌。

直到畢業之後的暑假，我才偶然看到這首歌的MV，才看清歌詞。原來那句歌詞是：做不成你的情人我仍感激。

我對小芬和代丹說：「一直以為是『做不成你的情人我仍趕集』呢。」

她們笑得前仰後合：「哈哈哈，農村來的情人。」

我們在笑聲中領悟著劉若英，就算現在的我討厭大部分當年喜歡過的明星，伊能靜、吳彥祖、王菲、巫啟賢，也包括劉若英，但是這首歌是沒法拒絕的，是念念不忘的。

少小年紀，哪懂什麼情人不情人的。「情人」這個詞，是帶著點貶義、俗情、色欲味道的。而我寫作的時候，帶有「情」字的詞，我喜歡「情感」、「情緒」、「情愫」、「情懷」。

我不喜歡「情人」這個詞。

十五歲，一個人坐在高樓的天臺，我打開一盒紅雙喜，我爸爸的菸，對著天空想吐一個圈圈，沒成功，嗆得咳嗽起來。真是「為賦新詞強說愁」的年紀啊，心裡想著，再也見不到他了，然後就看到樓下有個黑影子，我喊道：「喂，你幹麼？」

1 段子是指相聲中的一個段落、一節內容，現在衍生為編輯、設計出來的一段精彩文句或哏，段子手則是指其創作者。

他抬頭，沒一會兒來到天臺。「路過。」他說。他明明不是路過，我可以肯定他是來找我。

但是當然並沒有重要的事來找我，只是來看看我。

他給我吐了一個菸的圈圈，很漂亮。用手在空中劃一下，它從圓形變成了不太規則的形狀，勉強看出是一個心形。

回憶著這些，在完稿的下午，終於爬上床昏沉睡去的我，覺得很幸福。就到這裡多好啊，我對人類的情感要求不高，因為我真的對人類這種動物沒有太多自信，包括我自己。

所以三十多歲還沒有結婚，連男朋友也沒交往夠一打。

但是卻成為寫情感專欄的作家，粉絲們經常拋出各種奇異的問題讓我解答，我還都答得挺好。

我知道他會再找我，用各種原因各種藉口。

他約我出來，要我幫他們公司寫稿。誰不知道他要的稿其實是應該交給廣告公司去操辦的？

這只是藉口，我知道。

約我喝咖啡。

仔細看這個人呢，他比小時候長得好看了，小時候雖然也是濃眉大眼，但是沒有現在舒展。擁抱我的時候，身上有種墨水和香皂還有草藥的味道，沒有噴男士香水，不是娘炮那種人。

他談起他的未婚妻。他說，她人很好，也漂亮，很愛她，她也很愛他。

我心想，你們既然這麼相愛，為什麼你還和舊日女同學我約會？

所以他現在已經成長為一個情感的老手了嗎？真悲哀。他知道如果他念叨他對未婚妻的不滿，我必然看低他，不僅是人格上的看低，智商上也會看低。

他說：「但是……」——真害怕這個「但是」。

「但是妳知道嗎？我對她沒有那種感情。」他說。

哪種感情？

「那種對妳的感情，生怕冒犯了妳，又總想接近妳，接近妳又很想冒犯妳。」

情話真是動聽，哪個女人不為之心動呢！

他約我去旅行，這是他結婚前難得的一次放飛，藉著公司的某種名義。去不去？

他問我，去不去。

去的話，我就破了他的金身……或許並不能把自己想得這麼法力無邊，他早就沒有了金身，早就破戒又破戒。

哪個男人會為未婚妻守身如玉到三十好幾歲？

我說，算了吧，我最近還要跟編輯談事。

其實我很想去，我也是血肉之軀。不說別的，單就面前這個男人美好的肉體，也可一試，不求回報、不求將來地約一個。

「做我的情人。」他忽然牽住我的手說。

啊，他居然敢這麼說！而且居然真的說出來了！「情人」對於我來說是一個貶義詞，貶義意味著低端，低端的事我不幹。我討厭的事：窮，土，沒名沒義，囫圇吞棗。成為他結婚之前最後的情人，甚至以後也是，憑什麼，為什麼！

我們就此失去聯絡了。

所以我說，我羨慕我母親年輕時的故事，有一個喜歡過她的男同學，多年後出現了，說完一句話，又消失在茫茫人海。這樣多好。

怯怯的，鄭重的；微末的，渺茫的；含蓄的，天真的。

這樣多好。

所以說，還是老一輩厲害，懂得節制，明白道理。

聽著〈很愛很愛你〉長大的一代人，做事是過猶不及啊。

但我既然知道了那座島的名字，知道了那裡的芒果美味，有空我也去走走。我的書稿終於交付印刷廠了，編輯說：「妳接下來打算幹麼？」

我說我去國外趕集。

到菲律賓的吉馬拉斯島，逛當地的集市，守著水果攤，和小販蹲在一起，看來往路人。他給我一個芒果，真好吃，是脆的，又是細膩的，甜度剛剛好，帶著芒果特有的香氣。

每天都來集市閒逛，也在耳機裡播放著舊時音樂。

地球上兩個人，
能相遇不容易，
做不成你的情人我仍感激。
嗯，做不成你的情人我仍趕集。

李白、數學與酒

豬也想在雪白的天鵝絨上打滾啊。

酒，我有很多。博覽會上得到的這瓶，商標標注著十二年前的夏季，大暑過後的某一天。那年我剛進數學系。

瓶子裡，死去的麥子和葡萄仍然過得有聲有色，而如今的我已經變成一隻不動聲色的老蟲子，凡事提不起興致。

和舊友聚會，喝酒，說起從前的事。在大學，我們組建了一個樂隊，由記不住歌詞的主唱，不懂節奏的貝斯，專業是揚琴的鍵盤，和八百度近視、在節骨眼上總是踩不準踩鑔踏板的鼓手組成。

硬體上的缺陷還在其次，最讓人便祕的事，是取名字。

我們自認為是飽讀詩書的高端人士，樂隊的名字不能亂取。那個時候校園裡流行著「××街××公園××號」這種模式的名字，現在想來真是土得讓人不寒而慄。幸好，我們沒跟著這種思路走，想了四天五夜後，一拍腦門定了一個：李白與酒。

李白街上走，提壺去買酒，遇店加一倍，見花喝一斗。

多好啊，中文系的博士後李白，也不過是一邊喝著酒一邊做著數學題在思考人生。數學，才是宇宙永恆的主題。

一個好的名字往往帶有神祕的力量，對樂隊成員的未來起著潛移默化的作用。但據說，不論怎樣的樂隊，不論歌寫得多麼矬，演出多麼爛，人長得多麼醜，性生活的問題總歸是可以解決的。這才是樂隊存在的真正意義。

我對面那傢伙笑起來。「哈哈哈，你當年和魏薇去看沒人看的免費電影，偌大個電影院，你們非要坐在最後一排的最邊邊上，你倆的目的一目了然。所以我們三個人買了你倆前一排的三個連座，帶了三包洽洽香瓜子……」

賤人真多，我和魏薇連吻都沒接成。魏薇本來答應把初吻獻給我，結果她吃掉整包洽洽瓜子舌頭起疱。

我觀察過，我現在的這個公司每年會以各種藉口逼一位中層走人。原因很簡單啊，對待中層，除了升職別無他法，薪水不能降只能升，可是能榨取的剩餘價值已經非常少。這樣下去，當然是雇用新人更划算。

每年一位，而不是兩位或三位，做得陰險而隱諱。

我雖然離中層的位置還差很遠，但是我辭職了。不為什麼，人活著不就圖個痛快嗎？何況我對北京這座城市已經沒有好感了，八年來，每天的早餐是 COSTA 的一杯美式中杯，永遠泛著可疑的油花，永遠只有八十度的水溫。八年，先是擠在地鐵裡生怕後面那個畫著唇彩的女人蹭到我的西裝，後來女人們開始塗正兒八經的大口紅，更可怕！

還有霧霾，據說有一個人在霧霾天出去，拿一個自製吸塵器吸了十天的灰，做成了一塊板磚。

所以我走了，我要去往山清水秀的地方，像古人那樣雲遊。出差時我去了很多城市，可是很奇怪，我只對一座城市印象深刻。那城市有一座山，山裡有泉水。我又夢到那個地方，夢裡的話外音說：「去喝，都是酒。」我就像狗一樣趴下，咕咚咕咚喝了起來。我喝醉了，在醉得不省人事時，生下了一隻貓熊。

我想起這座城市是珠海，那個有山的地方叫唐家。唐家是「中華民國」第一任內閣總理唐紹儀的故鄉，據說他有四位太太，生了十九個孩子，了不起！

我來到珠海，唐家的山還在，水也在，只是村民把水包圍起來收費。小桶五毛，大桶一塊。我很犯賤地買了五個屈臣氏五公升裝蒸餾水，把蒸餾水倒掉，空瓶去盛山泉。據說用此泉之水泡茶，不管是什麼茶，泡出來都有股米香。

一牆之隔，城中村的外面就是現代住宅社區，房租只有北京的三分之一，我豪爽地租下兩室一廳，二樓。晚上坐在陽臺抽菸，看到獵戶座並排的三顆星星，有人說那是獵戶的腰帶，有人說那是獵人捕到的一條蛇。還有一天我居然看到了銀河。

我暫時不喝酒了，改喝茶。由酒到茶的演變，是文藝青年進化的特徵之一。但是茶喝得越多，菸抽得越多，這又是一個逆命題，是文藝青年的返祖現象。有一天，我在電梯裡聽到有一個人說：「你以後不要把菸頭往樓下扔好嗎？」說完這句話這個人就走了，我根本沒看清此人的臉。

站在露臺，低頭俯瞰，一樓的院子裡果然有三個菸頭。院子裡晾著衣服。紅色的毛衣，綠色的裙子，紫色的外套，深藍牛仔褲，花襪子。珠海的大風把衣服吹掉了，一隻狗出來，把襪子咬爛並且吃掉了一隻。然後下雨了。那些可憐的衣服！

我用紙杯當菸灰缸，我還拿出了一塊火腿扔了下去。

我想做個實驗：對於一隻狗，到底是主人的襪子好吃還是陌生人給的火腿好吃？

第二天，我又在電梯裡被警告了：「你不要餵我的狗。」

這次我看清說話人的臉了，一個美女。也不是很美，牙齒有點問題。有那麼一點點，只是一點點，極其輕微的，齙牙。

我訕訕地說：「晚上會下雨，記得收衣服啊。」

晚上我躺在床上玩手機，手機砸了五次臉，睏得不行。可是有股力量讓我睡不踏實，想來想去，喔，衣服！我跑出去對樓下喊：「收衣服！」

沒人理我，我回去睡。早上那些衣服被收回去了。

樂隊的傻逼之一說，去一座城市，就要吃一吃當地的豆腐！

這話真是意味深長啊。

北京的豆腐最好吃了。在北京，你約不約都可以約。只要你有一輛哪怕是福斯Polo的破車，在清早的三里屯，慢慢地開過去，你就可以進行一項偉大而壯烈的活動：撿姑娘。她們喝醉了，心情不是很好，折騰了一夜，特別渴望溫暖的懷抱。你都不用多說什麼，只要停下車，敞開車門，她們就把你當成騎士，在車上還是帶回家都可以，只是要準備好垃圾袋，以免被吐一腳。

但是在珠海，我只想好好吃一頓真正的豆腐。

有人敲門，那女孩站在門外，她給了我一個菸灰缸。她再次重申，不要往樓下扔菸頭，狗會吃掉；不要餵狗，狗吃了鹹的會掉毛。

陽臺上的紙杯被風吹得不知去向，菸頭散落在樓下的狗窩旁，我真的覺得很抱歉。

我去山上提水，順便吃豆腐。在豆腐餐館附近的古董瓷器店還買了一個碗，碗上面畫著蔥蘭，很漂亮。我買了送給那個姑娘。我說：「聊表歉意，送妳個小東西。」不知道為什麼，我又說：「妳要是沒空遛狗，我可以幫妳遛，我有空，我不上班。」

犯賤到底是一種天生就有，還是後天習得的特性呢？

隔了一天，她把狗糧和狗都交給我了。這表示我們冰釋前嫌了。

天氣好的時候，我帶著那條狗出去，去山裡。我說：「握手！」牠就和我握手，得到我手心裡的狗餅乾，然後一高興，撞翻我。這是千金換一笑，女孩笑了。我很喜歡她笑的時候露出的牙，更齙了，而且她有四顆門牙，有四顆門牙的人一般都有兩個大酒窩，不知道為什麼！

我說：「妳的牙怎麼這麼白？」

「瓷的，看不出來嗎？前年，喔不，大前年，我進了一個劇組。導演說我牙齒不夠白，讓我做瓷牙，但是牙醫說應該先矯正，但是來不及矯正啊。」

「那妳現在還拍戲嗎？」

「早沒有了，那部戲也泡湯了。」

所以每個人都有一段氣短的血淚史，即使是這樣一個年輕的女孩。

我對她朝思暮想了。想像她脫掉衣服的樣子，想像和她一起在電影院接吻的樣子，想像跟她一起做一大桌菜一起吃的樣子，更多是如同想像蒼老師在我面前那樣地想像著她。很多的想像就像視網膜上的數位相機的像素一樣累積著，催促著我要去做點什麼。

追一個女生對於我這樣的前樂隊主唱不是很難的事啊。只是我不能確定，這種喜歡和從前對女孩的喜歡有什麼不同，如果我思考了這個問題，也許真的就是不同了。

只是因為城市不同。我安慰自己。

週末，我把狗還給她，我說我生病了，我要去醫院。她問我怎麼了。我說，不能告訴她，一種神祕的病。她說，哦，痔瘡吧。

我趁機不要臉地說：「要麼不去醫院了，一起去看電影吧！」

她說：「我就知道你沒病。」

「但是我病了，你能不能幫我去買一盒止痛藥？我頭很痛，肚子也痛。」她又說。

我當然還買了紅糖和生薑，我很體貼的。

第二個週末，很自然的，一起看電影了，並排座，接吻，回程牽著手，然後回她的房間，狗關在院子裡。然後，你們知道，平凡人的故事不過如此。

任何人都知道，只要你從北京來，你必定會回到那裡去，就像任何壞人其實都是從地獄中來，最終回地獄裡去。這裡把「獄」替換成「鐵」也一樣行得通。

在地鐵裡，我被身後的大口紅蹭了一身，轉頭驚呼，原來是你——我前女友魏薇。北京真小。

她說：你不是走了嗎，怎麼又回來了？

我每一個前女友都對我的行蹤很了解，勝過我自己。

我說我沒錢了，回來賺錢。

但事實上我到底為什麼回來？就像麥哲倫企鵝為什麼每年都要從阿根廷巡游去福克蘭群島，再不辭勞苦地回到故地，好像也說不清為什麼啊。

聊天跟不上腳步，魏薇早就把我拋在身後了。今天是「8」字限行，尾號是「8」的婦女應該都有一個身價不菲的金主。魏薇是人生的贏家。我呼吸著北京地鐵裡特有的油汪汪、帶著雞蛋灌餅味道的空氣，想，如果沒有情懷為妻子買上整整一套十二色的湯姆．福特黑金黑管口紅，在北京，就不叫男人。

所以我又開始喝酒，召集樂隊的人一起喝。我們在簋街的滷煮店喝到天亮。仰望天空，看不到星星，我覺得有點那什麼，不好形容，大意就是孤獨吧。

我想她了。那天她洗澡後說：「我來演《西遊記》！」她把巧克力的錫紙摳下來一塊貼在肚臍上跳起了舞，演一個妖怪。浴巾纏在身上，隨著她的動作馬上就要掉了，馬上就要掉了……這麼可愛的姑娘，我怎麼離她遠去了？哥兒們拍醒我，走啦，太陽出來了，鬼，去上班吧。

我終於明白魂不附體是一種什麼樣的體驗。這一刻在公司的電腦前，隔壁妹子送上了豬柳蛋漢堡，櫃臺用微信跟我調笑，財務部的大姐說今天有一筆獎金要發，讓我對她笑一笑。去你媽的，我又不是鴨，笑什麼笑。

我只想擁抱著那個齙牙的姑娘，問問她，感覺如何。

特別不要臉，特別討人厭。特別庸俗地調調情。

她一定會一本正經地說，聽不懂。

我會說，我只是問她跳完妖怪舞感覺如何。

她就會說：你有病啊。

但是最後怎麼會變成這樣呢？我說，我要走了，就走了。皮箱整理好了，我在珠海待了半年了，這是旅人最適宜離開的時限。我是個過客，不是歸人。她忍了忍，沒有問為什麼，她只說，喔，走好。

她抱著她的狗下樓去了。

但是我又能要求她什麼呢？我只是一個今朝有酒今朝醉的浪子，有今天沒明日就是我的人生標識，老大不小，一事無成，無家可歸。我不能和她私訂終身，訂終身，誤終身。

我不配那樣的好地方，不配那樣的好女孩。可是人去過一次好地方，見過一次大世面，就不會再甘心在別處營生。所以元稹是真牛人，他說：

曾經滄海難為水，除卻巫山不是雲。

豬也想在雪白的天鵝絨上打滾啊。

人若為愛而自責，必是因為真愛。

我開始做「亂臣賊子」，用北京公司的電腦，搜索珠海的工作。找到一個差不多的就行了，我對自己說。然後我辭職，家具送人，最後訂一張去廣州白雲機場的機票，飛機落地，在機場買一張九十元的去珠海的大巴車票。

在唐家下車。

三遇店和花，喝完壺中酒，借問路人甲，壺中原有幾斗酒？

我回到那個社區，之前我和她沒有任何聯絡。

我不是要給誰驚喜，我是害怕。我無法說什麼，或解釋什麼，有時候，感情這種東西越解釋越麻煩，還不如緘口。我是真的害怕，走到一樓，生怕右邊的院子沒有燈光，沒有曬著的衣服，沒有狗，我沒敢扭頭去看。

我閉著眼睛走進電梯裡。

在二樓，點一支菸，定定神，才敢低頭去看一樓的院子。

狗沒有出來。

沒有曬著的衣服。

沒有燈光。

我大喊起來：申知雯！申知雯！申知雯！

一個老太太從屋裡走出來，用廣東話說：「佢叫你發微信俾佢吖。」

這麼沒頭沒腦的一句話，就像諜報劇裡的接線人給你的暗號，但是我聽懂了！

她、讓、我、發、微、信、給、她！

我拿起手機，發送：「我回珠海了。」

不久，申知雯發來讓我百感交集，心臟差點炸裂的十個字：「我剛到北京，正要去找你。」

「我回去，還是妳回來？」我手抖得像個帕金森氏症患者，這一刻，什麼城市好像都不重要，重要的是那個人在哪裡，哪裡就是你該去的地方。

「北京的水質好差，洗臉得用礦泉水才行。」她說。「所以還是我回去吧。」

心臟還在繼續炸裂，我說：「那我等妳。」

「好。」一分鐘後，收到乾淨俐落的回覆。

這是我們的愛情。

「愛情」這個詞大概有一萬年沒被我提起了，宇宙星河那麼遙遠、古老，但如今它拖著長長的閃光的尾巴劃過我的天空。一切變得明亮又美麗。

然後每隔一小時我就出來陽臺，看看天上有沒有飛機飛過，看看社區路上有沒有一個拖著皮箱進樓的姑娘。我像望夫石那樣忠心耿耿，這真是不正常啊不正常。

小小的女朋友

有錢人也有有錢人的苦悶，
不可能拿一根兩元的冰棒
對美眉示愛說，
我的愛冰清玉潔。

靜熊有時不能分清楚，她和小保姆誰更幸福。春花，是靜熊家的小保姆。每天早上六點就要爬起床給靜熊做早飯。把兩個白煮雞蛋剖開，去掉蛋黃，裡面添上千島醬。靜熊每天早上都要吃兩個這樣的蛋才肯消除她的起床氣。其餘時間，春花要打掃、買菜、洗衣、整理。做家務真的不是件簡單的事，所以春花常常很忙很忙。但是靜熊不能分清楚，春花和她誰更幸福，因為春花的手機，每天晚上十點整會準時接到訊息，那是春花男人發來的。每天如此，風雨不誤。從春花的表情裡靜熊知道，春花很快樂。

而靜熊呢，她常覺得不快樂。因為牛叔除了每天早上六點叫她起床這件事能堅持做到以外，其餘的一切，都處在變數中。牛叔總是很忙。有些忙是真忙，有些忙是假忙。當牛叔忙的時候，靜熊會想一想分手的事。想得很細，怎麼收拾行李，怎麼清空電腦裡共有的照片，怎麼在最後附上一張悲壯的字條。靜熊二十一歲，和四十歲的牛叔戀愛。有錢有勢的牛叔讓靜熊離開了那個吵死人的寢室，到他的別墅裡住。靜熊起初只是想來看看傳說中的別墅是啥樣，看了以後，她就喜歡上那裡面的一盞水晶吊燈。和任何一個嬌生慣養但眼皮子尚淺的女孩沒兩樣，學校裡追求她的男生都變得不順眼了，因為他們家裡肯定都沒有那樣一盞真正的奧地利水晶吊燈，更何況，它組合成的是《冰雪奇緣》裡的一個場景。

很多男人痛恨女孩們貪慕虛榮，最愛說的一句是，真擔心她只是愛上我的錢！問題是，你要先問問自己，你有錢嗎？

牛叔年紀大了，睡眠減少，所以他總能在早上六點就起床。這時候春花已在樓下備好靜態的兩個蛋。睡意矇矓中，靜態像慈禧一樣被兩個人簇擁著就餐，然後抬到車上。牛叔的家在城外，去市區有兩小時車程。靜態一路昏睡，直到被牛叔放在上課的教室門口，牛叔再開車趕去自己的公司。

然後會迎來中午，牛叔中午也會來看靜態，帶她去吃飯或者和她一起擠學校的食堂。後來的中午，牛叔會打一個電話給靜態：吃的什麼？好吃嗎？有沒有午睡？再後來，牛叔消失在那些中午，因為他很忙。

然後是晚上，工作了一天的牛叔會來接靜態一起回家。也跟中午一樣，起初是很熱情的，後來就變成了「妳叫個車自己先回家」。再後來，問也不問了。靜態想，我可以省下一百多塊的車費買一件小東西，雖然破洞連天的牛仔褲貨不對板[1]，穿上又會被牛叔訓，靜態也會反駁：我花自己的錢，關你屁事！

所以靜態有時候覺得，春花比她更幸福，因為有一個不用見面卻那麼篤定的愛人是一件美事。她們並排坐在沙發上看電視，靜態二十一歲，春花也二十一歲，上帝公平嗎？靜態想，當然不公平。同樣的二十一歲，一個是嬌貴的小女友，一個是勞碌的小保姆；可同樣是二十一歲，一個感覺風雨飄搖，一個卻已江山穩固。「俺男人說，明年就讓俺回家，結婚，生孩子，錢賺得差不多就不賺了。」春花說。

牛叔回來了，經過了一天的真忙或假忙，他顯得沉默而煩躁，他對靜態說：「妳給我倒一杯綠茶，加冰塊，不要碎冰。」

靜態爆發了。「我不是小保姆，你找錯人了！」

在那句話說完以後，靜態發現，她原來嫉妒春花嫉妒得都要發瘋了。春花不知如何是好地在一樓的客廳團團轉，靜態盤踞主臥，牛叔占領書房。春花最後給主臥和書房都送了加冰塊的綠茶，然後去睡了。

牛叔在冷戰一個小時後偷偷潛入臥室，靜態在手機上跟各路閨密吐槽。確認過眼神以後，牛叔知道靜態今天不好惹，閃退了。閨密們依據自己此時的情感際遇而給出靜態不同的回應。熱戀中的A妹說：只要妳改改脾氣，你們一定能相處得好。失戀中的B妹說：長痛不如短痛。永遠找不到對象的C姐說：為何還不知足？有些人連男人是什麼物種都快淡忘了。正在鬧分手的D妹說：還有什麼比自己一個人生活更快樂？

其實你發現沒有，當你遇見感情問題，你向別人傾訴，想她們給出個旁觀者清的解答時，得到的往往是她們依著自己心境的當局者迷的回應。

牛叔又進來了，這回是進來睡覺的。牛叔枕一個枕頭，抱一個枕頭。

你知道人什麼時候最自私？就是當他睡著的時候搶枕頭。二十一歲的靜態滿腦子都是振振有詞的理。所以靜態下床了，她故意把聲音弄得很大，可是牛叔沒有感覺到，依舊呈死豬狀。春花看到靜態下樓拿著包包走了，這時候，春花的十點鐘微信時刻又到了。靜態聽到春花手機的提示音，更生氣了，砰地把門關上，她承認她離開這裡有一部分微小的原因是春花，一個擁有愛情的保姆，得罪了她。

靜態偷偷潛回學校，這件事在第二天成了八卦頭條。著名的「愛慕虛榮小姐」被遣返了，真可憐，看看，這就是跟有錢人談戀愛的下場……難聽的話還有更多，靜態

1　意思是指商品（成品）與原本的樣品不符。

自己也能給自己編派不少。她生氣，蹺了一節課，去喝咖啡，整個人呈現蔫了的茄子那樣的紫色。沒有吃到兩個蛋的早晨，肚子餓得咕咕叫，喝了咖啡聲音更大了。咕咕聲使一個男生笑了起來，他遞過來一個三明治。「我沒吃喔，剛才買的。」

靜態看了看這個男生，大清早的，你也失戀了嗎，跑到咖啡店待著？靜態默默地吃掉了三明治。吃完一個還想再吃一個，就按照三明治上的店址尋去。遠遠地，一間綠色小鋪，整潔，清新，開在一株大榕樹下面。靜態又看到那個男生，他微笑地招呼。「又看見妳了！」他真是很客氣，又給了靜態一個三明治。

三明治小鋪就是大手開的，大手會在不忙時，到咖啡店坐坐，寫他的小說。然後大手遇見了他心目中的女神，紫色的憂鬱的靜態。

大手純純的好意讓靜態覺得感動，靜態忽然想到一件事，對大手說：「把你的手機號碼告訴我，我會算命。」大手欣然給了她手機號碼。

「答案過一會兒發給你，我走啦。」靜態揚長而去。

兩分鐘後，大手等到的答案是一個粉紅豬的動畫表情。大手不笨，他知道靜態的意思，於是他追趕上靜熊，說：「妳是說，妳就是我的命運嗎？那我的命運好美麗。」

靜熊再也不必每天六點被搖醒吃雞蛋了，她現在愛睡到幾點就睡到幾點。如果她願意，她可以去上上課，去課堂上嚼嚼口香糖，刁難幾句教授，撒幾句野。大家默默地說，那個奸妃她現在恢復元氣了？她居然還沒把她學的都忘了。

靜熊和大手的感情發展得很迅猛，就像殺人遊戲裡對答如流的兩個殺手。配合巧妙，天衣無縫，矇過員警，血洗村莊。大手實現了靜熊的愛情夢想，每天早、中、晚，他都會給她發訊息，各種各樣溫柔的話語，不愧是個會寫小說的啊。靜熊想起春花，她明白了春花的快樂。那種快樂就是很明確地知道，對方心裡記掛著你，你沒被忽略，你很重要。

牛叔在這期間的所有來電皆被靜熊遮蔽，微信已分入「前任」組，朋友圈不可見。所以，在某個傍晚，牛叔直接來到學校找人。

宿舍樓的周圍又沸騰了。「哇，賓士叔叔又來找小妞了，這次小妞居然無感喔。看來，錢也不是萬能的。」「這你就老土了，現在的小妞喜歡又年輕又有錢的。好像，那個三明治王子就是吧。」

大手真年輕，但他並沒有什麼錢，他只是三明治店的四個合夥人之一。所以當靜熊命令牛叔滾蛋之後，她和大手的晚飯只能在拉麵館吃。

拉麵館也好吧，只是不要有盯住人家大腿看的民工啊。靜熊想，下次和大手吃飯，還是不要穿熱褲而是穿上長裙吧。

飯吃完了，走在路上，大手拉住靜熊的手。當他還想靠近一點時，靜熊自己也沒想到會一把推開他。

她不知道這是怎麼了，她忽然哭了起來。

是委屈嗎？因為這頓飯吃得太寒酸了？還是說，想到以後要跟這樣一個只能請她吃拉麵的男生過日子而感到害怕？或者，是因為她發現她對牛叔並不公平，為什麼一個有錢人就要被愛情排斥呢？牛叔，可憐的牛叔只是沒有機會在一個三明治、一碗拉麵這些廉價的東西上展示自己的魅力啊。

有錢人也有有錢人的苦悶，不可能拿一根兩塊錢的冰棒對美眉說，我的愛冰清玉潔。說了也沒人相信。

靜熊對大手說：「晚上發微信吧。」她就一個人走回去了。晚上，微信沒有來，大手也許生氣了，也許死心了。牛叔找到了大手，告訴他如果他再纏著靜熊的話，會死得很難看。大手點頭如搗蒜。

靜熊坐在房間兀自失神，一個陌生號碼的電話打進來，接聽，牛叔渾厚的聲音壓抑著氣憤說：「妳知道嗎，我都被妳氣病了，正在醫院打點滴呢！」

靜熊很想說，你好死不死給我打什麼電話，我和你已經分手了！可是她說不出口，那一刻她發現她「內牛滿面」，不是一碗內蒙古牛肉滿族拉麵而已。她很悲傷地發現，她還是愛牛叔的，她愛他什麼呢？錢，沒錯，女孩愛男人的錢，但她們當中聰明的那些統統不承認愛的是錢，她們會說，我愛你的品德，我愛你的聰明，我愛你的才氣。其實，有錢的男人，一定是優秀、聰明、有才的，試想一個土鱉或笨蛋，他能變得有錢才怪！

少一點聰明多一點魯莽的女孩會老實說，我愛你的錢啊，然後把男人嚇跑。蠢的女孩會去愛沒錢的男人，她們當中幸運的那些會在苦日子過後嘗到幸福和財富的滋味。如果窮男人有出息的話，她們也會沾沾自喜，說自己很旺夫，但是往往這種時候男人變心了。

最蠢的女生愛了又窮又沒人品的男人。很奇怪，往往沒錢和沒人品是綁定在一起的，不信展眼去瞧瞧周圍的人。

所以靜態又覺得自己想通了一點點，她打回給牛叔。「那你在哪個醫院，我去看你。」對方嘆息一聲。「算妳有良心，我打完點滴來找妳。」

就這樣，牛叔拖著病體以及打完點滴腫起的手背到學校和靜態相會，還帶了一桶哈根達斯給她，讓她悠著點吃，女生吃冰的東西對身體不好。四十歲的牛叔已經開始講究養生，不過他還是願意縱容一下自己的小女友。這已是牛叔能做到的最溫柔，也許。人和人是不同的，你如果想要二十歲的愛，那麼二十歲的少年可以給你每晚一個小時微信的愛，但是他同時也只能給你「內牛滿面」的愛；而如果你想要四十歲的愛，那麼，你就要忍受他已經不是那麼浪漫，並且他可能有時真忙有時假忙。

靜態很想問，你假忙時都去幹什麼見不得人的勾當了？但是哈根達斯的堅果仁太好吃了，她決定吃完再問。也就是在這個時候，少女開始變成一個有點心計的大女人，然後她會不動聲色，然後她會老謀深算，然後她會為了自己的幸福學會捨棄，也學會謀求，然後她也老了。老到像牛叔那樣的年紀，她會想起春花嗎？那時候的春花會在哪裡？春花會擁有童話一樣的愛情嗎？

春花的愛情只有春花知道。

香水

愛欲之人，猶如執炬，
逆風而行，必有燒手之患。

錢德銘，他長得非常醜。

他具備一切激起畫家畫鐘樓怪人靈感的醜陋，我不想形容，以免我吐。但他是我的上司，經常叫我去他家裡喝酒。他多半在他女友不在家的時候叫我來。他四十歲，他的女友二十七歲，他們在一起六年，但從沒打算結婚。

沒有菜，他就撕開袋裝零食，往茶几上擺兩打啤酒，一邊看電視一邊跟我稱兄道弟，拍著我的肩膀抱怨他為什麼當不上頻道總監。他滿嘴酒氣，喝幾口就爛醉如泥。

他覺得他應該是頻道總監，他自認有才華極了。但他忘記了，電視臺人人都有才華，最後才華反而成了額外的東西。大家比的是才華以外的那些：心機、心術、謀略，甚至是長相。現任的頻道總監，是個英俊倜儻的老男人，有學歷，有經驗，曾經在上世紀八十年代演過電影，也當過主持人。

錢德銘的酒量不行，又很愛喝。喝醉了就倒在沙發上呼呼大睡。每次我從他家裡出來，如果我沒醉，我就會去找瑰寶。她多半在她的工作室玩電腦，有時候也會在酒吧裡等我。我們見面沒別的事好做，就是上床。

今年夏天的夜晚總是很涼快，風像老式虎骨膏那樣透著沁涼。我忘了說一句，瑰寶，就是錢德銘的女友。

但是當然我認識瑰寶比錢德銘認識她還要早。

瑰寶是化妝品公司專門請回來的香精設計師，她有一只好鼻子。她說她可以分辨四千種氣味，曾在里昂專門受訓過。我跟她初次相識是在從里昂去往阿爾卑斯山的火車上，當年，我們都在里昂讀書，利用不多的假日去遊玩。她那時二十二歲，還有一些介於少女和大人之間的蠢念頭，比如「相愛的人必須忠貞」這樣朱熹式的封建思想糟粕。她很明確地告訴過我，她不可能同我拍拖，因為她出國的學費都由一個男人擔負，她將來是要以身相許的，她不能做不義的事。

但此時她躺在我的懷裡，完美的性愛讓人靈魂出竅，她滿足地閉著眼睛，整個人安靜得像一枚半透明的螵蛸。

我下床穿衣，忽然摸到外套左邊口袋裡有一張細長白紙，我知道那是一枚香水標籤。這是我第二次發現西裝口袋裡有這東西了。這時候瑰寶也醒了，她走過來，拿過標籤嗅了嗅。「大衛．杜夫的 Echo，後味有牛犢粗野的小膻味。」

「你帶著這個幹麼？」瑰寶問我。

「不是妳放進來的嗎？除了妳，誰還會有這種香水標籤？」

我記得此前的一個星期，我口袋裡也出現過香水標籤，不過那件衣服已經放進洗衣機裡清洗，標籤應該是被扔掉了。不過這種小事誰會在意，我們互望對方，眼睛裡又有了火種，我們再滾到床上。那天我們在賓館睡到天亮，都沒有回家。

我是錢德銘的助理，白天我忍受他對我的頤指氣使，晚上我睡他的女人。對不起，我其實是喜歡瑰寶的。但這麼想的時候，我覺得和瑰寶在一起就更有快感。

瑰寶除了設計香精，自己也開著一間香水店。女人們聚攏到她的店裡，挑選她們喜愛的香味。瑰寶說，她會在下意識裡聞嗅著來到店裡的每一個女人，辨識她們，判斷她們。每一個女人都有各自不同的體味，與不同的香水作用，會產生不同的效果。

A女士有淡淡的狐臭。B小姐出汗多，體味很鹹。C女胖壯，一定愛吃肉，身體有極淺淡的、不易被人類察覺的野獸氣味。D女似乎總是貼著風濕藥膏，藥味令她難堪，她需要一瓶香水。

娛情也好，家用也罷，香水之必需，如同檸檬之於清晨，涼茶之於炎夏，窗臺一束盛開的白玫瑰之於昨夜凌亂的床榻。

據說有一個長得很像我妻子的女人來過香水店，或者，那就是我妻子？瑰寶用香水標籤在她鼻子面前輕輕搧動，讓她感受香水的味道。她欣然買走一瓶嬌蘭和一瓶古馳。出門之前，瑰寶照例說：「謝謝光臨，希望妳能喜歡這些香水。」女子微笑說：「其實我根本不喜歡香水，我只是覺得好奇，才來妳的小店。」

我第三次在西裝裡發現香水標籤，是我和我妻子的結婚紀念日。這一次我留心將它收起來，隔天跟瑰寶見面，她聞出這是嬌蘭的 Too Much，是她最喜歡的一款香水。但她笑我發神經，香水標籤又不是炸藥，不要那麼緊張。

那晚我們靜靜躺在床上，沒有性愛，僅是看著電視，喝酒。我們很快就喝醉了。然後我想起我妻子在這個晚上的生活，她應該很孤獨，但我不愛她，我不想和她在一起。可我也不想離婚，離婚很麻煩，再婚更麻煩。為了避免麻煩，我找到了新麻煩，因為這時我聽到瑰寶說：「我們這樣長久下去不是辦法，要麼，我們結婚吧。」

我記得我和瑰寶重遇時的情景，那是里昂相識的四年以後，她二十六歲了，在上海。她挽著錢德銘的手臂出席臺裡的聖誕聚會。他們兩個真的不配，一個太醜陋，一個太漂亮。我上前跟她搭訕，只說了幾句，我就看出這女人喜歡我。我們很快就有了交往。

現在，我想知道那些香水標籤是何人所為，我覺得應該不是我妻子，她是個研究鈈這種東西的女博士，對那些香豔的玩意兒根本不感興趣。當然，也不可能是瑰寶，這個千真萬確，她沒那麼無聊。隔不久，瑰寶又從我的西裝裡看到三枚香水標籤，並排放在一起，分別是古馳的 Rush，香奈兒的 Allure，以及一瓶 Y.S.L.。

瑰寶的表情開始變得驚愕。「你第一次發現的那枚香水標籤在哪裡？」

「已經找不到了。」

「我有了一個不祥的預感，我們的事，可能被人知道了。」

但這個世界上，能知道我和瑰寶姦情的人真的不多。我開始觀察我妻子的一舉一動，也許她在不動聲色中跟蹤我。但是她每天作息那麼正常，早上開車去科研所上班，中午和同事在食堂吃飯，晚上回家，三點一線從不改變。

如果不是我的妻子幹的，又會是誰呢？

電話響了，是錢德銘的來電。他好像已經醉了。「老弟，來我家，來喝酒。」他說：「今晚有個好菜，我燒的。」

他燒了一大盤什麼肉之類的，我只吃了一口。他的廚藝跟他的臉一樣差勁。喝酒到下半夜，忽然停電，我借此告辭。他們家不知道哪裡在漏水，一直漏到門外，出門時我踩了一腳的水，黑漆漆裡，那水一直流到樓下去。驀地我覺得有點恐怖，我三腳兩步下了樓。

樓外有一個近在咫尺的大月亮，那是一枚遠古的月亮，古老得似有屍斑。

不知道哪個祖宗積德，錢德銘在秋天的時候真的當上了頻道總監，因為那個前總監升了更高的職位。

他太高興，為此所做的第一件事當然就是請大家吃飯。

這是個大型的酒宴，他那坑窪不平的臉因為高興好像也平坦了很多，大肉鼻子在笑的時候一張一翕，像臉上伏著一隻癩蝦蟆。他對每個恭喜他的人謙遜而虛偽地說：「哈哈，情場失意，職場得意嘛！」他的這個解釋我倒也欣賞，喝了三杯白酒，我現在非常想找他的女友瑰寶，抱著她狠狠親她的小嘴。

我記得那天酒會結束時，錢德銘開車送我回去。當中我們會路過瑰寶的設計室。

「我這兒有個皮箱，要放到那裡。」錢德銘一邊開車一邊說。「放好了就完事啦。」

「今天是週末，她不會在吧？」我提醒他。

「沒事，我有那兒的鑰匙。」說完，車已經停在那間設計室樓下。

錢德銘從車的後備廂裡拎出一只大皮箱，非常大，看上去非常重。「需要我幫忙嗎？」我說。「不用，我還提得動。」他說。他將大皮箱提進那大廈的電梯。我就真的沒去幫忙，因為，這不關我事啊。

不知道皮箱裡裝的是什麼，那麼沉那麼重，他走路跌跌撞撞。

我只記得，他從那設計室回來時，身上滿是香水味。這款香水我知道，是卡文．克萊 Be，因為我也常常用。忽然有念頭閃過：卡文克萊的 Be，大衛．杜夫的 Echo，嬌蘭的 Too Much，古馳的 Rush，香奈兒的 Allure，還有一瓶是 Y.S.L.。把香水名字的首字母連起來，b-e-t-r-a-y，betray，「出軌」的意思。

我看著錢德銘，我好像根本已經不能掩飾自己的驚愕與恐慌。他卻快活地打個口哨，發動汽車，飆上公路。他的醜臉即使笑起來也很猙獰，世界上為什麼會有這麼醜陋的人？而且，這人就坐在我旁邊。

從那天起，我再也沒有見到過瑰寶。

噩夢中那只大皮箱滲出黑紅的水，一滴，一滴，一滴。

如果沒有猜錯，瑰寶的失蹤肯定是錢德銘所為。但我怎麼去追查？我的把柄全落在他的手裡，而他的罪證我一樣也不知。

只因你太楚楚動人

紅顏為何薄命，
也許因為紅顏都太不知足。

沈茶是一間高級餐廳的服務員。這間餐廳被時尚雜誌形容為「空靈禪意」、「有品味」，而其實所謂的「空靈禪意」，一般就是指餐廳門口有幾根竹子和一塊帶著流水的假山，掛棉紙燈籠和寫了漢字的簾子；「有品味」，則表示那是個又貴又勢利的地方。

但這個世界上的冤大頭不少，餐廳經常客滿。沈茶，是它的首席服務員。一間餐廳可以有很多服務人員，三十名輪班服務員，四名帶位小姐，兩名值班主任，兩名吧檯經理，兩位主廚，十位下手。但，首席服務員只有一名。

在安靜地向客人展示酒標以後，沈茶會在離桌邊三十公分的距離開酒，再輕輕拔出華貴紅酒的軟木塞。在男主人的杯裡倒進一口的分量，如果他點頭，她便從年齡最大的一位女士開始，斟往每個杯子。

首席服務員只為熟客服務，卻獨占最高的小費比例。以沈茶的專業與優雅，每次報酬是紅酒標價的百分之二十。

來這間餐廳的客人，大多是修養良好，且身分不俗的人。他們一般稱沈茶為Miss沈。但是這一天，沈茶被面前新來的客人叫成妹子。這位客人一個人要一間包廂，點一大桌菜，要沈茶幫他開最貴的酒，吃相惡俗。但是沈茶沒有權利嫌棄一位給她大筆小費的客人的吃相。那人說：「妹子，不瞞妳，我從來沒來過這麼好的地方。下次我還要來這兒請客，也請妳開酒，好不好？」

過了幾天，那人果然又來了。帶來了一批同他一樣顏色、一樣氣味的人。他們在安靜的酒店裡大聲喧譁，哪裡是在品味紅酒的美，分明是灌牛、灌豬。沒一會兒，那個人就吐得狼狽不堪。沈茶可真替那身新款的紀梵希心疼啊。說來奇怪，紀梵希這個牌子怎麼都是這種發財的村炮[1]愛穿呢？喔呵呵，叫得出名的紀梵希男裝愛用者還有郭德綱、趙本山。

那人醉得坐不穩，滑下椅子。他的朋友們忘了他，走得七七八八。沈茶上前叫醒他，搖他，他迷離地睜開眼睛。他雖是個俗人，卻也並不粗魯，要知道，越是俗氣的人越講究禮貌，即使醉成那樣，還是對沈茶客氣地說：「謝謝妳呀妹子，妳看我都醉成這樣了，真是不好意思。」

沈茶其實早就聽出他的株洲口音，也便用株洲話回他說：「沒什麼。」

他就激動了，到底是醉了，他大聲豪氣地說：「妳是株洲人？妳多大啦？結婚沒？妳要是沒結婚我就追妳，株洲妹子我最喜歡了！」

沈茶沒想到那個人又會再來，這次不是來吃飯的，是來求婚的。他往包廂一坐，點了幾個菜，不吃，只請沈茶為他斟酒，和她聊起天來。他比沈茶年長十歲的樣子，黝黑的臉皮，五短身材，這樣的長相和沈茶這樣的美人相比，真是天上地下，雲泥之別。好像自知求不來美人心，這人就不怕死地、羞答答地、厚顏無恥地說：「妳要是沒有男朋友，就做我的情人吧。」

沈茶還沒來得及生氣或臉紅，他又說：「我一個月給妳三萬，怎麼樣？」

這樣的一個男人——一個也許是彩票中了大獎，也許是投機發了家的男人，整個中國應該有很多。但是這樣的一個男人，泡妞泡得這樣明碼實價，也算他無恥中的磊落。人都要兩面看，活到二十九歲了，沈茶把很多事想得比較開朗，比較透明。所以她並不討厭這人的直白，就像在看一個小孩耍寶。

但沈茶知道，她應該，並且必須認為自己被羞辱了。於是她裝作慍怒地問：「你看上我哪點？」

1 形容不懂穿搭、土氣的人，帶有貶義。

「漂亮。」

這人並不知道，這間餐廳的服務生除了漂亮，還有很高的學歷。沈茶就是其中之一。沈茶是讀考古學的，六年前她畢業時的工作是去東北的一間研究所，當時所裡正發掘一處清代墓地，就等著新畢業生來當苦力。沈茶去山裡守著那座墓，在工人挖好土、扯好警示線後，開始整月整月地和小實習生們一起拿著馬毛刷子一件一件刷那些陪葬物。這樣的一份工作，真的很像是穿越到現代社會的舊時宮女，如同宮女執扇為帝王搧涼，她則是一筆一筆地刷去器物上的塵土，為文物搧涼，刷著刷著自己的頭髮就白了，而輪到坐在辦公室裡喝茶看報的資格還不知何年何月。想到此，沈茶就去跟導師說，她不幹了。

買了一張去廣州的機票。就這樣，她來到這間餐廳。

所以，面前這株洲人只看中沈茶的漂亮，顯然是大材小用。但是女人真的渴望一個男人了解她的全部嗎？聰明的女人是搖頭的。愛上漂亮的外表就足夠了，內心留給自己，留給自己慢慢挖，慢慢刷，慢慢堆砌或摧毀，如同一座女王的行宮。

沈茶是有男朋友的，認識男友也是在她工作的這間酒店。大劍是作為客人光臨酒店的，但他又不完全是客人，他是當天席間某位高官的保鏢。他是真正英俊的男孩，高大，健美，眼神裡帶著魯莽的純真。高官請完客，要走了。沈茶為客人斟最後一道茶。斟到大劍這裡時，沈茶知道，他的心思沒在茶上，他既緊張又呆滯，彷彿在用念力把時間延長，好能多與他面前這雙美麗的手相處一會兒。他看著她的雙手。沈茶有雙多好看的手，手背上有十個小酒窩，皮膚又白又細膩，指頭長長的、尖尖的，沒有戴任何飾物，手本身就是一雙藝術品。

沈茶為什麼會選擇大劍做男朋友，她也知道，她圖的不是天長地久，她只是寂寞。可是每個女孩年輕時都寂寞，不獨她一人。所以說，她還是軟弱的人，有自己的結點，慢慢瘀塞出頑症。那年她二十四歲，她想，過些年再換吧，反正男人有的是。但是五年過去了，她發現自己越來越懶，懶得連換個男朋友的想法都隨著每個晚上換下來的制服一起丟進洗衣機洗乾淨了。大劍喜歡幫她熨制服，一邊熨一邊唱著〈小蘋果〉那種流行歌，這樣家常的相處真是讓人喪志。

大劍每天早上六點鐘回到城南的公寓，他晚間要在他的「單位」工作，事實是替那位高官打更。他的工作其實比較低級，但是他衣冠楚楚，從來是一身黑或深灰的西裝、白或淺藍的襯衫，保鏢是不時興繫領帶的。所以有一次大劍說：「假如我和對手在高樓打起來，我被對手推下去，這時我的同伴一把抓住我，不巧的是他抓住的是我的領帶。妳說，他應該鬆手還是應該不鬆手？鬆手就摔死，不鬆手就勒死。」

沈茶把自己依偎進大劍年輕、寬厚、沒有一點汗臭的懷抱裡。

公寓是沈茶長期租下的，雖是長期租，可是又覺得隨時會搬走，於是他們始終沒有買冰箱。房東提供的是一個壞掉的冰箱，冰箱門打開，燈滅；冰箱關上，不知道裡面是不是會亮起燈。這真像某些感情的影射，攤開來是無驚無喜的夜晚般的平靜安寧，內心裡的不滿足、不痛快、長久的失眠卻只有自己知道。

株洲人再來的時候，沈茶有點慌了。沈茶沒想到他這麼執著，不是開開玩笑而已。他固執地說：「我還是那句話，妳覺得如何呢？給我個痛快回答吧。」

沈茶告訴他沒有可能，他停了一停，笑了。他沒為難沈茶，說：「那好吧，再見了。」又說：「以後遇到困難可以找我，我隨時幫妳。」

沈茶告訴手下的服務生來收拾碗盞，她站在窗前，只覺得從心腸裡湧起一股溫柔的悵惘。如果這事發生在別的女孩身上，她們會答應嗎？

冬天來了，廣州雖不太冷，但酒店裡出入的客人，那些貴婦，有人穿著最新款的香奈兒大衣。工作在上流社會的餐廳，雖然沒錢去買那些昂貴的衣飾，可是總還是見過的。那美麗時尚的衣服，沈茶也喜歡，而且她穿上會比任何一個有錢的女人更漂亮、更值得。可是她不會動用積蓄去買，她沒瘋。有時候沈茶清早醒來，翻翻衣櫃，翻出的是舊衣服，沈茶會悵然地想，要是答應那個人的話，第一個月的三萬塊，就拿去買件香奈兒。

沈茶給大劍發訊息：我想要新大衣。

大劍回：下個月買，好不好？

其實當然可以去買，現在馬上去買都行，他們不是沒有存款。可是怎麼會把三萬塊花在一件沒有太多機會穿的大衣上？大劍還計劃買房呢。所以沈茶知道，她發出去的只不過是一聲嘆息，而大劍回覆的只不過是另一聲嘆息。

就在那個上午，沈茶出事了。街上不擁擠，可是她被一輛車撞了。沈茶傷得挺重，躺在地上，沒有人走過來。中午的太陽居然很熱地曬著人，她覺得她的血像一小股洪水一樣流出來，鋪成血的毯子，把她環抱。此刻她不需要大衣，她需要的只是一個真實的人，一個男人，一個能救她的男人。

男人真的出現了，不是幻覺，是那個株洲人。

醒來時，沈茶已經住進最好的病房。醫生說：「小姐，您的腿骨折了，需要休息一段時間。」

沈茶說：「可是我還得上班。」

坐在病床旁邊的株洲人說話了，他告訴沈茶，從此以後她不需要再上班了，她以後全部的工作就是養病。株洲人守候著沈茶直到晚上。夜深了，沈茶問他要不要回家，他說他已經跟他妻子撒了謊。然後是長段的沉默，然後，打破沉默的是在一條斷腿上面，一個小心翼翼而又漫長的吻。

在疼痛之中，沈茶感覺到他的氣味。那個剎那，她忽然記起了什麼——一輛灰色的賓士、灰塵、刺眼的陽光、血，沈茶忽然聞出那人身上的味兒！

她狠狠推開他，然後把她手邊能丟過去的東西都狠狠丟過去，同時大哭起來。

後來，株洲人打電話給沈茶，向沈茶道歉，讓沈茶別告他，他願意給沈茶一筆補償金。他說他開車撞沈茶只是因為一時糊塗，他也沒想到在街上能碰見她，他實在太想得到她了，幾乎是用一秒的時間，他想到這麼個主意。他用的招數自認為非常聰明，可惜結果卻如此蹩腳。功敗垂成，沈茶也是後怕，差一點就因感動而答應他了。他說，這一切都是因為他太喜歡她了。

因為太喜歡她了，所以傷害她。

因為太喜歡一件東西了，所以摧毀它。

世界上有多少人是打著愛的旗子在犯明目張膽的錯，而又有多少人，把情欲、自私、占有，誤認成自以為是的愛情。

沈茶對「卑鄙」這個詞的全部理解，便來自這個她差一點愛上的混蛋。而她對愛情，或者說那種奇異而精彩的愛情已經完全不再期待。就在此時，她忽然明白紅顏為何薄命，那是因為紅顏都不知足，一而再、再而三地拔高對愛的期待，所以跌得慘。踏實點好。

二十九歲了，再過一年就要而立，人一生能遇見什麼樣的人，也是一筆六合彩，或者骰盅裡的數字。她押大的，結果命運要她贏在小的。

病癒後沈茶回到公寓，發現大劍把那舊冰箱扔掉了。他買了一臺新的雙開門的冰箱。冰箱裡整齊地放滿飲料、蔬菜、肉類、海鮮。不知為什麼，看到那冰箱的時候，沈茶覺得自己走不動也跑不掉了。有種繫著條黑領帶在街上跑，忽然被人一把抓住，勒緊，快要窒息的感覺。

還好，定睛一看，不是親人，勝似親人。

大劍也很可愛。

在從北到南的路上
我丟失了許多神明

「妳喜歡他啊？那妳拿去好了。」

雪從正月初一下到初五，先是正經的雪花，後來成了元宵大，再後來像繡球。整個城市的路都消失了。能走到街上去的人是勇者，他們走在齊膝深的雪裡像一隻隻地鼠。在我年輕的時代，沒有微博、微信，也沒有騰訊視頻，下雪這種事，不會像在當今這個資訊發達的社會被報導成「雪災」，那時候下雪就是下雪，天氣預報也毫不隆重地說「下雪」。

我從陽臺上拿了個被雪厚葬的凍梨。這梨的堅硬度堪比一顆鉛球。我把它放在涼水裡，它慢慢剝落出一個冰的圓殼。我咬破凍梨的皮，吸裡面的汁。這是蹺課的上午，或者說，其實所有人都默契地沒去上課，因為上課也不過就是集體除雪。我打算吃完凍梨再睡一會兒，這時候窗外響起了Beyond樂團的歌聲。

我再次走到陽臺，看到你站在樓下。你手持大鍬，全副武裝，歌聲是從你棉衣口袋裡傳來的。很有情調嘛，我想。看著你一邊鏟雪一邊唱著不地道的粵語，把雪鏟成了一巨型布丁。你把這布丁夯實，接著，你又開始從布丁肚子的部位往外掏，直到把它掏成中空。這樣，一個雪屋做好了。

跑來三五個小孩，他們興奮地鑽進了雪屋。最後你也鑽進去，歌聲在雪屋裡降了一調，還是很好聽。你和那幾個鄰居小孩在裡頭玩起來。

在我的凍梨吃完的時候，雪屋塌方了。

我看到滿身是雪的你站在那裡，小孩們跑散了。我在陽臺上狂笑。

你抬頭看到了我，你像狗那樣抖了抖身上的雪，也大笑起來。你說：「董小旺，出來玩啊。」

我們的城市如此小，可是貂皮大衣的占有率卻可以成為世界之最。商場裡會賣真的，地下商場裡會賣假的，真的假的都有市場。女人們也許賺著每月三千元的工資，卻幾乎人人穿著三萬塊的貂皮大衣。小城市的人沒見過什麼世面，所以特別捨得掏錢，發狠地攀比。

女人們平時把貂皮大衣放在衣櫃裡，冬天的時候，她們把樟腦球的氣味和貂皮大衣一起釋放出來，把城市熏得涕泗橫流。化雪的下午，滿街的髒雪，隔幾尺就撞見一個穿貂皮的婦女，騎著自行車經過她們時得小心著點，如果泥巴甩到了她們的衣服上，她們是會破口大罵的。

如此，我從小就被灌輸了一種奇特的婚姻觀：沒有貂兒是不可以嫁的。男方不能為女方買一件貂皮大衣，女方就有權毀婚，並把男方在所有人面前搞臭。可笑吧？可怕吧？所以十七歲的時候，我很憂慮，憂慮你到底能不能送給我一件由三十五隻紫貂壯烈犧牲拼接而出的天衣無縫的大衣？我真的沒有太多信心——最重要的，我忘了說——是你還沒有開始喜歡我。

從雪屋塌方那天起，我想我就開始喜歡你了。究竟為什麼喜歡，這沒法解釋清楚。也許是你給我的那個燦爛的大笑。我開始像一名地下黨一樣偷偷關注起你。熟稔著你的一切：生活作息、習慣愛好、行經路線、親戚朋友，我低調不聲張地做著一廂情願的紅顏知己。從十七歲到二十七歲，先是同學再是朋友，不敢說出自己的真實身分是一名暗戀者，最後以死黨的名義目送你從家鄉考去瀋陽讀博士。

從我們的小城市到瀋陽，有一種旅行巴士。每天早上五點發車，但要在城市的火車站兜上至少二十圈，八點整才正式啟程。每個週一上午，我們單位開例會，我通常都會蹺掉例會，坐上旅行巴士。

見到你通常是中午。「妳又來瀋陽幹麼？」你說。「替單位辦事啊。」我說。然後你會請我在你們學校外面的小飯館吃燻肉大餅，我們一邊吃一邊欣賞窗外經過的人群，瀋陽穿貂兒的婦女也不少。

有很多次，我想問你有沒有喜歡過我。

有很多次，差一點就說出來了，但隨著捲在大餅裡的燻肉又活生生嚥回去了。

年少無知啊，幸虧我沒有問你。要知道男人如果喜歡一個女人，他是不會等到女人主動來問的。

燻肉大餅的味道是愛而不得的沮喪，貂皮大衣是從沒被人喜歡過的華麗的孤獨。

後來，我當然見到了你的女朋友，冷靜客觀地說，她確實很漂亮。特別是有一個顯得很高貴典雅的鼻子。這鼻子很像後來這些年流行的整容鼻子。這鼻子迷倒了多少男生呢？每一次呼吸，每一次抽泣，每一回笑起來皺出的小紋路，每一個甜美的噴嚏。這鼻子又傷害了多少男生呢？每一次冷笑，每一次悶哼，每一次不屑地用鼻孔看人，每一次嗤之以鼻……我還在為鼻子走神，吳姝城已經站起身，穿上她的貂兒要走了，她對我說：「他今天有實驗，不能來見妳了，特意讓我來和妳說一聲。」

她明明是在說：「妳別再騷擾名草有主的男人了。」

貂兒是他給妳買的嗎？我很想問，嫉妒像野草一樣瘋長。那件白色帶著淺灰槍毛的貂兒真的讓我傷心欲絕。於是我說出這樣的話：

「我是打算將來和他結婚的。我的丈夫，一定必須得是他。」

現在想來，這算是誓師還是威脅呢？

回到我的小城市已經是傍晚了。巴士停下了。我像那種石膏看門狗，呆坐著，一動也不動。巴士上滿地的果皮紙屑，司機在清掃了，我還呆坐著，挪都不挪一下。他用掃帚碰我的腳，示意我該滾了。我從發呆中被猛然驚醒，嗷地尖叫，還把司機嚇了一跳。

拖著灌鉛的腿往家走，每一步都像有鐐銬。我是一名狂妄的勇士，有勇無謀，剛愎自用，「殺殺殺」地狂喊著衝過去，被人輕易一句話就擊敗了。

吳姝城是這樣回答我的——

「妳喜歡他啊？那妳拿去好了。」

真大方。妳看重的，我從來沒當真過，妳拿去好了。真厲害。

可是妳既然都沒怎麼在乎過他，為什麼妳還要霸占著他呢？為什麼妳不放棄他，讓他走上正確的健康的愛情路途，非要……害他呢？「是他自願的啊。」一問這樣的問題，我也能替吳姝城做一個特別簡練的回答，而且我不再有能力反駁。

她是真正的冷酷仙境，她或許早就應付過像我這樣愚蠢的女人。因為漂亮，因為聰明，因為有太多男生奉獻愛慕，她早就做慣了感情練習題，已經熟能生巧。一個不足以與她抗衡的我，不論是相貌、家境、學業、情商乃至發自肺腑喜歡的人，她都不必高看，因為，根本構不成比較啊！

內耗太多，我如同一位急症患者，急需補充一袋血漿。我來到我熟悉的餐館，點菜。熱呼呼的血腸，像小朋友玩的長條氣球，凝成棗紅的一段段固體。煮熟、切片，配以清淡酸鮮的酸菜湯。我不去想今天幹的這一票大事，和自取的這一段大辱。自然有人會找我問起。

但是沒有人問起。我以為這件事會從吳姝城那裡傳開，然後如同貨幣一樣默默流通，只要繞經幾個多嘴的前同學，就能傳進我們單位，直至傳回我自己這裡，以尷尬糟爛的姿態，標誌我最終成了一個笑柄。可是真的沒有，甚至連你都一直不知道。

一切如常，我在單位裡熬完了第一年，新來的人管我叫姐。

我不知道是該感謝吳姝城還是該後悔自己的所作所為，總之，我的心理更加矛盾，心思更加複雜，心情更加難受，心態更加變態……彷彿本有的羞恥又被添了一層釉彩，更結實，更顯眼，鋥亮鋥亮地閃著光。

但我不能放棄你。我怎能放棄你？你是一隻海豚，我夢中古老又天真的存在。早在我生而為人之前，就彷彿遇見過你。即使你與我不通言語，也會搭救迷途的我上岸。我還記得我們少年時代的事，關於白加黑和噴嚏雨的事——那是個清早，去往學校的公車裡擠滿了人。我被人群推擠，擠到你的身邊。在公車再也無法多塞一個人進來時，司機硬是下車，用手推，用腳踹，塞進來五個。這樣一來，我和你被迫以幾乎是面對面緊緊相擁的姿勢靠在一起。然後，你對著我，連打了十個噴嚏。

你連說「不好意思，我感冒了我感冒了」。我披著滿頭噴嚏雨，不知為何沒有發飆，我只是說：「我肯定要被傳染啊，同學。」

車到站，你與我分散在學校的人海。我望著你的背影，心裡湧動著一種難言的滋味，挺愉快，挺憂傷，也挺荒蕪。那天下午自習課，有人敲教室門，閃出一個漂亮的男生的臉，那是你。我們班全體女生都對你行了注目禮，而你只對我勾勾手指，示意我出去。我簡直是黃袍加身般地以昂首挺胸的姿勢走出了教室，讓所有人誤會吧！讓誤會有多少就來多少吧！多麼醉人的誤會，就讓所有人都誤會你在追求我，我求求所有人了！我暫時沉醉在這個小小的夢的泡泡裡，直到你遞了一個小紙包到我的手裡。展開紙包，一顆白加黑的白片[1]。你說：「希望妳不要感冒喔。」

那年暑假，我在電腦城遇見你。你在幫你家親戚打工，而我正要配一臺電腦。我跟你殺價，開著少年人才好意思開的玩笑。

「不能再優惠了，真的，這是底價了。」你說。

「那總得送我點什麼，不然怎麼好意思讓我刷卡啊。」我說。

「好吧，好吧，我用我賺的錢送妳個禮物。」你說，終於把我哄到了收銀臺前。

1 白加黑是一款感冒藥，日用藥為白色，夜用藥為黑色。

於是那年暑假，我真的收到了你給我的禮物，一條珍珠項鍊。

雖然對於你來說這是一條身不由己的珍珠項鍊，但對於我來說卻勝過世間任何珍玩。我始終戴著你送我的珍珠項鍊，十年了，珍珠畢竟是珍珠，跟寶石、木頭、金子不同，它是動物身體的一部分，一層淚痕一層鈣，再好的珍珠戴久了也會發黃。項鍊上的珍珠，越來越像一顆顆缺鈣的假牙，而不是珠圓玉潤的珠寶了。

秋天，你的爺爺逝世，我媽讓我去隨禮。小城市就是這樣，任何婚喪嫁娶都可能關你家的事。我在靈堂前看到你和吳姝城，她看到我，對我做了一個只有我和她能懂的鬼臉。那鬼臉好像在說：「不要拆穿我喔，我還是並不很愛他。但是騙騙他又有什麼不可以呢？如果他願意被我騙的話。」

那個鬼臉激怒我了。

為什麼世界上會有那麼漂亮但那麼無恥的人？

我衝過去打她。

人們一定以為我瘋了。

我還戴著你給我的珍珠項鍊，在我的脖子上，日久如同一顆蛀牙。對你的感情如果是一顆生蟲的蛀牙，那麼失去了愛情的我就是那個留在原地的血洞。整天豁著疼痛的裂口，沒有止痛藥，不能癒合。

人們把我架走，他們說我瘋了，在別人家爺爺的葬禮上發瘋。

我渴望你來找我，寬慰我說，其實我沒有做錯什麼，反倒是為了喜歡的人去跟人單挑挺有骨氣的，這讓你對我刮目相看。我渴望你對我說，妳是天真又好的女孩，從沒壞心眼，也沒欺騙誰，更不勢利，所以我沒有生妳的氣。我渴望你對我說，我喜歡妳的大膽，我喜歡妳是因為妳勇敢、直率，而且妳對我特別好。

可是你一直沒有來找我，直到有天，我們在路上遇見。我們都快三十歲了，你還泡在學校裡，只有寒暑假回家來待幾天。而我還在那個小單位做著每天必做的假帳。我覺得我們足有七老八十了，老到可以釋然一笑泯恩仇。我對你尷尬地笑笑說：「呵，T恤穿反了啊。」你看看縫線朝外的T恤，連尷尬的笑也不肯笑一下。

你沒有喜歡過我。從沒有。不僅如此，你還有點恨我，恨我打了你的女朋友，你記著仇。

我必須面對事實了，面對我浪費的似水流年。在青春年代，我不是那麼幸運，我遇到了不喜歡我的人，可我卻著迷於你，直至受到傷害。但我並不恨你，因為你一樣也很無辜，只是順從本能，為了喜歡的人而如我一般在努力罷了。

此去經年，我再沒有見過你。我倒是見過吳姝城。她最終成了一名美麗的女「海龜」，在海外兜了一圈回來，與我重逢。那年，距離我們畢業已經二十年，我已經離開家鄉，鬼使神差地來到北京定居，我請她吃了一頓飯，她旋即又飛回美國。吃飯的時候，我跟她絲毫沒興趣提起你，我們剩下的好像只有故人重逢的親密。不騙你，是真心的。人真的很奇妙，我們忘記了愛恨情仇，只記得我們應該算是親生朋友。

但是出了餐館，頭上的酒被冷風一掃……我聽到吳姝城說：「分手後，他來找我。我對他說，你知道嗎，小旺比我更喜歡你，我把你讓給小旺了。」

「為什麼要那麼說？」我問。

「因為我也是一個驕傲的人啊，對妳，對他，對誰都是。即使是自己非常喜歡的東西，也絕不用低姿態去搶。」

「那妳……喜歡過他，對嗎？」我又問。

「喜歡過，很認真地喜歡過。」吳姝城說。「如果沒有喜歡過，我為什麼要和他在一起呢？小旺，就像妳喜歡他一樣，我也一樣喜歡過他，別小看妳。」

「嗯，好，我們都很認真地喜歡過他。」

關於你，我們的討論到此打住。有點過分是嗎？我們這樣討論了你，在十年後，以坦白的語氣討論了我們是如何愛過你、放過你、失去你。我們的故事裡，每一個都說著實話，沒人撒謊。可是我們卻感受到如同謊言的傷害。

塞外的風吹來，北京的霧霾之夜裡有細細的沙塵。我呼吸著帶有顆粒物的空氣，胸腔塞滿回憶。我始終當你是一隻游弋在深海的自由的海豚，淺藍色，有微笑的酒窩。那一年，初雪停止，晴風之下，你額髮被吹亂，露出明亮飽滿的額頭。可站在你面前的我，只是一個普通、愚蠢的女生，還不懂得有時候為了得到愛，人應該學會使用迂迴輾轉的手段。

吳姝城回了美國。

我該去哪裡？

我想回到我最初的小城，閉塞又害羞的小城。我想找一個人，他肯花重金為我購置貂皮大衣，一件由三十五隻紫貂皮拼接而成的大衣。那個人深深地愛我，願意為我傾盡囊中所有。

我該買一張車票嗎？

在從北到南的路上我丟失了很多神明。

在從西到東的路上我能撿拾回什麼？

氓

美是運氣，
美也是人生負擔啊。

三千多年前，我們的老祖宗在田野間勞作，看到一個哭泣的女子。他們覺得她既可憐又蠢，便為她寫了首歌。

後來，宮裡派來了採詩之官，把這首歌整理、編輯，交給王。王聽後也潸然淚下。再後來，有一個叫孔丘的總編，想要討好王，便把所有的詩一共三百零五首，編成一本雜誌。這就是《詩經》。

于嗟鳩兮，無食桑葚。于嗟女兮，無與士耽。士之耽兮，猶可說也。女之耽兮，不可說也。

「說」是通假字，同「脫」，「解脫」的意思。

三千年過去了，這話至今都有道理。

我還記得我十五歲那天早上的事情。

和平常一樣，我來到教室。人已差不多坐滿。我儘量輕輕地走路，讓鞋底和地面摩擦的聲音減小到不能再小。我從不想引人注意。

但是整個教室裡有一種低低的氣壓，預示著我將得到的驚喜。

我坐下，發現書桌裡有一隻熊。把它撿起來，它的眼睛會動。捏它的左手，它說出一句英語髒話。捏右手，它會錄下你的聲音。把它再放下，它會撒尿。這是我同桌送我的。他說，生日快樂。

之後，斜後方對角線的角落裡有人透過十隻人肉信鴿，將一枝鋼筆傳遞到我手裡。還有一張紙條：已經灌好墨水，祝妳生日快樂。這是來自班長的示好，灌好墨水的派克筆，重點在於體貼入微。

再之後，前面的前面，有人喊我。我還沒反應過來，一朵花砸中我的頭。花落在桌面，花莖上纏繞著一串項鍊，項鍊的珠子都很大顆。我知道，把這條金鍊子放在水池，它不會浮上來，它是真24K金的，來自父親開金店的男同學，大手筆。

我該接受哪一份禮物，再把剩下的退還呢？

他們都喜歡我，可他們喜歡的是我的靈魂還是我的外表呢？我的人生從我出生起就被讚美包圍，他們無一例外地說，真漂亮啊。

可是漂亮並不是漂亮的這個人本身的功勞啊。那只能說是她父母碰巧把她製造得好看，跟她自己是完全沒關係的事。

但人類就是這麼膚淺的生物，愛情說穿了是皮囊的吸引。

大學一年級，丁微每天會開車來我們學院的宿舍樓下，喊：「傅雲子，妳再不下來我的車要被開單啦！」他喊了十幾次之後，宿舍的姐妹一聽到他喊就會說，傅雲子，妳男朋友來了。

我也喜歡丁微。在此之前，他還有一個重要的形容詞，他是「爸爸是省臺頭條新聞裡常常端坐首席的人」。

世間有這樣的悖論：一個美女嫁給一個富人，那肯定代表這個美女貪慕榮華。可是一個美女如果嫁給又醜又窮的男人，人們不會說她人品出色，只會說，她好蠢啊。

氓之蚩蚩，抱布貿絲。匪來貿絲，來即我謀。

三千年前的那個男人也不是窮人。在一切都靠農耕手作的古代，他已經在做貿易了，所以他是有錢人。他當然吸引女性，不論是美女，還是醜包。

丁微總說要去我家裡拜見我的父母。終於在大二的暑假，我帶他到我家。他大概這輩子也沒爬過樓高六層卻沒有電梯的板樓。樓道裡的感應燈年久失修，每上一層樓，都要大聲咳嗽一下。

丁微說：「妳為什麼不唱歌，一直唱上去！」他心情很好，很興奮，隨口唱出一句和他年齡不搭調的老歌。「敵人腐爛變泥土，勇士輝煌化金星。」一曲革命歌曲唱完，他敲開我家大門。

我覺得他也夠壯烈的，捨生取義，來到這間坐落於城市直腸裡的，不足十八坪的民居。

丁微很會和長輩聊天，看得出來，他刻意要讓我爸媽對他滿意。而我爸媽也為款待他拿出了一生裡最多的熱情，還買了很多海鮮。有了這樣的前提，他們暗中達成默契，結成了一個聯盟。

幾句話之後，我爸媽的話匣子摟不住了。我媽喝一口酒，說起她小時候在海邊的生活，她吃過鯊魚肉呢！

我媽繼續說：「鯊魚肉很粗糙喔！」

我用眼色示意她不要說下去。

我媽繼續說：「分配每家砍一塊魚肉回去，結果還是搶了起來。」

我無法阻止我媽沒見過世面的談吐。

丁微說：「我倒是沒吃過鯊魚肉，要說鯊魚身上的東西，我只吃過牠的鰭。」

他是吃魚翅長大的。我是吃鯊魚肉的女人生下的孩子。

我不知道當時的我為何會難堪，我很在乎失去丁微嗎？我並不啊。他對於我非常重要嗎？也並不啊。像他這樣的男生，對於當年的我來說，實在不難找。我大可以挑選更好的。我怕什麼？

我怕的是自己的心，那心被虛榮、驕傲和所謂的骨氣撐滿，稱不上上等。

所以說，有美麗的外表，不一定代表就有美麗的靈魂。莎樂美很美，約翰不要她。她跟希律王說，她可以為他跳七重面紗之舞，但條件是她要抱著約翰的人頭。希律王命人砍下約翰的人頭，莎樂美抱其頭擁吻。

我媽從小教育我，要嫁給「家境殷實」的男生。當然，她也說過「人品好」、「有教養」、「對妳好」、「踏實」……但她又說回來，重點是有錢。

為了讓我讀上那所有錢人的孩子才能念的高中，她賣掉了我家住的那間地段不錯的房子，換成地處偏遠又非常小的二房室。而我爸則辭掉了化驗員的工作，去經商，為了多賺點錢，連原子筆都批發了做。

我們出生之時，靈魂都是一模一樣的，如同軟軟的麵團。是媽媽捏幾下；爸爸捏幾下；祖父母、外祖父母、親戚們各來捏幾下；無端的路人，不分好的壞的，捏上幾下；再長大，老師、同學、朋友又捏幾下；我們才擁有如今的靈魂。

所以我的靈魂，一開始就被形塑出觸角，專門用來辨識優秀的男生。普通的男孩在接近我之前，慌不擇路地逃跑，化為泥土。不跑的，那是真正的猛士，是羽化為星辰的男人。

我們大一下學期上選修課，學長們向我做經驗介紹：外國文學選讀這一科特別好過，只要演一次戲。

還真是演戲啊！老師把十本巨著用五天講完，就給我們分組了。十個組，每週的課就是抽籤選一組來演一本名著。演好的，全組九十分以上。中檔的，可以及格。演得不好的，補修重演。

我被分到《陰謀與愛情》[1]組，為了得到高分，我們決定拚演技。我反串斐迪南，一個男生演露易絲，最後這對苦命鴛鴦還要一起死。為了演得比較像那個悲傷絕望的斐迪南，我們設計了一些細節，比如在劇中抽菸、喝酒。

但是我得罪了老師什麼呢？那個老師說：「斐迪南這拿菸的手勢，太好笑了！」她學我拿菸的樣子，以食指和中指夾菸，她說：「這是女人的，不是男人的。」

她諷刺我：「別把自己那一套帶到課堂上來。」

大家都被突如其來的冷場嚇住了。

這時候，教室後排有人站起來說：「老師，傅雲子怎麼了？什麼叫『自己那一套』，請妳給解釋一下。」

老師生氣了。「你是誰？」

男生說：「我叫項羽。老師，這只是演戲，我們又不是專業學表演的。」又說：「老師，他們演得很好啊，倒是妳今天怎麼了，妳還好嗎？」

項羽，我彷彿第一次見到。他是被我的觸角觸摸不到的那種人。老師說：「不論你是誰，你也跟著他們一起補修。」我想我有必要開始哭了，不哭對不起群眾。同學們為了表示支持我，全體離場。這件事鬧得全校都知道了。都知道一個更年期女老師欺負了校花，有男生被連坐。

我於是認識了項羽，他跟我一起補考，這次他演斐迪南，我演他的愛妻。

我們下了血本。硬體上：租來了港劇律師的假髮，還借了古代歐洲少爺、小姐的戲服。軟體上：臺詞少的同學，可以早點回去吃飯；臺詞多的，留下對戲。我和項羽坐在教室，苦練臺詞。

練了三遍，他說：「我可以抽根菸嗎？」

我注意到男生原來是用拇指、食指和中指拿菸的，這是爺兒們的姿勢。

他拿菸的動作有點佻達，有點放肆。他說：「看什麼？」我說：「沒什麼。」「那繼續練？」「繼續。」

練完了他就回去了。半路遇見跟他要好的男生，他和他們說笑打鬧——我居然在遠遠地跟蹤他，這連我自己都驚訝。

他對於我來說，是一顆星星。遙遠、迷茫、不可觸及，因為他並不喜歡我。

他怎麼會不喜歡漂亮的我呢？我的自戀和自負、自私和自卑都被他激發出來了。

1 《陰謀與愛情》是德國劇作家席勒的知名劇作，描述一段因階級衝突而造成的悲戀：宰相之子斐迪南愛上樂師的女兒露易絲，宰相為了拆散這對戀人，藉故逮捕樂師，並因此脅迫露易絲寫一封情書給宮中的侍衛長，並設計讓兒子斐迪南發現。不知情的斐迪南妒火中燒，衝動地下藥毒死露易絲，但露易絲在死前說出真相，懊悔萬分的斐迪南因此喝下毒藥殉情。

以「自」開頭的詞語真沒幾個是好的啊。我想那難言的滋味，那自戀、自負、自私、自卑也許就是愛情。

乘彼垝垣，以望復關。不見復關，泣涕漣漣。既見復關，載笑載言。

那些天我特別渴望排練。

一群人又在文科樓的天臺聚集了，不重要的角色終於去吃飯了，留下我和項羽。他說：「歇會兒，我放飛一下心情。」他拿出一根紅雙喜。

我忘記把目光收回，在女追男這種事情上，我是生手，學不會「綠茶們」慣用的伎倆。「綠茶們」在這種情況下是不是就會說，覺得，嗯，你拿菸的樣子挺好看的，呵呵。

我只是傻乎乎地看著他，

他忽然走過來吻我。他還吻偏了，一嘴巴吻在我嘴角。他重新抱著我的頭，看準了，再吻對了。

吻完了，我說：「怎麼辦？我有男朋友。」

他笑了笑說：「妳想怎麼辦，就怎麼辦。」

我和丁微分手了。

五年以後的一天，我跟項羽說，我們不如生一個小孩吧。

於是我去逛街，帶著溫柔的母愛買了很多玩具、安撫海馬、嬰兒洗髮精、榨汁機、床鈴。

項羽說：「可是這樣我們就不能買車了啊。妳看，孩子還沒生出來，可車每天都要用啊。」

他又說了一句比較有殺傷力的話：「我們還沒有結婚。」

是啊，我們沒有結婚。容我小人之心地猜測一下，我們不結婚的原因也許是，美也是令人沒有安全感的啊。

桑之落矣，其黃而隕。自我徂爾，三歲食貧。

我真討厭「貧賤夫妻百事哀」這句話。因為我從小就被告知，妳應該和家境好的男孩子做朋友。我真厭惡這樣的教唆。

那年我確實很想有一個自己的小孩。

也許女生都會有這樣的時期，不管是二十五歲、二十七歲還是三十一歲，反正長著長著，忽然就想繁殖後代了。這種時期也不是年年有，錯過這村沒這店的感覺。我還害怕錯過這種盛情盼望一個小孩的心情。

如果我有一個小孩，把自己的美麗遺傳給她，並且告訴她，將來找一個不會因為多一件玩具就和妳冷戰的丈夫……不，我為什麼會這麼想？我莫名其妙變成了我媽，好可怕。

冷戰期間，我出差。還有故事在發生。同我一起出差的主管，在半夜兩點打電話到我的房間，說：「妳過來一下？」

我沒去。

所以我又失去了工作。

美也是人生負擔啊。

出差回來我和我媽喝酒，我媽說起她小時候的事。她說：「妳戴的這個髮圈，要是我小時候有一個，戴著去上學，那全校的女生都會排隊來欣賞。我那時那麼漂亮，再有這個髮圈，我喜歡的那個男生一定也會看到的。」

「男人不會因為妳多一件飾物就對妳刮目相看的。」我打擊我媽。

「在我那個年代，會。」我媽堅定地說。

「那妳喜歡誰？」

「我喜歡妳爸啊。」

「那妳不是最終得到我爸了嗎？」

「但不是妳想的那樣，沒什麼意思。」

我媽和我爸有怎樣的故事，我不得而知，她也不告訴我，反正不是《山楂樹之戀》那一類。問題是，她也沒嫁給有錢人，憑什麼要求我這樣？

她可能想說的是：喜歡是一回事，生活是另一回事。

她嫁給了沒什麼錢的我爸爸，她覺得吃虧了。

可是嫁給有錢人又能怎樣呢？生活到頭來都會「沒什麼意思」的。

我聽說丁微結婚了。

我對自己說，我也會結婚的，我不會因為漂亮而過上不幸的生活的。

第二天，項羽來接我，他見到我就說：「我們結婚吧。」

我媽在樓上咬牙切齒地說：「你們休想。」

但我還是跟項羽結婚了，而且有了小孩。那些玩具都派上了用場，只是我不覺得我還愛著項羽。我媽說的故事，我好像終於能懂一點點了。他抽菸的時候我不會盯著他看，只會說，去陽臺去陽臺去陽臺。

但是我知道我對他有另一番情義。當我們一起把孩子的尿布打開，看到一泡新拉的屎，一起讚美其成色、質地，還一起聞了聞，然後我去丟掉尿布，他給小孩洗屁股。這種時候，我知道我們到老也不會分開，情義無價。

三千年前，那個女人還在每一本《詩經》裡哭，《詩經》每年要賣掉一千萬冊吧？

嫁給有錢人又有什麼好呢？最後讓後世的人看笑話。一千萬個後人看到那篇〈氓〉，九百萬個人覺得那裡面的男人就是個流氓。剩下的人知道，「氓」字是「人」的意思，古代的所有男人都可以泛稱為「氓」。說回來還是流氓。古代中國婦女真是悲慘呵！

現代社會進步多了，女人可以選擇她想選擇的生活。

不一定非得嫁給有錢人的，不論美人還是醜包，不一定的。只要妳自己願意，嫁給窮一點的漢子，只要妳覺得快樂就行，妳就很牛逼。

當美麗不再是負累，脫掉它一如脫掉穿山甲厚重的外殼，我把我那被捏造後、變了形的靈魂攤開，風乾，碾碎，磨成粉末。它雖不能還原為最初的柔軟隨和，但和小孩父親的那一份一起，平鋪，二合為一，再分出三分之一，給孩子，還是能用的。

淇則有岸，隰則有泮。總角之宴，言笑晏晏。

我希望我的小孩是因美而自由的人。

黑洞

光都無法從其視界逃脫，
何況區區一個女子。

萱冠一直迷戀著黑洞的傳說。

據說人如果被黑洞捕捉，在一剎那，身體即會化成億萬碎片，而碎片又會不停地碎裂，成為更多、更小的碎片。像塵埃或霧，或一團星雲，在宇宙深處湮化——全宇宙最小的星雲，不同的人也許會有不同的顏色。

萱冠覺得自己會是比較憂傷的利休灰[1]，或者是那種只有用通感的手法才能形容得出的，介於雨天、寂寞，因色盲而分不清楚一朵丁香和一顆星的，很無端的淡紫色。

如果可以有那樣的死法，萱冠很願意一試。

怎樣從一段失戀中走出？萱冠的答案是唯一的：開始下一段戀愛。

親朋好友，報章電影，他們都說著張口就來的大道理。然而萱冠認為，在失戀這

1　一種獨特、優雅的灰色系，是日本江戶時期的僧人久保利世在茶道書籍中命名的顏色。「利休」出自於日本茶道創始人千利休，他力求簡單無色，讓茶人穿著中性灰色的服裝，因而得名。

件事上，說大道理的人都應該被塗上屎，拴在地鐵後面拖著飛。他們說「時間是治癒一切的良藥」、「去旅一場很久的遊」、「大吃大喝」、「瘋狂購物」、「拚命工作」……這些，不都是自欺欺人嗎？所以對於失戀，萱冠除了憎恨失戀本身之外，也恨那些勸導她的人。對於她來說，唯有開始下一段戀愛，才能真正獲得拯救。

萱冠失戀有一段時間了，現在，每晚需要吞服一片佐匹克隆才能入睡。綠色橄欖形狀的小藥粒，非常非常苦，苦得就像人生本身。萱冠也是在二十七歲的高齡，才猛然驚覺藥是苦的。小時候，藥片總是被母親混著糖丸給她吃，她根本以為，生病好快樂，因為很多藥都是甜味的。

似乎人人都知道丁萱冠失戀了，萱冠的身邊，忽然湧現出一大堆關心她的人。「喲，瞧妳瘦得，得多吃點啊！」「氣色不好呢，親，怎麼連妝都不化了？」「別想那麼多，聽說妳失眠，去試試針灸，管用的！」這些人拿出一副好心腸的樣子，忙不迭地要告訴萱冠：真沒想到，妳也有今天啊！

是的，那場愛情太熾烈，如同太陽趨近地球，日珥舔舐印度洋，整個海水煮沸冒泡——世界末日般的愛情，是遭嫉妒的。世間太多尋常人，連什麼是愛情都不清楚，連個像樣的戀愛都沒談過，就老了。所以，萱冠的那場熱戀，燙痛的不只是身邊的熟人，可能連路遇的陌生人，看到這女人桃花滿面、瘋了似地跟男友分吃一個霜淇淋，也會拋出一句「噁心」。

但真的就有那麼快樂，有那麼愛。對方是一個配得上她的男人。萱冠的美貌與聰明，放在任何男人手上，都會有折墮之感。總覺得如果對方聰明足夠，相貌和氣質就差了。如果對方看著順眼，則又顯得不夠有智慧。但在他手上，不會。

所以，也是活該，活該很快就分手。因為萱冠沒有好好學習，學習任何女人一生都不得不學的一句話：太完美的男人是不存在的。

時間消融了萱冠，三年，她變成在她自己眼中也平平無奇、不再能說笑話、不再能在對方說笑話的時候反咬一口令其哈哈大笑掐著她的小臉說「妳真可愛」的那個丁萱冠。在一次下班之後去超市，她碰到當時的男友，他也在買菜。兩個人都在買菜，但她知道他先看到了她，他沒有打招呼。她呢，看著他的背影，也沒有走上前去。這樣，兩人在超市裡各自逛著，儘量避免逛到對方那片區域裡，然後再各自提著購物袋回家。回家，一起做了頓飯，雙雙不露聲色地吃完，收拾碗筷，倒兩杯龍井，幾乎是異口同聲地，談到分手。

她蹺掉下午研究所的實驗，去壁球館打壁球。

壁球如同人生的暗喻：擊打得越用力，它彈回得越帶勁。傷痛也是如此，太在乎，也就太容易覺得痛。人只能學會不在乎。

導師對萱冠說：「實驗可以不來，但考試過不了，我可管不了妳。」

現在學術界都年輕化了，導師帶的這班小研究生們，最老的一個就是萱冠了。導師自己也很年輕，四十出頭，博士後。

萱冠感激導師的理解，拚全力擠出一個苦笑，說：「有適合的人，請介紹給我。」

記得分手後的幾天，還一直吃著那天買的東西。優酪乳，牛奶，果汁，蘆筍，香菇，娃娃菜。一邊哭一邊吃，一邊想念著和他在一起的時光。可是理智告訴她，他們已不可能再回到當初，甚至，因為一顆有潔癖的心靈，萱冠不允許自己和他再見面。

導師問要不要去國外遊玩，萱冠跟著去了。於是她認識了新的男人，因為這個男人的出現，她才知道，原來戀愛這種事真是學無止境，運氣好的話，妳總會遇見更精彩的對手。

初次見到吳折蓮，他要跟著朋友去海釣。海釣很辛苦的，他們要留下所有的女人在岸上，讓她們找會所「馬殺雞」。作為代價，吳折蓮要為所有的女孩買單。跟外國店主講價，萱冠發現他居然會講泰語。當天他穿得像菲爾普斯，因為圖方便，打算在船開到海上時跳下去游個暢快的泳。他有好看的身形，又瘦又精神。人的身材也分多種，有些人看上去也高大健碩，但是健碩得那麼土氣。他則不，他恰到好處。

其實他從外形上收穫萱冠的注意力，是到達酒店的第一天夜裡，他游泳的時候。當晚下了飛機很累了，大家都沒去游泳，他咚的一聲跳進酒店的游泳池。月光下，一條男人魚。萱冠是個喜歡細節的人，盯著筆直而削薄的肩看了看，她對吳折蓮說：「我不按摩，我要去海上。」

吳折蓮說：「真的，妳吃得消？」他眼睛亮了，看著萱冠，其實他們也不是不歡迎女人上船，只是怕那些女的半途受不了顛簸而要求返航，破壞整體的安排。他看著萱冠的臉，似乎斷定她不是個矯情嬌氣的姑娘，於是他說好。他們船上正愁沒個美女來惜英雄，釣上來大魚一群爺兒們瞎高興有什麼意思呢，旁邊有美女負責尖叫那是最來勁了。

當天海面大雨，遠遠地可以看到氣旋將烏雲逼進狹窄的礁縫。大雨，海面上的大雨比陸地上的雨暴烈多了，人處在其中，有種身世滄桑之感，才會體悟人是如此渺小，如此形同螻蟻，而胸口的熱氣又是這麼的寶貴，生命真是一筆神奇的意外之財。

他們在萱冠的尖叫中拖住一條因貪饞魷魚碎塊而中招的金槍魚，那魚太有力，中獎釣到牠的人收竿慢了。萱冠看到吳折蓮推開那個不中用的人，坐在椅上，信手搖回尼龍魚線。大魚被拉上甲板。活的，閃著銀光，死之前，來個翻騰打挺，船跟著小小地搖晃。

他們在雨中殺魚剖肉生食。

當晚回岸上，吳折蓮的電話就來了。他單獨約她走走，他們去熱鬧的集市與酒吧區。這一次萱冠想喝醉，雖則她還不太認識他，只知道他是同學的朋友，一起拼團來玩的。但是他給她可以交談、可以懂得的感覺。不多見啊，能遇見這樣一個有感覺的人。遙遠的信任感，親切的陌生人。他告訴萱冠他才從國外回來，沒有工作，沒有住處，沒有錢。三無人員。

他聽說她有一點點感冒，問她想吃什麼。

萱冠無意地說，什麼都想吃呢。

「妳是《紅樓夢》裡的人嗎，病了卻吵著要吃的？」工科博士，能隨口說出《紅樓夢》的細節，萱冠又給他加了分。

然後他為她洋洋灑灑點了一桌的菜，太誇張了，萱冠記得他最後硬給她再點了一份冬蔭功湯，以一副不容拒絕的樣子。一頓飯吃完，他結了帳，付了小費。然後說：「我破產了，一個子兒也沒了。所以，妳可不可以請我喝杯啤酒？」

那一夜的酒與人生，是整個人類歷史中堪稱絕色的一筆，萱冠堅定地認為。有關愛情，也許每人有不同的感觸，但萱冠知道，她得到的足夠華美，足夠華美得讓人落淚。

就這樣，萱冠有了新男友，她等了二十七年的男人。她曾一度堅信會和他走到老。他有一個習慣是兩人走路拉著手時，他總愛用大拇指摩挲她的手。尋找她手上最軟最細滑的皮膚，像個貪戀綢緞舒服而撲在細軟的料子上睡著了不肯離開的孩子。

她曾經問過他之前的情史。他答得乾脆，相親。

他告訴萱冠，相親也有相親的好處：可以慢慢提升情商。比如，他終於知道相親結束時，如果有一方說出「常聯絡」，就一定代表不再聯絡。

他跟萱冠講起他相親的經歷。他總結道：男人的想像力沒有女人好，所以在相親之前，只會把對方設想成一種類型：美女。而見到實際的人，往往沒有他們想像中漂亮，他們就會很快失望。所以，相親這種事，女人失敗的概率比較大。

「那如果我們是相親認識的，你會對我說『常聯絡』嗎？」萱冠笑著問他。

他凝視萱冠，認真地說：「是的啊，我會說『常聯絡』，想每天見到妳，一日不見如隔三秋。」

「那你看上我哪一點？也許只是，我沒有讓你失望，我是美女？」

「不要驕傲，美女我也見得多了。」

他沒說謊，甚至真實得有點謙虛，事後萱冠會知道，他不僅美女見識得多，醜女、平庸女也不放過。他之前的戀愛，可以用一個簡單的詞語總結：跑量的。在某個時間段裡，萱冠是出類拔萃的。還記得在這段戀情的開始，有一次，兩人去看Eason的演唱會，下一首歌是〈黑暗中漫舞〉，Eason對臺下的人說：「請問，有沒有一文錢啊？」有人給Eason一枚硬幣，Eason走到臺上，對木馬投入硬幣，坐下，晃起來，音樂響起。

在那一刻，萱冠覺得她的肩膀被他攬住，那時候她覺得，她是一個幸福的女人——自上次失戀後，她終於又是一個幸福的女人了。

不必再孤單，不必再忍受一個又一個寂寞的節假日，不必買了好吃的水果一個人吃不完眼看它們在冰箱裡變成乾屍，不必一個人去吃火鍋被那些沒見過世面的食客上下打量……

但是死黨有一次跟萱冠說：「我有看到妳的男朋友，和另一個女生在一起。」

在一起？和誰在一起？在一起幹什麼？死黨不肯說了。當了這麼多年的死黨，如果不是發生極大的事件，她不會這麼八卦。

沒有一個女人願意去懷疑所愛的男人對她的誠意。那是妳所能想像的，最大的自傷。相處三個月之後，萱冠發現自己開始有意無意地尋找蛛絲馬跡。真可悲，她想她真的很可悲。

她也才開始發現，她是喜歡他的，如果不是因為喜歡，不會想要如此刨根問底，大可以拂袖離去，像古詩說的那樣：事了拂衣去。誰也不欠誰的，就當彼此玩了個遊戲，作了回伴。

但動了真感情是不一樣的，萱冠覺得泰山崩於前，洪水來臨，腳下有路在塌方。

每個夜晚，入眠前總會思慮，每個早晨，醒來後也總在糾結。人們說，如果你每天睡覺前和醒來後總在想同一件事，那就是你必須要去面對和解決的事。淡定的萱冠已經被壞心態吃掉了，直到他的手機偶然放在她觸手可及的地方……不，萱冠沒有翻人家手機的習慣。但是這時候，恰逢有一個留言進來，她還是忍不住低頭看了一眼，上書：「今天在哪裡見面？」

見沒動靜，隔了一會兒又發來一條：「老地方吧，我先出發了。對了，把我的衣服帶來，上次落在你家裡，桃紅色的那件。」

萱冠沒有和他同居，所以那個女人大可以在他的家中，放一、兩件桃紅或粉紅的衣服。

直到很久以後，這位傳說中的「桃紅」請求與萱冠見面。她跟萱冠說了一句話，讓萱冠也非常窘，堪稱她人生最窘的一次窘。「桃紅」說：「我跟他說過很多次，能不能不要當著我的面，和妳發微信？」

那些午夜！那些萱冠以為甜蜜、溫柔、被愛的午夜，她跟他互發著實則無甚意義，但當事人覺得超級美妙的微信。她當時正和他熱戀，起碼她是這樣認為。可原來，她只是作為另外一種身分存在著。被動無意間，她成了第三者。萱冠為那些午夜汗顏，雖然，那時，她真的並不知道「桃紅」的存在。

從看到短信那天開始，萱冠發現，她的人生，犯了一個很大的錯誤。這比實驗中把酚酞和過錳酸鉀弄反都罕見。她居然想透過快速的戀愛讓自己幸福起來。靜下來想一想，這就如同要求自己買一張彩票就必須中八百萬一樣，人世間，從來沒有這樣速成的事。

有很多的瞬間，萱冠想像著分手的情景，轉念便有個聲音在提醒她，也許，也許他對她是真心的。他可以對全天下的女人不忠，但他也許真的愛上了我，丁萱冠。這樣想時，萱冠就要落淚，是的，女人再理性，也最終抵不過她們骨子裡的虛軟哀傷。除非，她從不分泌雌性荷爾蒙。

就這樣，分分合合很多次，他從死不承認，到最後說他會改。中間經歷了多少刨根問底，萱冠都不知道自己會有這麼強韌的力氣，去問那些折損自己尊嚴的問題。他承認他和「桃紅」的關係了，但他從沒承認過，他的人格是有問題的。萱冠告訴自己，務必離去，因他不誠實。可是他誠實她就應該留下來嗎？他誠實地承認他人格有問題，她難道就會留下同一個人渣在一起？

當然不！

可什麼時候才是結束的時候呢？還要多虧了「桃紅」。那是一個週末，他蹭到萱冠的公寓。他不知怎麼知道了萱冠和「桃紅」見面的事。他開始向萱冠證明，他對「桃紅」的鄙視，以及他自己的清白。他的邏輯是這樣：我都如此看不起她了，怎麼可能還和她有一腿呢？

他說到「桃紅」最糗的一幕。因同在一間公司，尾牙酒會相逢，「桃紅」喝多了，走到他面前欲敘舊。沒等他開口，醉酒的「桃紅」已經撐不住了。紅地毯，周圍衣香鬢影的同事，最大的老闆也在那一桌。她當然不好意思吐在地上……於是她打開自己的皮包，一個新款愛馬仕，為酒會特意去香港買回來的……

他說：「她揹的愛馬仕也像假的。」真刻薄。

然後轉而面向萱冠，深情有餘地說：「妳呢，妳無須那些物質便可以很美麗。我還記得初次見面時，妳裙子下襬的蕾絲。很少有女人會把蕾絲穿得好看，不是顯得廉價，就是顯得幼稚。而妳，恰恰好。」

原來，這樣一段奇情經歷，還要拜那件蕾絲裙子所賜。

萱冠忽然覺得一陣反胃，但沒像「桃紅」一樣吐出來，只是說：「和你商量件事吧。」

「什麼？」

「和我分手。」

他嘴角抽搐幾下，就好像中了毒箭，或者被魚刺卡住。但高手畢竟是高手，久經沙場，也知道什麼樣的話題是沒有回旋餘地，什麼樣的女人會一去不回頭。所以他最終轉身離去了。

他離去的背影——他走到門邊，穿鞋，然後拿著自己的行李，他有一只放在這裡的皮箱。他把門輕輕關上，在關門的時候，有大概三秒的慢與遲疑。他做這些動作倒也不失斯文有禮，最重要的是，這三秒鐘，是回憶的三秒，時空縮放的三秒，是黑洞的三秒。道行稍淺，便會衝過去，抱住他說，不要走，我們可以重新開始。然後，然後會怎樣呢，開始下一輪痛苦無謂的糾纏、無果的徒勞的感情付出。到底是一個黑洞——只允許外部物質和輻射進入而不允許物質和輻射從中逃離，甚至光都無法從其視界逃脫的天體。科學如此解釋黑洞，擬人一下，完全適合他。

誰愛上他，誰就栽在他裡面。永遠得不到解脫，因他是一個太好的愛匠。

萱冠的僥倖，不客氣地說，蓋因她也是愛情場面上身經百戰的選手。她比「桃紅」幸運，沒有被吞噬得體無完膚。能從他這樣一個黑洞中抽離，不是狠人做不到，不對自己狠心，也做不到。

在他關上門走出去的那一刻，她知道她已經飛速無聲地碎裂成了片片，重被吸進失戀的氣旋中。她的一切快樂與不快樂的始源，她作為一個女人的最深刻的一段愛情，已經片瓦不存地被他吸走，蒸發，變成氣態，最後湮散。

該用怎樣的忍耐，才可以不被失戀摧垮，可以自己一點一點地，默默地重塑金身？

沒有辦法，真的沒有任何辦法。挨著時間，行屍走肉地過日子。大概絕食三天後，路過學院的食堂，飄來魚片粥的味道，萱冠不顧風格地跟大一大二的學妹搶飯。一大碗粥，坐在食堂的塑膠椅上吞完。抬頭看到周圍的人都在看她。看一個學姐，一個甚至是太多人偶像的學姐，怎樣大口吞嚥著食物又大滴流著眼淚，最後這一碗粥幾乎被眼淚稀釋成了兩碗，她全吃完。

就是這樣挨著，挨著。忽然有一天，萱冠發現她做夢後沒有再悲傷。她正式地跟自己說，最後完整地想他一次吧。於是她把他的好全記起來了，再把他的壞也記起來。她拉開窗簾，讓外面的光透進來，她拔掉死去盆栽的屍體，把土倒在平鋪的報紙上，一塊塊捏碎，然後出門去買了一棵新的多肉植物，種好，用吸管一點一點地澆水。幹完這些後，她忽然想到最噁心的一件事，是的，這件事她剛才忘記想了。他讚美她衣服的蕾絲漂亮，為了不和她分手，他想用這樣的方式討她的好。

一個男人如果不是精明於女性的種種，怎麼會把一件女人衣服形容得這麼細緻入微，把一份感情建設在一件衣服這麼輕薄的基礎上？是的，那件蕾絲裙子，是從英國古著店購得，據說，僅下襬那一段並不複雜的蕾絲花邊，就要一個熟練的女工花上一個月的時間去完成。

其實他只需要說，妳這條裙子很漂亮，便足夠了。

有些人就是喜歡畫蛇添足，有些感情也是。

萱冠分手的理由，在他看來是很神經質的吧，因為他誇獎她衣服上的一段蕾絲很漂亮，她居然怫怒，甩了他。隨他去吧，萱冠想，不了解女人的男性，不是他們愚笨，恰恰是因為他們太自作聰明，從來就沒有想過好好地了解女性。

如此這般，萱冠終於明白，要從一段失戀中走出來，最好的方法是開始下一段戀愛。但一定要保證，下一段戀愛的人，是值得妳愛的。

好難啊，但讓我再試試。萱冠想。

電話響，是導師。「今天忙嗎？晚上可有空？出來走走。」

萱冠人漂亮，所以運氣好，總是前一段戀情剛結束，後一段馬上遞補。迅速回憶一下導師的長相、身高，過度掩飾的羞澀，深藏不露的悶騷，是什麼讓導師發出這樣的邀請？人類真是奇怪啊。

萱冠回答導師。「明天吧，天亮以後可以看清楚我，也看清楚自己。」對著年長自己十三歲的前輩說這種話，顯得自大得不得了。但是對方寬容地呵呵笑了，說好，說明天清晨出來，其實他只是想告訴她論文有好幾處寫得很好，想同她喝杯酒，她寫出了他許久想寫而沒寫的一個概念。

這是導師這種男性追求女孩子的特色嗎？

還是，根本只是認真的學術探討？

萱冠鑽入互聯網：「水瓶男研究」、「AB性格男揭祕」、「男生主動約妳談正事怎麼破」、「他有多喜歡我」……線上求助。眾多回答中，有一句話好像一聲警鐘響起，那個人問：「妳首先問沒問過自己，妳喜歡他嗎？」

萱冠沒有決心說不喜歡，也沒有膽量承認喜歡。

「這樣的話，找到幸福的路要難多囉，人嘛，總應該知道自己想要的是什麼，再去找。」

多麼簡單的道理。

導師在第二天早上跟萱冠在食堂碰面，說昨天晚上有些冒昧，希望萱冠不要介意，但週末有一場音樂會……

看來，萱冠真的又遇到了追求者。

但萱冠說，週末，我要回家看望父母。

萱冠依然相信醫治失戀唯一有效的方法是開展下一段戀愛。

但是，她沒那麼急了。

或者說她可以在焦慮之中學會忍受，學會慢下腳步等一等。

等的不是別人，等的是自己。那個急性子卻又慢吞吞的自己。

一樹碧無情

請賜我一隻小小的貘，
讓牠吃掉所有惶恐與零丁。

我長得太高，又瘦。沒什麼錢，但是人並不醜。研究生畢業又讀了博士。沒太多智慧，全憑自己的努力往前走。我三十三歲，沒有結婚，連男友也沒有。

文明已經發展了五千年，人們對女性的態度還是老樣子。要說最好的時代還是原始社會，母系氏族社會，女人是老大，大家圍繞著祖母採擷漿果、捕獵動物、把獸皮剝下來，女性用獸齒做的針縫成衣服，哪個男人聽話，給哪個穿。

若我親口說出這一番論點，我哥一定會說：妳是女權狂魔，當然嫁不出去。我則稱我哥是「創業鬼」。都好不到哪裡，兄妹一見面就吵。他中年創業，開了一間學館，客戶是志大才疏的家長和他們心猿意馬的孩子。教那些小孩讀古文、習古禮、畫國畫、寫大字。一到週末，我哥就致電給我。「喂，過來過來，今天又有老師請假，妳代班。」

我偶爾客串學館的老師，給孩子們上試聽課。小孩們還是可愛的，跟他們面對面坐著，教他們讀「浩浩陰陽移」。看他們搖頭晃腦地念「少無適俗韻，性本愛丘山，誤落塵網中，一去三十年」……也會覺得感慨。

試聽課結束，如果有家長刷卡報名，我哥就獎勵我一頓便宜坊的烤鴨。現在我已經攢夠了十頓烤鴨。「能換購嗎？」我說。「我不想總吃鴨子。」我哥說：「妳攢二十個小孩，年底給妳錢。妳去旅行，去走走，也許能把自己嫁掉。」

我的家人就是這麼隨心，出口就往人痛點上戳。

為了攢夠二十個小孩，我也不拖延症了，也不抱怨了。第十九個，是個小女孩。她首先問我：「老師，妳為什麼這麼高？」我說：「因為這樣我才能餵長頸鹿吃樹葉啊。」她說：「抱抱。」我抱起她，她看著我的臉，看了很久忽然說：「我就是長頸鹿，妳來餵我。」

我抱著她在庭院裡走走，她搆到一片白蠟樹樹梢上的葉子。我說：「這就叫做『一樹碧無情』。」盛夏蟬鳴，李商隱詠蟬，駱賓王詠蟬，虞世南詠蟬。蟬對於古代的詩人來說，是自警，也是自喻，是自憐，也是自傷啊。

「蟬會在地下待上一年、三年、五年甚至十七年。年分必須是質數，這樣，牠們鑽出土的時候，遇見天敵的機會就小。」小女孩說。

「妳懂得真多，誰告訴妳的？」我有點敬佩她呢。

「我爸爸。」她說。

下課後百度了一下，才明白原來真是這樣。假設天敵的週期是三年或五年，那麼，十五年蟬就會碰到天敵，被捕食的概率就大大增加。但是十七年蟬如果鑽出土時遇到的天敵的週期是三年，那下次遇見這種天敵，只能是四十二年以後了。

我也是一隻蟬嗎？當我破土而出，茫茫人海中我的天敵早就消失不見了。那個男人，那個能和我相愛相殺的天敵，那隻持刀揮舞的螳螂，牠並沒有等我。

孩子們書聲琅琅。我哥特意叮囑過我，下課前十分鐘家長陸續來接孩子，務必讓他們讀出聲，好讓家長覺得錢沒白花。我遵旨辦。

中庭長廊下家長們來了，向外看一眼，花影扶疏裡，一眼就看出小女孩的爸爸。他們長得非常像。

我呢，看完這一眼，就如同《遊園驚夢》裡的王祖賢初次看到吳彥祖……一眾家長裡，他昂藏七尺、筆挺端正的相貌，讓人不得不怦然心動啊。不行，打住打住，好人不會打有婦之夫的主意，不過，看兩眼總沒什麼不可以。

我查了學生名單，小女孩叫宋吉兒，爸爸叫宋之悌。這名字好啊，唐朝也有個叫之悌的，那是大詩人宋之問的親弟弟。宋之悌當官得罪了皇上，被貶到了越南河內那麼大老遠的地方。對於古人來說，那就等於是死罪，一個遠到一生不可能再回來的地方，真惆悵。所以越發喜歡李白，李白和宋家兄弟都交好，宋之悌出事後，他還為他寫詩送別。詩曰：

楚水清若空，遙將碧海通。
人分千里外，興在一杯中。
谷鳥吟晴日，江猿嘯晚風。
平生不下淚，於此泣無窮。

扯遠了，還是說回我的故事。吉兒下課後說什麼也不肯走，要帶我去挖蟬的幼蟲。她說她肯定在樹下有一個地方藏著一隻蟬的幼蟲。

我跟她來到那棵白蠟樹下，她拿一根樹枝開始掘土，我也幫著掘，我們狀如兩隻笨熊，掘了半天，土還是紋絲不動。這時，一直沉默地跟著我們的宋之悌說：「我來幫妳們吧。」

他從鑰匙扣上摘下瑞士軍刀，很舊的軍刀，但顯然常用，也非常好用。很利索地挖開一個半尺見方的坑，小孩在裡面翻找，還真被她猜中了，一隻幼蟲！天啊！

「妳可真了不起，怎麼會知道這下面有一隻蛹呢！」我雀躍地問，三個人裡我最興奮。

「蟬會在樹皮底下刺洞、產卵，樹被刺傷的部分會枯萎，幼蟲就從那裡跌到地面，然後找到樹根，鑽進土裡，從此以後的很多年吸食根部水分生活。」宋之悌說。

「我爸爸是昆蟲學家。」吉兒告訴我。

「失敬失敬。」可是昆蟲學家是什麼鬼？

後來，當我和吉兒混得很熟了，我得以知道昆蟲學家到底是怎樣一種人。首先他們可能在年輕的時候甚至年幼的時候就對昆蟲很執迷，年紀稍長，學業有成，對於昆蟲的了解超越了凡人，向達爾文之類的巨擘靠攏。他也是博士，但和我這樣的古典文學博士不一樣，我考上博士全靠「哪個導師比較好考就考哪個」的原則方針，而他是純天然的興趣和樂趣。

昆蟲學家，他們會有很漫長的生命時光是待在野外的，有時候為了研究和保護一種瀕危的昆蟲付出健康的代價。

可我幹麼去了解這麼多呢？這不太好。我儘量避免和吉兒太親近，但是這孩子似乎格外黏我。有一次她爸爸有事，讓學館留她一會兒。她坐在我旁邊和我一起品茶吃點心，然後睏得不行就睡著了。我把她放在榻榻米上，蓋好毯子。她的睫毛像小灰蛾的翅膀一樣透明、輕盈，嘴唇像鳳蝶一樣翕張。原諒我不知不覺地也跟著學了很多昆蟲名詞，她像一隻可愛的小草蛉。

我忍不住想親她，想想還是算了。我要自持啊，不論是男女之情，還是從未體會過的母愛。晝長人靜，那當爹的也不知哪裡去了，呆坐不如同睡，我躺在吉兒旁邊也睡著了。

和一個小孩一起入睡還是平生第一次，我做的夢和她做的夢會交織在一起嗎？會呼喚來一隻貘嗎？白居易最喜歡貘，說這小獸有神力，能吃掉噩夢。白居易有偏頭痛，請人在屏風上畫一隻貘，還為這屏風寫了〈貘屏贊〉。

等我們倆醒來，日已偏西，窗外竹枝把夕照切成條條與塊塊，茶涼了。榻榻米上坐著宋之悌，我和吉兒同時驚呼。「你等多久了？」

「大概一小時吧。」

「我們睡了這麼久？」

「是啊，妳們還各自流了一灘口水。」

我和吉兒抱在一起大笑。

隔一會兒，宋之悌帶著吉兒走了。臨走，吉兒說：「爸，我們可以和老師一起吃晚飯嗎？」

宋之悌看看我說：「老師能賞光嗎？」

我笑笑說：「不了，媽媽在家等你們呢。」

我哥把試聽課的任務加重到二十五個小孩的時候，我對他發飆了。「我真成你的員工了嗎？放著那麼多事沒做，論文沒改，我天天跟小屁孩一起背詩。」

我哥說了一句很有深意的話：「這才是博士應該做的事。」

倒也是，現在多少人覺得自己大有學問，看不起童蒙的淺易，其實好好背誦一段「床前明月光」是多麼必要，往深處想，那才是最深最憂愁的文學。

再上課，吉兒由保姆帶來。自己告訴我說：「我爸去婆羅洲了。」

婆羅洲？莫非就是馬來西亞的那個婆羅洲？

「我爸去那裡考察，住在『女王營地』。那裡有很多獨角仙，還有鍬甲，還有金龜子，還有步行蟲。」吉兒羨慕嚮往地說。

我也露出嚮往的神色，吉兒看了我半晌說：「喔對了，我忘記告訴妳一件事情。」

「什麼事情呢？」

「我沒有媽媽。所以，妳要不要和我爸爸做朋友，他人很好的。」

吉兒沒有媽媽，這是多麼傷心的事，為什麼沒有媽媽？到底發生了什麼事？但我必須打住，不能把八卦的觸手伸向一個孩子……確實，我早就看出來這是單親家庭二人組，爸爸格外心疼女兒，女兒人小心事很重，但他們真的都很可愛。

我很大方地說：「好啊，我也許會請妳爸爸吃飯。」

「太好了，太好了！」吉兒歡呼道。

這是我，一個被眾人看好的永遠嫁不掉的古典文學女博士的故事。我遇見了一個小孩，然後她跟我推薦她的爸爸，一個單身的昆蟲學家。

他遠在婆羅洲。去婆羅洲，要先經過秦嶺、藍關，再是瘴江，再到惶恐灘、零丁洋。文天祥在海上喟嘆，「山河破碎風飄絮，身世浮沉雨打萍」。

而宋之悌也許還什麼都不知道，不知道自己的女兒已經把他介紹給了一個世界上快要絕種的女博士。

兩週很快過去了。一個下午，我正在學校裡跟導師閒扯。要知道，有時候和導師相處得好也是人類進步的階梯。我的導師是個老太太，我們談了會兒正事就開始聊養生，要知道所有北京的老太太都是《養生堂》節目的忠實擁躉，不管是博士生導師還是菜場大媽。

聊到後來，真是口水流盡，真想有人能救我出苦海……

這時，天意眷顧，我手機響了。

有一個聲音說：「晚一點能不能約妳出來……」

「能能能，好啊好啊！在哪裡約？嗯，我馬上出發！」我才不管對方是誰，我是說給導師聽的，好讓她放我走。

導師說：「有事嗎？那快走吧。」

走出來，這電話已經斷掉了。

然後我就見到了宋之悌。就是這樣。

他剛下飛機。揹著碩大的背包，那裡面是帳篷、睡袋、手電筒、捕蟲工具，全部的野外生存用品，手裡拎著採集的標本。

我們坐在一間日式餐廳裡，我得以見識到他的工作手冊，看到他親手繪製的昆蟲，他畫得真好。

他說：「我女兒要我和妳吃飯。」

我說：「是的，我也想和你一起吃飯。」

他說：「我女兒，她沒說什麼失禮的話吧？」

我說：「要說失禮，也是我先失禮。」

他問：「為什麼呢？」

我答：「因為我在你去婆羅洲的時候百度了你，你所有的八卦我都盡在掌握。」

他笑了笑，有興趣繼續聽下去。

「然後我想到文天祥在〈過零丁洋〉中寫道，『零丁洋裡嘆零丁』。」

他的表情肅穆起來，這年頭，能聽我酸文假醋地聊文天祥的人，真不多啊。

他說：「是的，孤獨的時候會希望有人陪伴。其實，我也做了和妳一樣失禮的事，搜過妳的微博，把偷拍的照片存在手機裡。」

他給我看他偷拍的照片——那日午後，我正蹲在樹下，笨熊一樣拿一根樹枝在地上掘土，恣意的動作看不出任何美感，偷拍的人手抖還拍虛了。「這也叫照片？臉都看不清楚。」

他說：「但是想念一個人的時候，其實是不需要看清楚臉的。」

我的故事很簡單，說白了不外是談戀愛。

我愛上了一個男人，他有個五歲的孩子。因為這孩子，得以認識他。得以知道，他也對我青眼有加。

覺得很幸福，雖然沒有彼此表白，但是我想我是在愛了。

把衣櫃裡全部的衣服都整理一遍，發現自己竟然沒有一件「你穿這件衣服我想吻你」的衣服和一件「你穿這件衣服是代表有人愛你」的衣服。

買買買！我哥說：「得攢五十個小孩才夠妳這通買買買的。」

我哥的世界裡，計量單位是「小孩」，一個小孩的時間，三個小孩的數量，十個小孩的分額。忽然發現我哥很可愛。所以人一戀愛了，什麼都順眼了。

宋之悌又出國了，這次去非洲。去非洲的熱帶雨林捉蟲子。

我和吉兒相依為命之感更濃了，每週兩次，她見到我，都如同久別重逢一般撲向我的懷裡。

一週過去了，兩週過去了，三週過去了。

一個月過去了，仍舊是保姆把孩子送來，我問：「她爸爸怎麼還不回來？」

保姆說：「他們研究所派人去找了，沒有找到。」

什麼?!

找？找他？他怎麼了？

孩子在遠處玩，並沒有聽到。我壓低聲音說：「告訴我研究所的電話。」

我打過去，研究所的人說：「您找宋之悌先生嗎？您哪位？您得告訴我您是哪位才行啊。」

我厚著臉皮說：「我是他女朋友。」

對方說：「喔，別著急，我們已經派人去找了，估計這週就會有消息。」

「你們怎麼那麼樂觀啊！怎麼肯定能找到？啊？你給我個結論，到底他怎麼了？被老虎咬了？被熊咬了？」我激動地大叫。

「姑娘，熱帶雨林沒有老虎和熊……」對方說。「別擔心，他生存能力很強，號稱打不死的大兜蟲，不會死的。」

雨夜，我一個人坐在陽臺上，我小小的公寓只有這一個陽臺，還是封閉的。我想淋淋雨都得乘電梯下樓……我真的很想淋雨。

已經是研究所說的最後一週了，沒有人給我電話。

我像一隻孤獨的蟬，「露重飛難進，風多響易沉」。

我等待一個我能愛，也肯愛我的人等了這麼久，遠比蟬在黑暗的地底所等的十七年要久吧。可是當我遇見他，他卻消失了。望望窗外雨中的樹，真是「五更疏欲斷，一樹碧無情」。

天亮了。

我要去睡了。

讓我做個美夢，請賜我一隻小小的貘，讓牠吃掉所有惶恐與零丁。

睡到中午，被電話吵醒，我哥說：「來來來，有老師請假，來代班。」

我去學館。一路上車走「Z」字路，沒精打采。

推開學館的木門，先找吉兒。

吉兒已經來了，身後站著的……啊，宋之悌回來了！

「我回來了，讓妳擔心了，我很想念妳。」他說。

那時候如果沒有別人在場，我們是會擁抱的，我可以肯定。

「沒什麼，你沒事就好。」我有種淚盈於睫的感覺，我是哭了嗎？我可不要這麼沒出息。我定定神，開始上課，今天我們複習〈驅車上東門〉。

……

浩浩陰陽移，年命如朝露。

人生忽如寄，壽無金石固。

萬歲更相送，賢聖莫能度。

服食求神仙，多為藥所誤。

不如飲美酒，被服紈與素。

換句話說，就是「花開堪折直須折，莫待無花空折枝」。

再換句話說就是，想愛就去愛吧。

是這樣嗎？宋之悌。

他坐在學館外的長椅上睡著了，他是太累了吧。

下課後，換成我和吉兒看著宋之悌的睡相。「他會不會流口水？」我問吉兒。

「要是流口水的話，妳會不會對他印象不好？」

「完全不會。」

「喔，妳真好，妳做我的媽媽好嗎？」

「要我做妳媽媽，妳爸爸得先向我求婚啊。」

「他會的，一定會的。」

藍色蛞蝓

似這般生關死劫誰能躲，
聞道說，西方寶樹喚婆娑。

如此這般，我們來到了輕佻、浮誇、虛無的前中年，或者用流行的說法是輕熟齡。年輕時固執地朝人性深井懸垂繩索一探究竟的熱情已經退去，打撈上來的，有時只是命懸一線的夢境，或是泡發的、疲乏的、回憶的屍首。

許多許多年以前，她跟哲哲在機場外的草坡上玩耍，下午睡著了，醒時已天黑。衣衫和裸露的小腿覆上了一層冰涼的露水，酸楚難當。正此時，忽見一架飛機向他們衝過來，咆哮著，像要獵殺他們。來不及多想，他們一前一後拔腿就逃。飛機在彷彿就要撞上他們頭頂的瞬間擦離地面，揚起碎草與塵土，向著月亮的方向飛去。在那一刻，她聽到哲哲在喊她的名，如同上古之人發出的第一個字音，在荒草之岸，風疼痛地吹著，普希金筆下的鐮刀，割掉草海裡所有蒲公英的頭。

許多許多年以後，她在一個颱風天遇見愛情。颱風已經施虐很多天，街道上有種科幻片那樣的乾淨和冷。又在下雨，天色變暗，前面的路一定又堵又積水。她打算把車開進「錢櫃」的車庫躲躲。那車庫洞口的正上方，一架霓虹燈年久失修又被颱風摧折，就在那一刻懸懸地險險地快要墜落。在那生死攸關的一刻，有人讓她的車先走。

她剛開進車庫，身後那輛車就被高空墜落的玻璃燈管砸中。

她想那人大概是死了吧。這種時候還需要猶豫嗎？她馬上把車開進車庫，避開可能的麻煩。但是良心是不滅的螢火，連續幾個夜晚，她都夢到那天身後的場景，那輛前蓋砸成瓜的速霸陸 Forester 雨刷還在兀自地刷著雨。她無意間記下的車牌，成了此後的夢魘，從此對日本車不知為何也懷上了淡淡的鄉愁。

直到某天下午，去郊區開完一個冗長的會議之後，為了少吃一點，她逃掉自助餐會。回程時，她看到前方有輛似曾相識的車，她看到那個車牌，直覺告訴她，那人沒死！

不知哪兒來的勇氣，她超過那輛車，搖下車窗對那人說：「謝啦。」

她沒想到那人會停下車。

她也下了車。那人問：「妳剛才說什麼？有什麼好謝的？」

她笑笑說：「你還好嗎？」那人也笑笑說：「我很好啊。」

她覺得他輕描淡寫得有點過分了。她看到他額頭有一道不明顯的紅腫，疊著傷疤，像一隻蛞蝓。生命中總有些時候，受恩於人，也受愧於人，當時當地如果她不溜走，幫著叫輛救護車，搭救了他，會怎樣？

他們的車一前一後開在下午無人的黑色公路上，沿路的蜀葵沒姿態地開著，淡紫、淺粉與肉色。

她在想古人最喜歡說的那句話，湧泉相報。這泉到底是怎樣的泉？是說去挖一道泉送人家，還是自己變成一道泉去回報？真是浪漫，也真能吹，多少人是在接受了幫助以後，在心間發過了這樣的毒誓，可是慢慢地就放過了自己，遺忘是最好的藉口。

她把車逼近他。他車最終停在一幢大廈前，她跟上去。

「妳非要謝我？那先請我吃燕翅鮑，再給我一筆錢，我打個收據，我們就兩清。」他開玩笑地說。

她也覺得自己像個精神病。這樣追著喊著要報答人家，實際不過是在撫慰自己良心上的不安對不對？他見她不語，笑笑。在他的笑裡她慢慢弄清楚了一個事實，他看穿了她。月亮並不自轉，遠在三十八萬公里外，冷眼看著地球的自轉，每月吸引海水上漲，令雌性動物身體內的卵泡成熟，荷爾蒙釋放。

他的笑實在有點駘蕩，有點迷人。

「就做一個小雕塑給我好了，向勍。」他說。

「你怎麼知道我是向勍？」她驚起了一身雞皮疙瘩。

「妳是雕塑家，網路上有妳的主頁。碰巧我也算是熱愛藝術的分子。我關注過妳，在妳幾十萬個粉絲當中。」他走進那間大廈的時候回頭說：「給我做一個裸體的，女的。」這次他真的走了。

他把她的藝術當小孩子玩扮家家酒，帶點調戲，「一個裸體的，女的」，故意說得這麼外行。她想用鼻子冷哼，但是最終卻開始調和樹脂，做一個半透明的，什麼也沒穿的女人給他。手掌大小，透明的胸腔裡有肺葉、腸子與心臟。

後來，他跟她講過一件事。他說是「一件很小的小事」。

那大概是十二年前，他爸去世。他爸一直在馬來西亞做物流公司，最後死在吉隆坡。他去奔喪，說實話他大概有三十年沒有見過他爸爸了，所以並不悲傷。像任何一次出行一樣，他到機場，辦好機票，托運行李，然後過安檢。他才不急著去登機口像呆鳥那樣傻坐，看時間還有至少一個小時，就在免稅店尋找免稅菸，而後又閒極無聊地去看名錶。這時他隱約聽到機場廣播的馬來語、英語裡有一串發音和他名字很像，還以為是新的航空公司的名字。過了五分鐘他猛醒過來，那是他的名字！「旅客 LI FAN CHENG，請速到 C39 登機口！」他這才意識到他把時間看錯了一小時，也就是說，現在整個飛機裡的人都已經坐好在等他！於是他拖著五條免稅菸和一只戴在腕上的勞力士金錶就跑，跑沒五步被安保扣住，錶沒付錢！大家都知道他是急慌了，放他一馬不追究他。只見他狂奔在電動步道上，奔出兩百公尺，發現跑反了，又跑回來，簡直像把機場當健身房在玩的一隻大棕熊。等來到C39登機口，美麗的空服員一臉氣瘋了的表情。但是他不能上飛機了，他的行李已經被拿掉了。他這時不知道為什麼大喊：「我爸死了！我要上飛機！」就蹲在登機口狂哭起來。

他說那是他一生裡唯一一次大哭。明明出發前所有的準備動作裡沒有半點傷感，可是蹲在機場哭到站不直身體，哭了一小時，目送飛機飛得不見蹤影。

哭完了，他給他妻子打電話，他妻子說：「沒關係啊，明天再飛嘛。你晚上回家吃飯嗎？吃麵條好不好？」就好像他誤機是下樓買個西瓜那樣的小事。

他說他感謝他妻子沒有小題大做，尤其是沒有說什麼「抱抱」、「乖」之類的肉麻話。

他和他妻子也分手十年了。

其實被一架飛機、一群人遺棄的感覺她也有過，小時候有一次去郊遊，學校安排的專案是讓大家沿路「尋寶」。在樹叢、石頭或者誰家的祖墳青磚下藏好一張張紙條，每張紙條提供著下一張紙條的方向和線索，找到最後一張紙條就可以兌換大獎。

這些紙條的線索並不唯一，也就是說，大家走著走著就會分散成幾路人馬。她迷路了。手裡的紙條上寫著：往前，奇異果樹下。她找到那株奇異果樹，五個已經被人摘下的成熟果子擺在樹下，捧起來，果然有一張紙條，上面寫著：我喜歡妳。

身後一個人也沒有，同伴不知何時都掉隊了。

她忽然覺得一陣恐懼，手裡捏著「我喜歡妳」的紙條，想到的不是戀愛而居然是會不會在這荒山野嶺被人強姦。所以她對初戀的回憶是帶著一點自嘲的、雞皮疙瘩四起的自衛。就在紙條和奇異果拿到手的同時，大閃電劈開森林，她隱約看到光線裡有一個海狗一樣光溜溜被河水抑或汗水洗得發亮的圓腦袋，是哲哲。可是哲哲走錯方向了，向越來越遠的方向尋去了。不知為何，她忍著巨大的渴望沒有喊哲哲，因為她知道哲哲就是那留下紙條的人。此後就是瓢潑大雨，她甲蟲般張開生硬的圓翅膀逃命，一直跑到一個岩洞裡。

她覺得她永遠也回不去了，奇異果吃下，從腹腔開始融化，化為屍水，滲進石縫，永不被人知道。

大概天黑透時才有人來，她終於又看到哲哲。哲哲脫下格子襯衫披在她身上。

他把玩著她做的那個水晶心肝玻璃人，他來她的工作室之前從不打招呼，直接推門而入或說破門而入。她總是嚇一跳的同時又很開心。她會去廚房給他做一份檸檬水兌伏特加，至於薄荷，花盆裡有新葉子就摘幾片泡在酒裡，沒有便不摘。他一邊喝一邊看她工作，他們也不交談什麼。

這樣有點距離的，有著好奇與溫柔的，不需要承認彼此喜歡對方的相處。不熟真好。

那天晚上他們叫了附近餐館的烤鴨，切片打包好的，連同薄餅和蔥絲、甜麵醬一起送來，還熱呼呼的烤鴨。還沒吃呢，颱風又來了。他們討論起那些追風眼的人。說美國有些瘋子，守候著龍捲風，等它出現、發展、壯大後，就開著越野車，有些甚至是騎著機車，追著龍捲風跑，他們甚至還有這樣的專門的旅行社，安排不同人次的旅客去追風。他們覺得那是人生享受，是至高的快樂。「或是待在風眼裡，風到哪裡，他們就到哪裡。」他說。然後他們一起扭頭看向窗外，就在那一瞬間，有一棵樹被風蹂躪後倒下了，樹冠朝他們窗子的方向直砸過來，再之後，他們發現他們打不開門了，就像有本童話故事裡的青蛙，牠住在荷蘭盛產大風的山坡上。有一天，大風把樹吹倒，青蛙弗洛格沒辦法出門了。

他們給物業公司打電話來挪樹，物業說，颱風太大，大概要等到風停了才能請人來。在此之前，有什麼需要可以找物業。

颱風不停，他們倒也無處可去，索性一直待在工作室裡。

第三天，停水了，物業的電話打不通了，因為家家戶戶都在問同一個問題，為什麼停水了，而他們在搶修水管。

第五天，這間房子的電量表顯示，如果不開空調、不使用冰箱和微波爐的話，可以堅持到明天。

第六天的晚上，電也沒了。但是還是沒有人來挪走那棵大樹。他們必須離開這間停水、斷電的工作室。大樹壓住大門、車庫門，他們要離開這裡，只有從二樓陽臺的窗戶跳出去，再步行到大馬路叫計程車。這種時候忽然覺得對方的珍貴，他扶著她，她支撐著他，兩人在二樓陽臺設計了很多跳法，最終是他跳下去，確認沒有摔傷後，她再跳，跳進他的懷抱。

他說，別擔心，他們就當是在風眼中心追風的人。

他說這話的時候，颱風停了，街道上的一切都那麼陌生又乾淨，他們招到計程車，來到他家。這是她第一次去他那裡。

古傳說裡，有一隻叫食夢貘的獸，潛入人的夢境，食盡噩夢，人就清潔了。在他的床上一躺，她真的不再做舊夢了。她終於確認了哲哲永遠不會再回來，早在那個春遊的下午就失蹤在藤蔓葳蕤的黑色森林。哲哲和她理所當然地成為戀人，可是如果有一張篩籮把她的心切片晾曬，會剝出一層層的軟膜，每一張都寫滿了抗拒和恐懼。不知為何，她堅信如果她不答應哲哲的求愛，哲哲一定會用武力去玷汙她、占有她，甚至將她家人殺光，連陽臺上的烏龜也不放過。

所以當哲哲觸到機場外的電網，發出生命最後短暫如紫貽貝放在炭火上炙烤那一瞬小小的噝的一聲時，她甚至是長出一口氣。終於結束了。

她不必再因為感激和恐懼而愛他了。十來年，那樣孤獨症一般口不能言、目不能視的症狀消失了，她家人的說法是她小時候在山裡被山鬼嚇到了。

他走的時候還帶著她做給他的那個小人兒。那水晶心肝玻璃人，透明的身體裡紅色的肺、腸子與心臟。他一手拿著那小人兒，一手拉著她。有那麼一刻，她在想，他會不會向她求婚呢，如果求婚，她應該百分之百會答應他，在那樣的傾城時刻，人和人的關係就如同吃角子老虎抽風施捨的大獎，幾倍、幾十倍、幾百倍地積分。恨不得把自己和對方切碎搗爛成漿，你我不分地重新灌注在兩架骨骼裡。

她感覺到他的手掌出汗。掂動她的無名指，好似在思索，不說話。

多年以後，他和她淪為普通的朋友。有一次，她偶然路過「錢櫃」那個地下停車場。她拿出手機，給他發了一條微信，這是一年來發送的唯一一條，她說：「我在當年你救了我的那裡。」

隔了一會兒，他回覆：「妳記錯了，那不是我。」

她知道他說的不是假話，這麼多年，她都在騙自己。當年救她的那輛車，管它是誰的呢，總之一定不是他的。她硬要是他，那麼便只好是他。而他呢，他明明可以早點說，但他非要在相識、戀愛、分手後，用一個比較冷漠，如同事不關己的路人甲的語氣說，她記錯了。這不一定代表他是一個居心叵測或貪心的小人，只能說，他也有軟弱之所，如同每個獸類藏匿最愛獵物的樹洞，那裡的一切，是沒有抵抗力的。

她像一隻被撒鹽的蛞蝓，瞬間化作一汪水。但如此這般，她才可以流動，向更低更舒適的地段伏下身體，自我稀釋，自行療癒，得到自由。

國家圖書館出版品預行編目資料

沒有星星，夜不滾燙／榛生 著
– 初版. -- 臺北市：三采文化，
2020.2
面： 公分. --
ISBN：978-957-658-289-9（平裝）

1. 華文創作 2. 兩性愛情 3. 小說

857.63 108021342

suncolor 三采文化集團

愛寫 38

沒有星星，夜不滾燙

作者｜榛生
責任編輯｜戴傳欣
美術主編｜藍秀婷 封面設計｜高郁雯 版型設計｜高郁雯 內頁編排｜陳佩君
校對｜黃薇霓 版權負責｜孔奕涵

發行人｜張輝明 總編輯｜曾雅青 發行所｜三采文化股份有限公司
地址｜台北市內湖區瑞光路 513 巷 33 號 8 樓
傳訊｜TEL:8797-1234 FAX:8797-1688 網址｜www.suncolor.com.tw
郵政劃撥｜帳號：14319060 戶名：三采文化股份有限公司
本版發行｜2020 年 02 月 27 日 定價｜NT$340

本书 台湾繁体版 由四川一览文化传播广告有限公司代理， 天津星文文化传播有限公司 授权出版

suncolor